T0400113

A solas conmigo

Vanesa Romero

A solas conmigo

Papel certificado por el Forest Stewardship Council®

Primera edición: marzo de 2025

Printed in Spain – Impreso en España

ISBN: 978-84-10257-22-1
Depósito legal: B-1.464-2025

Compuesto en Mirakel Studio, S. L. U.

Impreso en Black Print CPI Ibérica
Sant Andreu de la Barca (Barcelona)

SL57221

Para ti, lector,
por abrir tu corazón a mi historia

Prólogo

La carta

Para Patrick:

Mi querido hijo, si estás leyendo esta carta es que estoy muerto. ¡Con lo mucho que me he cuidado siempre! Si a alguien le gustaba disfrutar de la vida era a mí. En mi interior siempre pensé que sortearía la muerte, que sería digno de estudio, pero, si tienes esta carta entre tus manos, estaba totalmente equivocado, tan solo era una fantasía.

Cuando nacemos ya sabemos que a todos nos va a llegar nuestra hora. Para mí, el reloj se ha parado ya. En cambio, para ti, la partida en estas lides acaba prácticamente de empezar. Patrick, es importante que prestes atención: tienes que defender con uñas y dientes nuestro apellido, nuestro legado y nuestros negocios. A partir de ahora es lo único que debes hacer. El futuro de toda nuestra familia depende de ello, depende de ti. Necesitarás ser muy hábil, practicar la intuición y controlar las reglas del juego. Te pido que, cuando te enteres de los secretos más ocultos que iré desvelándote y los que descubras, no te asustes. Recuerda que lo único importante es defender nuestro apellido a toda costa, cueste lo que cueste. No te voy a mentir, no va a ser fácil. Te va a resultar doloroso. Entre otras cosas porque tendrás que renunciar completamente a tu vida para convertirte en el patriarca. Este es el precio.

El primer secreto que debes conocer por mi puño y letra es que *Voces* no está pasando por un buen momento. Necesita urgentemente un cambio. Y tiene que producirse ya. No te preocupes, Simón, nuestro abogado, está al corriente de todo y te pondrá al día de la gestión de la empresa. Para jugar esta partida te voy a dar un consejo muy importante: no te fíes de nadie. La gran mayoría de la gente no es lo que parece, créeme. Para mí fue muy doloroso descubrirlo, la decepción es un sentimiento difícil de gestionar. Susana, mi mano derecha, no es de fiar. Por otro lado, si ves necesario prescindir de parte del equipo, hazlo, que no te tiemble el pulso.

Si tuviese que confiar en alguien, sería de Cata y de su grupo de compañeros. Con observar un poco, descubrirás quiénes son. Ella me ha demostrado durante todos estos años que es una chica lista, leal y directa. Desde que entró a trabajar, nunca he tenido ningún problema con Cata, siempre ha estado a favor de construir, arrimando el hombro y tendiéndome su mano.

Hijo mío, sé que tienes por delante el reto más importante al que te has podido enfrentar. Tienes que pensar las cosas detenidamente y centrarte en la verdad. Cualquier decisión mal tomada puede tener muchas consecuencias para toda la familia. Ellos dependen ahora de ti. Este gran legado está en tus manos, con la responsabilidad que esto conlleva. Estás preparado para saltar al precipicio. No lo dudes, recuerda que eres un Suarch. Lo llevas en la sangre y sé que aprenderás a volar, solo necesitas ponerte al mando. Lo vas a hacer muy bien. Confío plenamente en ti. Siempre lo he hecho. Eres mi sucesor. Mi hijo. Sangre de mi sangre. Estás preparado para gobernar nuestro imperio con responsabilidad y para proteger a toda tu familia, que es lo más grande que tienes. Insisto, una vez más, la familia tiene que estar por encima de todo. Por favor, no lo olvides nunca.

Tras mi marcha se formará un revuelo mediático, por eso es fundamental proyectar una imagen de fortaleza y unión, que el mundo sepa que este transatlántico tiene un nuevo capitán, el gran heredero.

Simón te guiará para que sepas por dónde empezar. Te repito, confío plenamente en ti. Eres un Suarch. No lo olvides... Y, por favor, cuida a tu madre, es más vulnerable de lo que piensas.

Te estaré vigilando desde el cielo.

Te quiero, hijo mío.

1

Dimes y diretes

CATA

Llevábamos una semana un tanto complicada. Todos los que estábamos en la redacción no sabíamos muy bien qué iba a pasar tras el fallecimiento de Cristóbal Suarch, el dueño de *Voces.* Cristóbal había sido un hombre muy peculiar y su muerte nos había desconcertado a todos, porque no la esperábamos para nada.

Cuando Cristóbal estaba vivo, todo el mundo del mundillo le respetaba, caía muy bien y allá por donde iba transmitía un halo de poder, una energía que a nadie le dejaba indiferente. No era ese jefe que todo el mundo odiaba. Al contrario, era una persona paciente, se hacía querer y sabía escuchar. Supo darnos nuestro sitio a cada uno de nosotros y nos hizo sentir que éramos importantes para la empresa y para él. ¿A quién no le iba a gustar esa sensación? Eso sí, cuando tenía que decirte algo, lo hacía de frente, sin tapujos. Era directo y sabía comunicar. Particularmente, a mí me encantaba como persona.

Diría que era un gran líder, porque intentaba sacar lo mejor de cada uno de nosotros. Él siempre parecía que estaba bien, que no pasaba nada, pero la situación en la empresa era un tanto compleja desde hacía tiempo. En los pasillos se rumoreaba que la revista llevaba un año con una fuerte crisis, con grandes pérdidas de dinero y que no se cubrían los objetivos. Los inversores y accionistas ya no creían en el proyecto y no estaban dispuestos a seguir invirtiendo en algo que no les resultaba rentable. Es más, durante las últimas semanas la junta directiva había tenido más reuniones de lo normal, porque muchos estaban a punto de abandonar el barco. Y ya sabemos que cuando uno abandona se produce una reacción en cadena.

En realidad, no se había producido ningún comunicado oficial, todo eran habladurías que no llevaban a ninguna parte. Cada semana corría un bulo diferente, que si nos iban a absorber los chinos, también se hablaba de los americanos, que si nos iban a hacer un ERE, y, por supuesto, podía ocurrir la gran hecatombe del cierre y que todos terminásemos en la calle. Hasta se había rumoreado sobre conspiraciones masónicas, pero lo inesperado fue que Cristóbal muriese. Ciertos dimes y diretes dijeron que quizá había sido asesinado por un ajuste de cuentas, incluso la mafia también entró en juego en los bulos de pasillo.

Ante aquella noticia inesperada, la cuestión era hablar, decir, opinar, como si lo que soltara por su boca la gente fuera realmente importante, como si todos fueran expertos en la materia, como si ellos estuvieran presentes en reuniones secretas a altas horas de la madrugada, como si esos cotilleos fueran a cambiar las cosas. Aquí solo había una única realidad, Cristóbal Suarch había muerto y ahora mismo nadie, ni siquiera su familia, sabía de verdad qué iba a pasar con la empresa y con todos sus trabajadores.

Pronto nos tendrían que decir algo. El rumor que cobraba más fuerza era que su hijo Patrick se haría cargo de todo, pero nadie tenía claro que este chico se pudiese dedicar a ello. Su vida no tenía nada que ver con dirigir una empresa, y eso que había estudiado en los mejores colegios. Sus padres se habían encargado de que tuviese una gran educación, acorde con su estatus social. Pero, hasta ese momento, su día a día se basaba en otras cosas: viajaba sin parar, organizaba o acudía a fiestas una y otra vez siempre rodeado de chicas guapas y gente muy exclusiva. Su vida a simple vista parecía una frivolidad. Las revistas del corazón le sacaban cada dos por tres entre sus páginas en las más variadas y peculiares situaciones dejando al descubierto que su máxima era «*living* la vida loca», como decía aquella famosa canción de Ricky Martin. Organizaba fiestas para la jet set y en ellas no faltaba ni un solo futbolista, modelo o influencer del momento. Sus veranos ya eran todo un clásico, como los posados de ciertas famosas. Siempre le fotografiaban en su yate en

Ibiza rodeado de mucha gente en un ambiente donde se intuía que no faltaban el alcohol y otras sustancias. Los titulares eran de todo tipo como, por ejemplo: «El Suarch descarrilado se divierte en Ibiza, sus fiestas ya son un clásico en las islas Pitiusas». Durante el resto del año, los titulares seguían más o menos la misma línea: «Patrick, el soltero de oro que quema la noche madrileña», «Patrick, el heredero del imperio Suarch, se funde el dinero familiar»... Nadie sabía cuál era su trabajo, si desempeñaba algún tipo de actividad productiva o función laboral en la empresa de su padre. En televisión, en los programas del corazón, se hablaba de ello, incluso había debates sobre el tipo de vida que llevaba ese chico, que si tenía nueva novia, que si no...

Lo cierto es que la familia Suarch siempre estaba muy expuesta públicamente, era un clásico en la prensa rosa. Quizá era un precio que tenían que pagar por ser quienes eran. Tal vez a él le daban igual todos esos reportajes, porque si no hubiese llevado otro tipo de vida o se hubiese ocultado para que nadie lo viese. Lo que estaba claro es que, con el dinero que tenía su familia, no le hacía falta mover ni un solo dedo, solo pasar la tarjeta de crédito y comprarse cualquier capricho absurdo y banal para el resto de los humanos.

Tenía la sensación de que Patrick no sabía lo que era pelear por un trabajo, que nunca sentiría en sus propias carnes un no por respuesta, que no se agobiaría por tener que pagar el alquiler o por no llegar a final de mes. Su vida era otra totalmente distinta a la del resto de los mortales. Era un niño de papá, un niño al que nunca le había faltado de nada. Económicamente estaba servido para esta vida y unas cuantas más, pero la pregunta clave era: ¿sería un hombre feliz? ¿El dinero, como dicen, daba realmente la felicidad?

El mundo estaba lleno de contrastes: había ricos y pobres, buenos y malos..., y también existían las personas que habían sido tocadas por una varita mágica (la del dinero) y que ya nacían con los bolsillos llenos mientras les llovían billetes desde el cielo... Y otras que teníamos que ir en busca de esos destellos de magia.

Hablando de suerte, la mía empezó hace siete años cuando entré a trabajar en esta redacción. Me acuerdo de la ilusión que me hizo que Cristóbal me dijese: «Cata, bienvenida a la familia *Voces.* El puesto es tuyo». Creo que fue uno de los días más felices de mi vida. Me curré mucho la entrevista y le prometí que, si me daba ese puesto, iba a dar siempre el mil por mil.

Si hay algo que me caracteriza es que soy una chica de palabra. Y, si me comprometo, lo cumplo. Soy muy responsable con mis actos, tanto que para mí la palabra tiene más validez que un contrato. Por eso, suelo medir mucho lo que digo y cómo lo digo. Me gusta ser sincera y directa, odio las tonterías, porque me parecen una pérdida de tiempo. Huyo de las personas que no van de cara, nunca traen nada bueno. La gente que no va de frente no me gusta tenerla en mi vida. Y, si no me queda más remedio que tenerlas cerca, mantengo las distancias todo lo que puedo. Las personas con dobleces no van conmigo.

No me gustan los malentendidos y si los hay intento solucionarlos rápidamente.

Presiento que mi manera de ser y de comunicarme fue precisamente lo que le gustó de mí a Cristóbal. También es cierto que me encantaba mi profesión, me apasiona desde que era una niña, y creo que se lo transmití, que lo supo captar y se dio cuenta de que dejarme escapar no era una opción. La culpa de esta pasión por el periodismo se lo debía a mi abuela materna, Carmen, que me hizo prometerle que llegaría muy lejos. Y si algo tengo claro es que las promesas están para cumplirlas. Como tampoco hay ni un solo día que no la eche de menos o que no me acuerde de ella en cada artículo que escribo, porque mis palabras están envueltas en su aroma.

La abuela Carmen vivió con nosotros una larga temporada en nuestro piso de Madrid. Parece que fue ayer cuando llegaba del colegio y ella me esperaba en casa. Me abría la puerta disfrazada y empezábamos a jugar. Me maravillaban esos momentos de complicidad entre nosotras. Mi mami me contó que mi abuela fue una actriz frustrada. A mi abuela Carmen le hubiese encantado subirse a los escenarios, pero su padre nunca la dejó, pues pensaba que era una pasión indigna y no quería que la gente hablase mal de ella. Eran otros tiempos. Afortunadamente las cosas han cambiado. Y, aunque nadie apoyó su sueño, ella nunca se olvidó de ellos y convirtió su pasión en un hobby. Era un don, actuar le salía de una manera natural y orgánica. Ella fluía a través de los personajes que se inventaba. Se dejaba llevar tanto que convencía a su público (o sea, yo) de que era esa persona que estaba interpretando. Me encantaba cómo se transformaba, mi abuela desaparecía y surgía el personaje que había decidido interpretar. Sus ojos se iluminaban más todavía, porque era muy feliz actuando.

Nuestra dinámica era muy sencilla: me abría la puerta y ya se había transformado en el personaje que iba a representar ese día y que iba a ser protagonista en nuestro juego. Lo sorprendente es que cada vez era uno diferente. Y mi rol era hacerle una entrevista... Pero no una entrevista cualquiera, tenía que hacerle «la entrevista». Era muy exigente. Me acuerdo perfectamente del día que se hizo pasar por una científica muy prestigiosa que acababan de anunciarle que iba a ser galardonada con el premio Nobel. Me recibió esa tarde con una bata blanca, con unas probetas en la mano, unas gafas de pasta y hablándome con un particular acento ruso. Me sorprendía su capacidad de imitar acentos, lo hacía superbién. La vestimenta la ayudaba a alejarse de quien era ella realmente. Nunca le pregunté de dónde sacaba todos esos atuendos tan divertidos. Supongo que serían de la tienda de los chinos que estaba cerca de nuestra casa. Lo que no encontrara allí no lo encontraría en ningún sitio. Aquel establecimiento era el paraíso de los disfraces y de los cachivaches. En nuestro juego, la única regla que me había marcado era que no aceptaba preguntas insulsas, tenían que ser interesantes, distintas, curiosas..., preguntas que la hiciesen pensar. Ella las llamaba «las preguntas con alma». Por eso nuestro juego se llamaba así.

Siempre que jugábamos tenía el gran reto de improvisar *in situ,* nunca sabía qué personaje me iba a abrir la puerta cada vez que llegaba del colegio. Era una manera muy divertida de entrenar la imaginación y la agilidad mental. Y no siempre era fácil, muchas veces tenía que enfrentarme a algún que otro bloqueo mental. Cuando eso pasaba, mi abuela me decía:

—Cata, no vayas en busca del resultado, más bien tienes que intentar conectar con el momento presente, conecta conmigo. Mírame a los ojos. Conecta con lo que estamos viviendo en este momento tú y yo. Estamos jugando, no hay más. Vamos a centrarnos en eso, en jugar. Nada es tan importante. Da igual que salga bien o mal. Este es nuestro particular laboratorio. Respira. Confía en ti.

Sus palabras siempre me relajaban. Me sentía cómoda y tranquila, como si me embadurnara de todas las inseguridades que brotaban de mi interior con una crema que las calmaba. Estar a su lado era como una sesión de reiki. Una vez leí en Instagram una frase que decía que todos hemos venido al mundo con un don y según mi abuela el mío era conectar con la gente y hacer entrevistas especiales. Yo no lo tenía muy claro, pero ella veía algo que quizá yo no era capaz de captar. Me lo repitió tantas veces que me lo acabé creyendo.

—Lo haces muy bien. Te sale de una manera natural. Tienes una sensibilidad, Cata, que pocas personas tienen a la hora de entrevistar. Da igual la persona que tengas delante de ti, te sabes amoldar a ella. Cariño, haces que la persona se sienta como en casa, no invades, consigues conectar con su alma con gran sutileza y sensibilidad. Tocas a la puerta de su corazón con tanto respeto y de una manera tan especial que se abre para ti. Y que alguien se abra no es fácil. Prométeme una cosa: cuando seas mayor seguirás haciendo entrevistas con alma. Sé que te convertirás en una gran periodista y que no dejarás indiferente a las personas que trabajen contigo, dejarás tu huella, tu estilo, tu sello particular... Cuando entrevistes a gente importante, espero que te acuerdes de estos momentos que hemos pasado tú y yo. Donde nuestra única pretensión ha sido jugar para divertirnos, y la diversión es una parte fundamental de la vida y a veces nos olvidamos de eso.

No dudé en darle mi palabra de que cumpliría esa promesa.

—Te lo prometo, abuela —se lo dije mirándola a los ojos.

Y acto seguido la abracé. Me encantaban sus abrazos, porque eran de verdad, de corazón a corazón. Pero ahí no quedó la cosa, me volvió a mirar a los ojos y quiso que le prometiese algo más.

—Una promesa más, Cata. Tienes que disfrutar siempre haciéndolas. Si no, no tiene sentido que te enfrentes a ellas. Porque en ese momento dejarás de ser tú y de disfrutar de tu máximo esplendor. Por eso te pido que, si no te diviertes entrevistando, lo dejes o analices el motivo de tu descontento, porque seguro que algo no va bien dentro de ti.

Se hizo un silencio entre nosotras… Tardé un poco en contestar. Quería pensar bien en lo que me acababa de decir.

—Te lo prometo. Así será.

Y la abracé otra vez. Aquel día me fui a la cama con dos grandes promesas, con dos grandes pilares que marcarían el rumbo de mi vida. Ya sabía a lo que me iba a dedicar cuando fuese mayor y debía divertirme con mi profesión.

Y precisamente en estos instantes de mi vida no estaba cumpliendo una de mis promesas, porque no disfrutaba de mi trabajo. Y, aunque había aprendido mucho en *Voces* durante estos siete años, ya no me levantaba cada mañana con la ilusión de seguir dando lo mejor de mí. Estaba apagada y había perdido la motivación. ¿Dónde había dejado las ganas de divertirme? ¿En qué momento me perdí? Llevaba una temporada que mis días estaban teñidos por la tristeza y la desilusión. Me daba mucha pena estar así, pues no me reconocía ni yo. Me encontraba en una especie de callejón sin salida en *Voces*, pero sentía que no debía tirar la toalla todavía, aunque estaba bastante bloqueada. Sabía que a nivel profesional podía seguir creciendo más. Todavía me quedaba mucho camino que recorrer a mis treinta y cuatro años. Todavía no había realizado esa entrevista que marcase un antes y un después en mi carrera profesional, esa entrevista que le debía a mi abuela y a mí misma. Y, para ser honesta y aunque me doliese, en *Voces* resultaba difícil cumplir mi sueño. No lo tenía nada fácil.

Las entrevistas importantes, es decir, las que salían en portada y de las que todo el mundo hablaba, las hacía siempre Susana, la redactora jefa. Y mi relación con ella no es que fuese mala, era malísima. No nos aguantábamos. No había nada de *feeling* entre nosotras. Ella entró en la redacción dos años más tarde que yo. Pero desde el primer momento no conectamos. Durante estos dos años, nuestra relación ya era imposible, estaba totalmente rota. Era una arpía, de esa clase de personas que, cuanto más lejos la tienes en tu vida, mucho mejor. No podía sostener mucho más esa situación y, además, para más inri, ella era mi jefa. Y llevarse mal con la jefa no traía nada bueno.

Desde que trabajaba allí, habíamos tenido varios encontronazos, algunos a solas y otros delante de todos mis compañeros. Mi sola presencia la crispaba y en realidad no sabía muy bien por qué. Nunca he sabido qué le había hecho para que me tuviese esa tirria y me tratase así de mal. Nuestra comunicación era mala y nuestros caracteres chocaban mucho. Éramos dos polos opuestos. La noche y el día. Mi honestidad al parecer no le gustaba, pero, si había cosas que yo no veía, las tenía que decir…, y ella lo sentía como un acto de rebelión. Mis compañeros se callaban y no expresaban lo que pensaban, para no tener problemas, pero yo no podía, eso era superior a mis fuerzas. La tensión entre nosotras era bastante evidente, saltaban chispas y todo el mundo era testigo del cortocircuito. Desde hacía tiempo, nos habíamos convertido en el supercotilleo de la redacción.

Trabajábamos unas veinte personas en los distintos departamentos y todo el mundo sabía que Susana me tenía entre ceja y ceja. Vamos, que el gordo de la lotería me había tocado a mí. En realidad, no entendía por qué me tenía tanta manía, ¿tal vez porque le llevaba la contraria? Yo tan solo le decía lo que opinaba. Además, es bueno y enriquecedor exponer diferentes puntos de vista. Me negaba rotundamente a ser una persona sumisa, porque no estaba dispuesta a dejar de ser yo por un puesto de trabajo. Esa no era la solución. Y, como dejar de ser yo no entraba dentro de mi ruta de vida, decidí, después de un par de situaciones muy desagradables entre nosotras, que siempre que pudiese hablaría con Cristóbal, que para eso era el director. Hasta cierto punto, él era consciente de la situación, pero creo que no veía que fuese un problema grave o que me estuviese directamente perjudicando. Me escuchaba cuando le planteaba algunos temas que podían ser interesantes para tratar en la revista, los debatíamos, hablábamos de los pros y de los contras, y aunque luego mi propuesta no llegase a buen puerto las consideraba. No era un no porque sí, sino que escuchaba mis argumentos. Con Susana era frustrante y desesperante, porque antes de hablar ya tenía el no por delante.

—Mira, Susana, que he pensado que…

—No.

—Pero si no me has dejado…

—No.

Este era el tipo de conversación que había entre nosotras. No tuve más remedio que acudir a Cristóbal y saltármela, porque ya estaba harta y muy molesta. Este hecho agravó aún más nuestras discrepancias. A ella le sentaba fatal lo que estaba haciendo. Pero habíamos llegado a un punto que sentí que era lo mejor para todos. Intenté buscar una solución para estar motivada y ser honesta con mi trabajo.

Al hablar más con Cristóbal, pude acercarme a él más que otros compañeros.

Tuvimos nuestra última reunión dos días antes de su fallecimiento. Quise reunirme con él para plantearle que me marchaba. Ya no aguantaba más mi situación con Susana. Durante el último mes me había relegado a escribir los horóscopos de la revista. Esa era mi mera función allí. Lo único que no se atrevía a quitarme era mi blog, *A solas conmigo*, porque iba bastante bien, si no, no hubiese dudado en apartarme también.

Me fue quitando los reportajes, me impedía escribir sobre cualquier tema que se tocase en las distintas secciones de la revista digital y su culminación final y maquiavélica fue comunicarme delante de todos mis compañeros que me iba a ofrecer una nueva función, iba a ser la encargada de escribir diariamente los horóscopos. Cuando esas palabras salieron por su boca, no daba crédito. Me quedé muda, sin poder articular ni un solo sonido. Mi cara era un cuadro. Y el resto de mis compañeros se quedaron con la misma cara que yo, aunque alguno que otro esbozó una ligera sonrisa. Yo no tenía nada en contra de escribir los horóscopos, pero esa tarea la solían hacer los nuevos redactores que iban llegando, no alguien que llevaba ya siete años en ella. Qué hacía yo hablando de Géminis, Cáncer, Escorpio... o de cómo afectaban las lunas a nuestro estado de ánimo. Qué golpe más bajo me acababa de dar, me había condenado en *Voces*, porque no valoraba mi valía. Y no me lo merecía después de todos estos años entregándome en cuerpo y alma. Quise darme un margen de una semana por si decidía cambiar de opinión, pero no, llevaba ya cuatro semanas redactando horóscopos. Sin duda me estaba castigando porque había tratado de saltármela en la cadena de mando. No pude más y fui a hablar con ella.

—Susana, ya está bien. Llevo un mes escribiendo sobre Acuario, Tauro, Capricornio...

—Y lo que te queda, Catalina. Y, si me disculpas, tengo que terminar este reportaje.

Odiaba que me llamase así. Nadie me llamaba así, solo ella. Y se quedó tan pancha. No dijo más. No le tembló el pulso. Salí de allí hecha una fiera. La justicia cósmica no la veía por ningún lado, así que decidí dar un paso más allá.

En aquella reunión dos días antes de su fallecimiento, le dije a Cristóbal que no estaba a gusto y que quería marcharme. Por primera vez le conté todo con pelos y señales, vomité todas las injusticias que había acumulado durante estos años. Ya no podía más. El vaso había rebosado.

—Cristóbal, lo siento mucho, pero no estoy bien. No puedo sostener más esta situación. Todo esto me está afectando mucho y lo que más me duele es que mi trabajo no está siendo honesto, porque no estoy concentrada. Me duele, porque te dije cuando me diste este puesto que siempre daría lo mejor de mí. Pero esta situación me está superando y necesito ser honesta conmigo y contigo. Y créeme que esta conversación no está siendo nada fácil para mí. Susana me ha mandado escribir los horóscopos, por eso no he venido a plantearte nuevos reportajes que se me hayan ocurrido, pues estoy totalmente bloqueada. Sabes cómo funciona esta redacción y quién se dedica a escribirlos. Te prometo que he intentado gestionarlo por mi cuenta para no molestarte con esta historia; es más, le he dado un margen por si era un simple castigo, pero no, es una situación que se está perpetuando en el tiempo. Lo siento, si esto no se arregla, me voy. Estoy muy triste y ya no tengo ilusión por venir a trabajar. No me reconozco. Me duele decírtelo, pero siento que Susana me está acosando. Me hace la vida imposible.

Cristóbal me miró y asintió.

—Cata, tranquila..., buscaremos la mejor solución. Te voy a hablar con sinceridad, siempre me has parecido una chica muy responsable, trabajadora y, créeme, sé que tienes un gran talento. Soy consciente y valoro todo lo que haces por *Voces.* Aprecio tu honestidad. Siempre he estado muy contento contigo. He visto que has peleado y peleas por esta revista, y eso te honra. Y, aunque te parezca curioso o te resulte extraño, me has demostrado durante todo este tiempo que quizá seas una de las pocas personas en quien puedo confiar en esta redacción. Si algo tengo claro es que no quiero que te vayas. Deseo que sigas trabajando en esta empresa. Déjame que le dé una vuelta a todo lo que me acabas de contar y buscaré la mejor manera de solucionar esta historia. Quiero recuperar a la Cata que contraté, llena de fuerza, ilusión y creatividad. Para mí es importante tenerte al cien por cien. Dame unas semanas para que encuentre la mejor solución para todos. Ya sabes que esta empresa es mi vida.

Me gustó todo lo que me dijo Cristóbal y me demostró que era un gran tipo. Me reconfortaron sus palabras y me llenaron de esperanza, porque quizá encontrase la solución para que pudiese seguir en *Voces* y aprovechar mi potencial sin que nadie me frenase.

Aquel día salí de su despacho con una sonrisa de oreja a oreja. Hacía tiempo que no me sentía así. Mi psicóloga se hubiese sentido orgullosa de mí. Llevaba muchas sesiones intentando gestionar todo lo que me estaba pasando en el trabajo. No había sido fácil sentarme delante de él y contarle que Susana, su mano derecha, me hacia *bullying* en el trabajo. Era un tema un tanto delicado y muy desagradable. Pero ese día toqué fondo, recogí mi dignidad del suelo y llamé a su puerta para comunicarle que me marchaba. Perdí el miedo a abandonar lo que más me gustaba en la vida, el trabajo. Total, trabajar así era peor que estar sin él. Me había pasado demasiadas noches sin dormir preguntándome por qué Susana me hacía la vida imposible. Le daba vueltas a todo, por si había hecho algo que le hubiese podido molestar, pero no había nada. Cada noche pensaba si había sido por esto o por lo otro, pero siempre llegaba a la misma conclusión, no había nada, le molestaba yo. Y no iba a dejar de ser yo misma para encajar con ella. Susana era una mujer de carácter fuerte y aparentemente muy segura de sí misma. Físicamente era una mujer muy guapa, alta, ojos marrones verdosos y pelo largo de color castaño. Además era una buena profesional, hacía bien su trabajo. No me encajaba nada lo que me decía Isa, mi compañera de despacho y mi mejor amiga de la redacción.

—Isa, es imposible que esa mujer me tenga envidia, ¿envidia de qué?

—Amiga, es obvio, ¿no lo ves? Planteas ideas interesantes y tu manera de enfocar las entrevistas es mucho mejor, más top. Las haces más actuales y naturales. Y no nos olvidemos de que el santo grial de esta revista desde hace tiempo es tu blog *A solas conmigo*, ¿te parece poco o sigo? A mí me parece más que suficiente para no tragarte. Eres su mosca cojonera.

—Ella también tiene ideas buenas.

—Sí, pero no son tan espontáneas e innovadoras. Y ya sabemos que ahora el mundo digital reclama frescura. Y ella a mi parecer se ha quedado un poquito antigua para los tiempos que corren. Y te llevas muy bien con Cristóbal, él siempre ha apostado por ti.

Quizá podía tener algo de razón. Intentaba buscar una explicación a nuestra tensión, pues de momento solo encontraba motivos abstractos. Era verdad que mi blog era el que más visitas tenía de toda la revista, pero no me entraba en la cabeza que no se alegrase de ello. Por lo menos había algo de contenido que llamaba la atención a los lectores. La competencia en la parte digital cada vez era más dura, había demasiados contenidos por todos los lados. Demasiados estímulos por todos los sitios.

Isa tenía razón, mi blog había conseguido atrapar a un cierto público preocupado por el desarrollo personal. Las encuestas hablaban y si había un tema en auge ahora mismo era el de la salud mental. Consideraba que era fundamental en la vida de una persona. A mí siempre me había gustado mucho trabajar mi interior y hurgar en mi mente. Por eso iba al psicólogo desde hacía tiempo, sobre todo tras mi separación. Ese era un buen momento para ordenar mi cabeza. Un tiempo para mí. Me ayudaba a tener herramientas para poder hacer frente a los diferentes problemas que iban apareciendo en mi vida. De ahí surgió *A solas conmigo*. A través de mis posts invitaba a los lectores a que buscasen esos ratos de soledad con uno mismo para poder afrontar con tranquilidad los problemas cotidianos. Emplear herramientas útiles como el amor o la compasión hacia uno mismo. Practicar momentos de autoamor, cada vez más necesarios para trabajar esa tendencia al individualismo del ser humano.

—Isa, ¿de veras crees que esa mujer me odia tanto solo por eso?

—Sí, es obvio. Yo lo tengo clarísimo.

Lo que estaba claro es que, por muchas conjeturas que hiciésemos, solo Susana sabía por qué le molestaba tanto mi presencia.

Aquel día la rabia me había armado de valor para cambiar mi rumbo en *Voces* y había hablado con Cristóbal. Pero mis esperanzas se esfumaron tras su fallecimiento. Mis expectativas de continuar allí murieron junto a él. El siguiente paso sería buscarme un nuevo trabajo.

2

Bienvenido a la jungla

Patrick

Jamás pensé que la vida pudiese cambiar tanto de una manera tan repentina. Pasar de la luz a la oscuridad en un abrir y cerrar de ojos. De tener todo sentido a que nada lo tenga. De sentirme invencible a sentirme vencido por el dolor, el desconcierto y el desasosiego. Estaba en shock. Deseaba despertar de esta maldita pesadilla, de esta especie de nube oscura, donde la gente me hablaba, pero yo no estaba. Porque me encontraba en una especie de limbo totalmente congelado de frío y en la más absoluta oscuridad. Ese lugar terriblemente gélido donde dejarme caer al vacío hasta morir era la salvación a tanto dolor. En aquel sitio nada me importaba y nada me consolaba. Era incapaz de digerir que mi padre había fallecido. No podía ser verdad. No podía creerlo. Y esa cantinela la repetía una y otra vez.

Esa misma mañana acababa de desayunar con él y con Simón. Maldita sea, ¿dónde quedaron todos esos planes que teníamos juntos? ¿Los partidos de tenis que nos quedaron pendientes, las celebraciones, las charlas tomando un buen vino…? ¿Adónde se fueron? ¿Adónde volaron? Lo que voló fue la vida de mi padre, me lo habían arrebatado de un plumazo. Maldita vida. No podía evitar maldecirla con absoluta rabia. Mi padre no. ¡Él no! Él era mi todo. Mi referente. Mi sostén. Mi pilar.

Y mientras estaba perdido en aquel mundo oscuro y tenebroso de mis pensamientos, mi teléfono no paraba de sonar con mensajes de condolencia y llamadas de todas partes del mundo. No tenía fuerzas para contestar a nadie, estaba totalmente desubicado en este nuevo escenario. Desencajado. Detrás de la banda sonora de mi móvil, intuía el llanto de mi madre mientras no perdía detalle de todo lo que decían en la tele. Todos los programas estaban hablando de lo sucedido. No paraban de poner imágenes de él, hablando de su trayectoria, de toda nuestra familia, haciendo un repaso exhaustivo de su vida, de nuestra vida… En todas las cadenas el fallecimiento de mi padre estaba presente, incluso en los informativos. Era la noticia de la semana. Qué de la semana, del año. Y no era para menos, mi padre tenía magia. Era un peso pesado en la sociedad. Era un hombre muy querido. Un hombre culto. Un grandísimo padre de familia, un grandísimo empresario, un gran referente para muchas personas. Su imagen siempre había sido impoluta, perfecta, tenía don de gentes.

Siempre había estado pendiente de cuidar cada detalle: dónde iba, con quién estaba, en qué evento participaba. Intentaba siempre ser amable con todo el mundo, le daba igual su condición social, para él eran importantes las personas, no su estatus. Y si algo le caracterizaba era su eterna sonrisa o las buenas palabras que tenía siempre para la gente que le rodeaba. Era precavido, no hacía nada que luego alguien pudiese usar en su contra y ensuciar así nuestro apellido. Era su manera de proteger su imperio, de darle valor. Un valor al alza que trabajó durante toda su vida y que le enseñó su padre, su gran maestro, y a mi abuelo se lo transmitió mi bisabuelo... Generación tras generación.

Nosotros tuvimos una buena relación. Solo chocábamos en un asunto: él no entendía por qué yo no cuidaba los detalles de cara al público. Y yo siempre le decía lo mismo, como una de las últimas discusiones que tuvimos:

—Papá, no voy a hipotecar mi vida como tú, por lo menos de momento. Todavía me queda mucho hasta que te jubiles o la palmes.

Le decía siempre en tono jocoso para quitarle importancia. Éramos tan diferentes en ese sentido. Él era la responsabilidad hecha persona. Yo continuaba con el mismo discurso:

—Así que debes de entender que, si me apetece salir, viajar, invitar a mis amigos, organizar fiestas, lo voy a hacer. Solo tengo treinta y siete años. Si no me divierto ahora, dime cuándo. Tienes que entenderlo, estoy en la flor de la vida. Y me sabe mal decirte esto, pero yo no he elegido nacer en esta familia.

Mi padre no acababa de entender mi postura y se enfadaba, solo entonces discutíamos. Y los titulares de la prensa no ayudaban. Muchos iban con mala leche.

—Hijo, comprendo que te quieras divertir, pero solo te pido que lo hagas de puertas hacia dentro. No es tan difícil. Insisto, quiero que tengas muy presente que eres un Suarch y tienes una responsabilidad con esta familia y con este apellido.

—Papá, eres un coñazo, siempre estás igual. Sí, soy un Suarch, pero ante todo soy persona y quiero pasármelo bien.

—Me parece estupendo, pero no lo hagas de esta manera, por favor. Estás dando una imagen que no es buena para ti.

—Siempre preocupado por la imagen, papá, siempre pendiente del que dirán. Ya estáis tú, mamá y los tíos para dar esa imagen impoluta. Siempre tiene que haber la nota discordante en una familia, y ese soy yo. Soy el que desafina en esta melodía perfecta.

—Hijo, no me gusta que hables así. Quiero que lo analices bien. No son buenos todos esos titulares que hablan de ti. Te tildan de mujeriego, dicen que no tienes valores, y a mí me duele. Soy tu padre. Sé listo y no des carnaza para que sigan hablando, deja de convertirte en el foco de algo que no te suma, sino que te resta. Cuida tu vida privada. Cada dos por tres te sacan con una chica nueva dando una imagen frívola y superficial, carente de valores. Y eso no me gusta nada. Porque en esta casa nos hemos esforzado mucho para que tengas una gran educación.

—¡Qué tendrá que ver eso! La gente joven se divierte. A mí sinceramente me da igual que hablen y que opinen sobre mí. Lo tengo totalmente asumido. La mayoría de las veces lo que dicen es mentira. Que digan lo que quieran.

—A mí sí me importa, hijo. Algún día serás mi sucesor y todo eso quedará en la hemeroteca, y, créeme, no es bueno para ti ni para ninguno de nosotros. Sé responsable, te lo llevo diciendo hace mucho tiempo y no me haces caso. Ya no sé cómo decírtelo para que lo entiendas.

Y ese maldito día ya había llegado. Estaba sentado en el sofá del salón familiar con el corazón encogido y los ojos rojos de tanto llorar. Daría mi vida por volver a tenerle a mi lado. «Papá, te echo tanto de menos. Perdóname por no haberte hecho caso. Dame fuerzas para poder hacerme cargo de todo esto. No sé ni por dónde empezar». Rogaba a Dios que esos titulares que habían sacado sobre mí no complicasen todavía más esta situación.

Y, con la carta escrita por mi padre en mi mano, me puse una vez más a leerla con la intención de buscar algo entre las líneas que me ayudase a ver la luz. Pero no había nada encriptado, había lo que había. Y yo no estaba preparado para ser su sucesor, para hacerme cargo del imperio familiar. Jamás de los jamases podría estar a su altura y todo el mundo lo sabía. Empezaba este partido ya perdiendo y sin saber jugar. Yo estaba viviendo la vida loca con la única responsabilidad de disfrutar y de ser feliz. Y de golpe esa fiesta continua se había acabado de una manera abrupta para convertirme en el patriarca de la familia. ¿De qué secretos ocultos hablaba mi padre?, ¿qué querría decirme? Si hasta ayer yo estaba convencido de que la empresa iba de maravilla y ahora resultaba que *Voces* estaba pasando por el peor momento de su historia e incluso me planteaba en esa carta que si fuese necesario despidiese a gran parte de la plantilla. ¿Qué habría pasado para llegar a esta situación? ¿Por qué no había hecho nada para remediarlo? ¿Por qué nadie me había comentado nada? ¿Mi madre estaría al corriente de lo que estaba sucediendo? Releí una y otra vez cada frase de ese maldito papel. Cada detalle que ponía. Me preguntaba quién le habría decepcionado y qué había pasado con Susana, su mano derecha. Y entre tanto pensamiento y tantas dudas poco a poco noté cómo mi respiración se iba entrecortando. Me faltaba el aire. Toda esta situación me estaba viniendo grande. No tenía ni idea de cuál era el siguiente paso que tenía que dar. Me atormentaba no saber por dónde empezar. Sentía que el aire ya no entraba por mi nariz, tenía una opresión extraña en el pecho que dificultaba cada vez más mi respiración y me empezó a doler ligeramente.

Deseaba irme con mi padre, deseaba sufrir un infarto fulminante como le pasó a él y desaparecer en una bocanada de aire de esta vida. Pero no era mi día, para mi desgracia no pasó, no pude descansar en la eternidad. Y para suerte de mi familia tampoco, porque con menudo marrón se hubiesen quedado. Me concentré en inhalar y exhalar tranquilamente e intentar retomar el control de mi cuerpo, y poco a poco logré calmar esta maldita ansiedad que trataba de controlar desde el incidente. Y entre respiración y respiración vi algo de luz, sabía cuál era el primer paso que tenía que dar: hablar urgentemente con Simón, el abogado de la familia.

—Hijo, ¿estás bien? ¿Necesitas que llamemos a un médico?

—Creo que no hace falta, mamá, me ha vuelto a dar otro ataque de ansiedad.

—¿Quieres un ansiolítico?

—Sí, creo que lo voy a necesitar. Estoy bloqueado. No puedo pensar bien. Tengo una losa de piedra en la cabeza. Estoy sobrepasado. No sé qué hacer.

—No te preocupes que hablo con el médico de la familia para que te ayude a pasar este trance. Para eso está la química. Hay momentos en los que hay que acudir a ella.

Me sorprendió la respuesta de mi madre. La veía más entera ante lo que se nos venía encima. Tal vez la ayudaba la «química», quizá solo era el consuelo que recibía por ser creyente o simplemente tenía mejor asumido que yo lo que se avecinaba y quería aparentar tranquilidad delante de mí, su hijo.

Se sentó a mi lado, ambos estábamos en el sillón preferido de mi padre. Me cogió, con cariño, una de mis manos y con la otra oculté la carta, porque ella no sabía de su existencia.

—Patrick, cariño. Sé por lo que estás pasando. Tu padre ya no va a volver, así que cuanto antes lo aceptemos mejor. No nos queda otra. Dios ha querido llevárselo, ha sido su voluntad y no podemos hacer nada, solo luchar por lo que él se levantaba cada mañana. Luchar por todo lo que construyó. No hay tiempo que perder. Tienes que ponerte al mando de todos nuestros negocios, pero, sobre todo, de *Voces*. Los inversores están nerviosos, y eso no es bueno. En la tele hablan de que la marcha de tu padre puede provocar el cierre de la empresa. Las acciones han caído en picado y hay que hacer algo ya, antes de que sea demasiado tarde. Acabo de hablar con Simón, es urgente que os reunáis y que te ponga al día. Es muy importante que el mundo sepa cuanto antes que tú vas a tomar las riendas y dar la imagen de tranquilidad que tanto le gustaba a tu padre.

—Eso había pensado, hablar con Simón, porque quiero saber cuál es realmente la situación antes de tomar decisiones. Mamá, ¿tú sabes lo que está pasando en *Voces*?

—Habla con Simón, y luego si quieres lo comentamos todo. Y cuenta conmigo para ayudarte en todo lo que necesites. Tu padre lo hacía y espero que tú también.

—Mamá, ambos sabemos que no tengo ni idea de llevar una empresa.

—Pues vas a tener que aprender a marchas forzadas, cariño. Sé que puedes hacerlo. Has estudiado para ello. Te hemos preparado para este momento y tu padre, créeme, confiaba plenamente en ti. Ha llegado el momento, Patrick.

Pero yo no lo había elegido. Ansiaba volver a pestañear y retomar mi vida de antes con la única preocupación de buscar la temática de la siguiente fiesta que iba a realizar. Pero me había caído una bomba y había reventado todo a mi alrededor. Ahora tenía que aprender a vivir en un entorno totalmente hostil para mí. Bienvenido a la jungla, Patrick.

3

La reunión

Cata

Mi teléfono móvil marcaba las doce menos tres minutos exactamente. Estábamos todos sentados en nuestras respectivas sillas preparados para la reunión urgente que había convocado Simón, el abogado de la familia Suarch. Esperábamos ansiosos las noticias que nos iban a dar. En la espera, intentábamos aparentar cierta tranquilidad charlando los unos con los otros. Aunque era imposible disfrazar la tensión y los nervios, la reunión nos había pillado por sorpresa y no sabíamos qué iba a ser de nosotros.

Esa misma mañana, todos teníamos en nuestra bandeja de entrada un e-mail de Simón convocándonos a las doce en punto en la sala de reuniones de la redacción. Era muy escueto y solo hacía hincapié en que era importante que no faltase nadie. Se avecinaban noticias y de las gordas. Se avecinaban por fin respuestas. Nadie iba a faltar a semejante convocatoria. Éramos más o menos veinte trabajadores los que estábamos en la sala acristalada esperando con cierta ansiedad a que alguien entrase ya por la puerta para poner algo de claridad en todo este asunto. ¿Con quién vendría Simón? Era un gran misterio. ¿Vendría solo o acompañado? Sobrevolaban en el ambiente infinitas posibilidades después de tantos días de especulación sobre el futuro de *Voces*. Y como al final todo en la vida llega, por fin lo íbamos a saber en apenas unos minutos.

La convocatoria era para darnos «la noticia». Y «la noticia» estaba siendo el tema favorito de conversación de todo el edificio. Hablábamos en todos los lugares posibles. A cualquier sitio donde ibas, alguien sacaba el tema, ya fuese en los baños, en los ascensores, en los *meeting points*... El denominador común en cualquier conversación era que se estaba haciendo un poco cuesta arriba convivir sin saber cuáles iban a ser los siguientes pasos. Manejar la incertidumbre no era fácil, porque creaba una sensación de pérdida de control de nuestras vidas que nos llevaba hacia la deriva. A algunos les estaba afectando hasta en el sueño y tomaban ciertos fármacos para poder dormir. El no saber nos hacía sentir que estábamos al borde del precipicio. El miedo estaba colapsando los sistemas nerviosos de todo el personal, aterrados con la posibilidad de perder el trabajo. Y es que salir de la zona de confort para saltar a ese aparentemente vacío, a veces, era bastante complicado de gestionar. Las cargas personales que muchos compañeros arrastraban en forma de hipotecas, alquileres, mantener una familia o un nivel de vida no ayudaban absolutamente nada. La gran mayoría estaban encarcelados en sus propios «debería», «tengo que»...

Lo cierto es que, aunque yo también estaba padeciendo lo mío, jugaba con cierta ventaja. Era un alma un poquito más libre. Lo manejaba más o menos bien. Quizá las herramientas que había aprendido en terapia me ayudaban. Contra todo pronóstico podía decir que estaba tranquila e incluso me sentía liberada, quizá por la decisión que había tomado hacía unas semanas de marcharme de la empresa si no cambiaba la situación tan incómoda en la que me encontraba allí. Mi cuerpo y mi cabeza ya se habían adaptado a la posibilidad de abandonar *Voces* con todas las consecuencias. Ya me había imaginado todos los escenarios posibles, analizando todos los pros y los contras de seguir o de marcharme. Y creo que, por eso, no tenía tanta ansiedad como el resto. La maratón que había corrido hasta llegar a ese punto no había sido nada fácil. Había derramado muchas lágrimas por el camino, pues estaba viviendo en mis propias carnes la injusticia. Pero era realista, tenía un pie más fuera de la empresa que dentro con los últimos acontecimientos. Y si algo tenía claro era que no me iba a quedar con unas condiciones que me amargaran la existencia. Si me tenía que marchar, lo aceptaría. Una derrota a tiempo a veces es una gran victoria. Y la victoria en este caso para mí era la paz. Es increíble, pero cuando un sitio no es para ti la vida se encarga de echarte a marchas forzadas, por mucho que uno se empeñe en quedarse.

Estaba convencida de que el día de mañana, cuando echase la vista atrás, comprendería el porqué de las cosas y entendería cómo las piezas del puzle habían encajado a la perfección. Había aprendido que, ante los problemas, soluciones; por eso, ya había rumiado mi posible plan B. Si no continuaba en el trabajo, *voilà*, me iría de vacaciones a Bali. Toma ya. Un viaje para purificarme y cargar pilas. Marcaría un antes y un después, un cierre de etapa e inicio de otra. «Porque yo lo valgo», como decía el eslogan de una marca conocida de pelo. Llevaba años soñando con ese viaje, así que, en el caso de..., era el momento perfecto para hacerlo realidad y además a solas conmigo, como el título de mi blog. No necesitaba ninguna compañía, la verdad.

Tras recibir el e-mail, esa misma mañana, me animé a localizar vuelos con hoteles, incluso investigué en foros donde la gente opinaba sobre las mejores rutas por allí. El viaje pintaba maravillosamente. Era un gran plan B, y además a un buen precio, porque era temporada baja. Y a la vuelta, con la energía totalmente renovada, me pondría tranquilamente a buscar empleo. Necesitaba ese tiempo para resetearme. Y como afortunadamente tenía dinero ahorrado me podía permitir viajar y vivir tranquilamente una larga temporada sin ningún estrés. Era lo bueno de no tener cargas económicas ni tener que rendir cuentas a nadie, solo con mi casero. Mientras le pagase el alquiler del piso a Miguel, no había ningún problema. Vivía sola en un apartamento de sesenta metros, con una miniterraza donde tenía plantitas y el suelo de césped artificial. Muy cuqui.

Cerré los ojos y ya me veía en esas aguas cristalinas buceando a modo de sirena, con mi melena al viento, olvidándome de las Susanas de turno. Pero el sonido de un teléfono me devolvió a la realidad de aquel momento. Respiré y regresé al presente. Convencida de que pasara lo que pasase sería lo mejor para mí. Una vez leí una frase que me gustó mucho; decía que lo que sucede conviene. Me gustó tanto que la tengo muy presente en mi día a día. No descarto tatuármela en algún momento. Y es que hace tiempo tomé la firme decisión de confiar plenamente en la vida, soltar el control y fluir más con el corazón. Mi tendencia siempre había sido perderme en los pensamientos; por eso, mi casa estaba llena de pósits con frases motivadoras del tipo «Confía, Cata», «Nunca dudes de tu potencial y de lo que eres capaz de lograr»... Frases de este estilo formaban parte de la decoración de mi hogar por si lo necesitaba en caso de SOS. Mi padre siempre me decía:

—Hija, cuando una puerta se cierra, otras se abren. No tengas miedo a vivir, la vida está hecha para los valientes. Y tú lo eres.

Y tenía razón, aunque siempre le decía que era una miedosa valiente. La vida es un constante cambio, y cuanto antes lo asumamos más felices seremos. Nada es eterno. Solo la muerte. Y mi sensación era que este ciclo había llegado a su final. En vez de verlo como un auténtico drama, quise ver el vaso más medio lleno que medio vacío. Era por pura praxis. Así combatía mis problemas mejor, me ayudaba a soltar ciertos apegos a personas o situaciones. El día que nos marchemos de este mundo, lo único que nos llevaremos serán las experiencias vividas. Las propiedades y el dinero no nos acompañarán a la tumba. Y si no, que se lo digan a Cristóbal. En aquella sala, pensé si aquel hombre había sido feliz. Si le habría merecido la pena tanto esfuerzo y tanta dedicación al trabajo. Ojalá la repuesta fuese un sí, le tenía cariño y creo que él a mí también me apreciaba. Deseaba que su vida hubiese merecido la pena vivirla y que todo ese tiempo dedicado a su empresa le hubiese hecho realmente feliz. Que el balance que dicen que haces antes de abandonar el cuerpo hubiese sido positivo, que no se hubiese arrepentido demasiado de esas cosas no hechas por el motivo que fuere. Y mientras me perdía en mis pensamientos apareció por la puerta Simón.

—Buenos días a todos. Perdonad el retraso, pero la reunión anterior se ha demorado más de la cuenta.

Y misterio resuelto, entró acompañado de Patrick. Ambos con semblantes muy serios. Por fin, se resolvía uno de los enigmas de la mañana. Simón no apareció solo, vino acompañado por el hijo de Cristóbal. Yo llevaba tiempo trabajando en la empresa, pero era la primera vez que lo veía en persona. Estaba más delgado que en las fotos que salían en las revistas. Iba con un traje negro, mantenía un riguroso luto. Le quedaba francamente bien, como un guante, seguro que estaba hecho a medida por un sastre. Su aparición vino envuelta de un olor a perfume caro, de uso exclusivo para una determinada parte de la población. Su olor llamaba la atención, o por lo menos a mí. Patrick tenía personalidad y era francamente varonil. Ninguno de los dos hizo amago de sentarse. Dejaron el portapapeles que cargaban encima de la mesa de reuniones y se quedaron de pie para dirigirse a nosotros.

—Creo que estamos todos, ¿no? —dijo Simón.

Al instante apareció Susana por la puerta.

—Perdón, falto yo. Estaba con una llamada cerrando un reportaje para la portada de la revista. Hola, Patrick...

Parecía que no se esperaba la presencia de Patrick por la cara de sorpresa que puso. Ella se sentó en una de las sillas que estaban libres. Enseguida Patrick tomó la palabra.

—Ahora sí, hola a todos. Sé que a Simón le conocéis muy bien y no necesita presentación. —Nos miró a todos fijamente—. Me suenan algunas caras, quizá porque hemos coincidido en algún evento organizado por Cristóbal. Para los que no me conozcáis me presento, soy Patrick Suarch, el hijo de mi querido padre. Sé que estáis muy ansiosos por saber qué rumbo va a tomar *Voces*, por eso no me voy a demorar más y voy a ir directamente al grano. Soy consciente de que habéis escuchado muchas especulaciones sobre la deriva de la empresa durante estos días. Muchos rumores son falsos, ni siquiera voy a perder el tiempo en mencionarlos. He venido hasta aquí para comunicaros en persona antes de que os enteréis por la prensa que *Voces* no va a desaparecer. Va a seguir funcionando. Y yo voy a ocupar el cargo de mi padre. Es la decisión que hemos tomado y, por eso, he querido que os enteréis por mí.

Era lo más obvio y lo más coherente. La gente empezó a murmurar ante la noticia que acabábamos de recibir. Estaba claro que era un gran alivio para todos. La hecatombe de cierre que pululaba por ahí en las apuestas se había esfumado. Esta noticia, sin embargo, no cambiaba mi situación. Yo seguía igual, en la misma casilla de salida. Simón, ante el ajetreo, pidió un poco de silencio entre tanto murmullo.

La gran duda que me planteaba era si Patrick estaría realmente preparado para poder manejar una empresa de esta envergadura. La realidad es que tenía una situación muy compleja entre sus manos. Patrick tomó la palabra de nuevo:

—En estas semanas de silencio, hemos estado trabajando sin cesar, creedme. Todo el equipo capitaneado por Simón me ha puesto al día de cada departamento, me han informado de qué funciona y qué no para así intentar subsanar los errores que se estaban cometiendo. Tras infinitas reuniones para empaparme de todo, he podido hacer una valoración real de la empresa a día de hoy.

Simón seguía a su lado, totalmente callado. Pero todos teníamos la sensación de que todavía había algo más. Susana miraba con mucha atención a Patrick sin perder detalle de todo lo que estaba diciendo.

—Después de meditarlo mucho, necesito ser sincero con vosotros, como probablemente lo hubiese sido mi padre. *Voces* está pasando un mal momento. El peor de su historia. Esta es la realidad. Necesitamos urgentemente una remodelación antes de que nos vayamos definitivamente a pique y que los inversores no quieran seguir apostando por este gran proyecto creado por mi familia. Tenemos que actuar para no tener que cerrar. No podemos permitirnos no ser la revista referente en el mercado digital ni en el de papel. Y mi obligación es hacer todo lo que esté en mis manos para que volvamos a ser lo que éramos antes.

El alivio que había antes en las caras de mis compañeros se empezó a transformar otra vez en tensión. Re-mo-de-la-ción, ¿eso qué narices significaba? ¿Mover fichas o empezar de cero con unas nuevas? Tras sus palabras, se produjo un silencio sepulcral en aquella sala, acompañado de semblantes serios. No había tregua, eran momentos convulsos y toda la plantilla volvió otra vez a la casilla de la incertidumbre. Ahora estábamos en otra pantalla porque ¿habría ya alguien elegido para abandonar la partida?

—Patrick, y esto qué significa... —le preguntó Susana con tono serio.

Estaba claro que se estaba enterando de la noticia al mismo tiempo que nosotros, algo que me pareció un tanto extraño.

—Estamos trabajando para buscar las mejores soluciones, Susana. Ahora mismo no puedo deciros nada más, espero que lo entendáis. Me comprometo a que pronto os informaremos de las medidas que vayamos a tomar.

Miré a mi alrededor y el rostro de mis compañeros era un cuadro. Hasta Susana tenía la cara desencajada. No quería ser mala, pero estaba disfrutando un poquito viendo que también ella había perdido el control de la situación. Patrick continuó con su charla:

—Tenéis que entender que esto es una empresa y que debe tener unos resultados.

Y era lógico lo que estaba diciendo. En realidad, siendo coherentes, se veía venir. Todos sabíamos que *Voces* estaba pasando un mal momento. Las estadísticas no engañaban. Algo había que hacer.

—No hay nada personal con ninguno de los que estáis aquí presentes. Para mí esto es muy importante que lo sepáis. Mi único objetivo es que la revista vuelva a ser un número uno. Y tengo claro que no descansaré hasta que lo consiga.

Nos miramos unos a otros ante la información que estábamos recibiendo. En realidad, estábamos jugando al «pito, pito, gorgorito, quién es el que va a dejar su sitio»...

Simón dijo las últimas palabras en la reunión.

—Lo dicho, en cuanto hayamos avanzado más os iremos informando. Nos reuniremos con cada uno de vosotros y os comunicaremos las decisiones que hayamos tomado.

—Gracias por vuestra paciencia. La reunión ha terminado. Susana, ¿te puedes quedar? Tengo que hablar contigo —dijo Patrick mientras todos nos levantábamos.

Susana asintió. Todos fuimos saliendo por la puerta. Yo iba detrás de mis amigos de la redacción, Isa, Luis y Pablo. Isa me miró cómplice con cara de «¿todo esto está siendo verdad?». Por supuesto, tuvo que decir unas palabras:

—Pues no sé qué decir, me he quedado muda. ¿Pinta mal o soy yo que lo veo todo oscuro hoy? ¿Remodelación? Suena a liposucción, a operación.

Me reí con lo que acababa de decir Isa. En realidad, tenía razón, iba a haber una operación a corazón abierto en *Voces*. Nos fuimos yendo todos a nuestros respectivos puestos de trabajo. La redacción estaba dividida en varias filas de mesas, ubicadas en la primera planta del edificio. La ubicación de la oficina era preciosa. En realidad, el edificio en sí era muy especial: un palacete en un lugar privilegiado en el centro de Madrid. No le faltaba el más mínimo detalle. El edificio era propiedad de la familia Suarch. Entraba muchísima luz por los grandísimos ventanales que tenía. Las joyas de la corona eran la terraza que estaba en la ultima planta y el gran jardín de la entrada. Ambos sitios se utilizaban muchas veces para organizar fiestas y hacer presentaciones. En la segunda planta estaban Recursos Humanos, el Departamento de Publicidad, el de Diseño Gráfico y los maquetadores... Y en la tercera planta estaban los platós para hacer las sesiones de fotos y las grabaciones donde se aprovechaba también la terraza de vez en cuando, porque daba mucho juego a las producciones.

Mis compañeros de mesa eran Isa, que la tenía a mi lado. Ella se encargaba del apartado de decoración dentro de la revista. Buscaba las últimas tendencias en colores, muebles, estilos... Se le daba muy bien, porque tenía mucho gusto. También se encargaba de la sección de bodas. Luis y Pablo se sentaban enfrente de nosotras. Luis llevaba el apartado de cultura y Pablo, la sección de gourmet. Nos lo contábamos prácticamente todo y nos entendíamos bien. Entre nosotros había mucha confianza. Y eso que nuestras personalidades eran muy distintas, incluso en muchos ámbitos opinábamos diferente, pero nos respetábamos mucho. Quizá ese era el secreto del éxito de nuestra amistad. Aunque esa complicidad que teníamos causaba envidia en la redacción. Las malas lenguas nos apodaban «los cuatro fantásticos», pero el tono que empleaban al decirlo era despectivo. La triste realidad es que a la gente le fastidiaba que entre nosotros hubiese buen rollo. Nunca lo entendí ni nunca lo entenderé. A la que más se le revolvían las tripas con nuestra amistad era a la maléfica de Susana. Pero hacíamos caso omiso. Nosotros íbamos a lo nuestro. Me intentaba llevar bien con todo el mundo, pero, como a ellos los tenía al lado, al final el roce hizo el cariño. Y mientras volvíamos a nuestro ordenador nos pusimos a comentar lo que acababa de pasar en la reunión.

—Yo entiendo la situación. Si me pongo en la piel de Patrick, probablemente haría lo mismo. La revista no va bien, está más que confirmado, y algo tienen que hacer o nos vamos al garete —les comenté a mis compañeros.

—Pues eso, lo acabo de decir, ¡una remodelación! —dijo Isa—. ¿Qué será una remodelación para él? Es que todo es muy subjetivo, ¡qué misterio, chicos! Deberíamos llamar a Iker Jiménez para que lo traten en su programa, no me fastidies.

Luis, en cambio, no tuvo tanta consideración. Estaba cabreado, indignado con lo que nos acababan de comunicar.

—Este tío no tiene ni idea de llevar una empresa, su vida la ha dedicado a organizar fiestas e ir con tías impresionantes. Jamás ha dirigido nada, solo a sus chóferes y al personal que tendrá en casa. ¿Con qué criterio viene este aquí? Le viene grande. Este pijo se cree que esto es como jugar al *Monopoly*.

Cuando Luis se cabreaba soltaba veneno por su boca, era un tipo muy reivindicativo.

—Luis, deberíamos de darle un voto de confianza. Acaba de perder a su padre. Está aterrizando. Quizá nos sorprenda, ¿quién sabe? —le rebatí.

Luis a veces se caracterizaba por su poca empatía, sus palabras estaban siendo duras, probablemente por el miedo que tenía a perder su trabajo y no poder hacer frente a las responsabilidades. Se acababa de separar y se había comprado una casa.

—Tú como siempre defendiendo lo indefendible —soltó bastante cabreado—. Parece que últimamente a ti te da igual todo…

—Voy a hacer como que no te he escuchado, Luis. No voy a entrar al trapo.

—Hombre, yo no sé cómo lo hará ni las decisiones que tomará, pero es verdad que no da mucha confianza. Aunque todo hay que decirlo, bueno está un rato. Es más guapo en persona que en la tele. ¡Cómo le quedaba el traje y cómo olía! ¿Os habéis fijado? —Isa, como siempre, aliviaba cualquier tipo de tensión que se crease entre nosotros a través de su sentido del humor.

No dije nada, me quedé muda durante unos instantes. No me atreví a decir que sí había notado su olor y que también me había fijado en cómo le quedaba el traje, mentí y no sé por qué lo hice.

—No, no me he fijado, la verdad. En cambio, sí me he dado cuenta de que se le notaba triste y preocupado.

—¡Como para no estarlo! Veremos qué hace con este transatlántico... O lo reflota o lo acaba hundiendo como si fuésemos el Titanic. Y todo va a depender de las decisiones que tome el fiestero este, porque quizá en esa «remodelación» nos pueda largar... —advirtió, siempre agudo, Pablo.

—Exacto, tú lo has dicho. Nos pueden despedir —afirmó Isa.

—Que sea lo que tenga que ser. Total, no depende de nosotros. No queda otra más que esperar —les dije.

Nos sentamos en nuestros puestos e intentamos sacar adelante, aunque pocas ganas había, nuestras tareas diarias.

—¿Tú qué vas a hacer? —me preguntó Isa.

—Pues en cuanto pueda tendré que hablar con él y contarle mi situación.

—Susanita se ha quedado dentro. Seguro que saca sus armas de seducción y va a por él. ¿De qué estarán hablando? —preguntó curiosa Isa.

—Pues no lo sé.

—¿Seguirá Susanita dirigiendo el cotarro o también peligrará su puesto?

No lo había pensado, pero efectivamente había una posibilidad de que cambiasen muchas cosas en esa futura remodelación.

4

Intuiciones

Patrick

Qué difícil me estaba resultando todo. Era la primera vez que pisaba *Voces* desde su fallecimiento. Primero, porque no me había sentido con fuerzas y, segundo, porque no queríamos provocar más revuelo del que ya se había formado durante estos días convulsos. Todas las reuniones las celebramos en la residencia familiar para intentar sortear a la prensa. Fue difícil porque estaban plantados día y noche tanto en la puerta de las oficinas como en la puerta principal de nuestra casa para captar cualquier movimiento extraño, buscaban la noticia.

Todo este proceso estaba siendo muy duro, habían sido días de idas y venidas de mucha gente y continuamente recibiendo información. Yo seguía con un maldito nudo en el estómago. Apenas había dormido y sabía que pisar *Voces*, sin que estuviese mi padre, iba a ser un trago difícil de gestionar, y así estaba resultando.

En tan solo veinte días, me había transformado en otro Patrick, no sabía ni quién era, no había tenido tiempo para analizar en qué persona me estaba convirtiendo. Me revolvía mucho estar aquí. Tenía que hacer muchos esfuerzos para disimular lo que realmente sentía en mi interior y que no se apoderase de las circunstancias la tristeza, la ira y la rabia. Estaba interpretando el papel de mi vida. Sabía que tenía que ocupar su silla, habitar su despacho tal y como lo dejó, lleno de fotografías y de objetos personales, y eso me rompía aún más por dentro. Invadir su mundo y sus recuerdos de una manera forzada, sin su permiso, me angustiaba. Tenía que concentrarme para que no se me saltasen las lágrimas.

En la sala de reuniones donde nos encontrábamos esa mañana, mi padre probablemente habría tomado decisiones importantes, se habría enfrentado a diferentes desafíos durante los años que estuvo dirigiendo el cotarro, pero ahora allí estaba yo, enfrentándome al mayor desafío de mi vida, salvar *Voces*, por él y por mi familia. Este edificio había sido su vida. De pequeño me cabreaba mucho, porque pasaba más tiempo aquí que en nuestra propia casa. Apenas lo veía. En cada recoveco sentía su esencia. Aquel lugar tenía que protegerlo en su memoria. Lo más importante era aparentar fortaleza y normalidad. Y ese era el papel que estaba intentando interpretar.

Mi madre llevaba semanas ayudándome. Nuestras charlas eran interminables. Me aleccionaba dándome instrucciones de cómo hacer las cosas, de cómo gestionar una empresa explicándome lo más importante para ser un gran líder y lograr que me respetasen. Ella sabía mucho de negocios. Sabía lo que decía y hacía. Conocía los entresijos de *Voces*, noté que había habido comunicación entre mis padres. Me llamó mucho la atención durante esos días su resolución y su frialdad. Estaba anestesiada, como si no sintiese ni padeciese nada, como si sus emociones se hubiesen congelado. No estaba triste, no lloraba, o quizá lo hacía, pero a escondidas. Estaba descubriendo un lado de mi madre que realmente desconocía. Se puso en modo supervivencia, su objetivo era sobrevivir, defender nuestro estatus y nuestro patrimonio. Era una mujer muy astuta, se le notaba en la mirada. Mi padre se había apoyado cien por cien en ella y había tenido su opinión más que en cuenta. Y no me extrañaba, porque era de esas personas extremadamente inteligentes.

Mi madre venía de una familia de empresarios con una de las grandes fortunas de este país. Tuvo una gran educación, cursó en los mejores colegios y sus notas eran más que brillantes. El casarse con mi padre fue una gran alianza empresarial, porque a la gran fortuna que le precedía se le unió el título de marquesa de Suarch. Para ella el mundo de los negocios era su hábitat, lo había mamado desde bien pequeñita, la habían preparado para ello. Antes de casarse, estuvo trabajando muchos años con su padre y aprendió cómo gestionar y manejarse en un mundo tan hostil como el de los negocios. Además, siendo mujer no era nada fácil que la tuviesen en cuenta. Pero mi abuelo era un visionario y se la llevó a todas las reuniones, así que ella estaba presente en las negociaciones, porque a él le gustaba ver cómo razonaba dando un punto de vista más moderno a todos los temas que se trataban.

Pero todo cambió cuando conoció a mi padre y se casó. Se adentró en el mundo de la jet set y le llamó más la atención. Quizá porque le resultó más divertido, novedoso, menos serio y con menos responsabilidad. Le encantaba conocer gente, codearse con personas importantes, crear nuevas amistades, ser invitada a los mejores eventos como la marquesa de Suarch y ser el foco de atención acaparando todos los flashes. El apellido de mi padre le había dado prestigio y le había abierto nuevas puertas que nunca había experimentado. Tampoco dudó en formar una familia y tener descendencia. Siempre lo tuvo claro. Durante muchos años estuvo ejerciendo de madre conmigo y se dedicó a cuidarme. Por eso, cuando mi padre le propuso capitanear *Voces* junto a él, considerando que iba a ser bueno para la revista, prefirió estar en la sombra. Mi padre quería que diese ese aire de actualidad que ella sabía dar y además confiaba plenamente en su sabiduría sobre los negocios, pero mi madre no aceptó la oferta. No quería tener ese peso público, sentía que podía aportar más estando detrás y potenciando el apellido Suarch yendo a diferentes eventos. Mi padre era el que debía dedicarse más a los negocios empresariales públicamente. Él debía ser la cara visible en esa área.

Durante todas esas horas de charlas con mi madre esos días desde la tragedia, le estuve preguntando por el personal. Hice un poco más de hincapié en Susana para intentar indagar y ver si me decía algo, como que tuviese cuidado con ella, porque mi padre había descubierto algo. Mi intuición me decía que mi madre tampoco sabía absolutamente nada sobre esa advertencia. Yo no tenía ni idea de si había recibido otra carta confidencial y privada como la que me había entregado mi padre pocas horas antes de morir, en ese último desayuno. Me la dio en un momento en que los dos estábamos solos y le quitó importancia; me dijo algo así como que había estado en el notario el día anterior redactando sus últimas voluntades, que era un mero trámite y que no me preocupase, que tardaría mucho tiempo en leerla y abrirla, pero que la guardase bien y no se la enseñase a nadie. Yo, como siempre, no hice mucho caso pensando que eran cosas suyas. Así que, aunque veía que mi madre dominaba todos los entresijos de la empresa, no sabía si mi padre le había comunicado o no las mismas cosas que a mí para enfrentarnos a la crisis… Mi padre solo me había indicado que la cuidase. Y eso era lo que estaba intentando hacer, aunque en este punto era ella la que me estaba cuidando a mí con su discurso motivacional basado en repetirme una y otra vez que confiaba plenamente en mí, recordándome que era una persona con mucho criterio y que estaba más que preparado para dirigir una empresa de esta envergadura. Insistía en que, aunque nunca hubiese estado al frente, me habían educado para ello. Todos esos años de estudio habían servido para algo. Recalcándome mucho que hiciese caso a mi intuición.

Y ahí estaba en la sala de reuniones con Susana, haciendo caso a mi intuición, que me decía que tenía que hablar con ella para intentar esclarecer qué había pasado con mi padre. ¿Por qué me quiso advertir diciéndome que no era de fiar? No había visto ninguna irregularidad en la documentación que me había presentado Simón. Había estado horas releyendo cada papel intentando que no se me escapase nada. Todo estaba perfecto. No encontré ningún indicio de juego sucio o de traición, por lo menos en el ámbito económico.

Simón solo hablaba maravillas de ella. Por lo tanto, cada vez estaba más seguro de que la información que yo tenía no la sabía absolutamente nadie. Solo mi difunto padre y yo. Pero ¿cuál era el meollo de esa cuestión? No lograba comprender lo que pasaba. Puede que mi padre lo hubiese descubierto recientemente y, por eso, nadie tenía este dato. La fecha de la carta estaba datada el día anterior a su muerte, ¿era una casualidad o tenía miedo de que le pasase algo? ¿Por qué se sentía decepcionado y en qué sentido? No paraba de darle vueltas a estas cuestiones, no podía sacármelas de la mente. Necesitaba llegar hasta el fondo de la situación. Tenía que hablar con ella por si me daba alguna pista. Y ese día había llegado.

Era la primera vez que nos veíamos tras el entierro. Tampoco había hablado con ella desde entonces. Como todos los trabajadores se acababa de enterar de que yo iba a tomar el control de *Voces*. Preferí hacerlo así. Nadie sabía nada, ni siquiera Simón, aunque lo intuía. No quería que hubiese ningún tipo de filtración a la prensa antes de tiempo. El ritmo lo quería marcar yo para ganar tiempo y estructurar mi cabeza. En realidad, a esta chica que tenía enfrente apenas la conocía. Mi relación con Susana siempre había sido inexistente. Sabía que era la jefa de redacción porque en casa se hablaba de ella o había escuchado su nombre en alguna que otra conversación que pillaba entre mis padres. El contacto que habíamos tenido se había limitado a haberla saludado en eventos importantes organizados por la revista, a los que tenía que ir obligado para dar sensación de unidad, y en algún que otro evento familiar. Por lo tanto, solo habíamos cruzado unas pocas palabras, no las suficientes para hacerme una clara opinión sobre ella. En cambio, mi padre siempre había tenido buenos adjetivos hacia su trabajo. Siempre habló de su talento. La admiraba, quizá porque sabía que era la mejor en su área. Estuvo años intentando quitársela a la revista de la competencia. Se resistió hasta que un día le hizo una oferta que no pudo rechazar. Él estaba feliz con su incorporación.

Susana era una mujer físicamente muy guapa, con una intensa personalidad. Una mujer empoderada, que pisaba fuerte ante la vida. Era inevitable que llamase la atención allá por donde iba. Su presencia nunca pasaba desapercibida. Le gustaba vestir de una manera llamativa, exuberante, resaltando las curvas. Era inteligente y directa. Mi padre no paró hasta tenerla trabajando para él. Quería al número uno para que manejase y dirigiese la redacción de la mejor revista. Una redacción de más de veinte personas, con departamentos muy diferentes. No era una tarea fácil lidiar con aquello, pero estaba más que capacitada. Había leído su currículo y era impecable. La avalaba su trayectoria, era brillante. Sabía manejarse muy bien en estas lides.

Aunque tenía claro que en la parte profesional era excelente, siempre me había parecido que había algo en su mirada que no sabía definir muy bien. No podría decir el qué, no había pasado tanto tiempo hablando con ella para intuirlo, pero era de esas personas a quienes costaba leer. No sabía si estaba en el bando de los buenos o de los malos. En mi cabeza, cabía la posibilidad de que se hubiese creado el personaje de jefa agresiva, de mala de la película. Tenía entendido que su manera de comunicarse con los demás no era fácil. Quizá era para hacerse respetar y poder manejar a toda esa gente. Y luego tal vez en la intimidad fuese una persona maravillosa. Tendría que descubrirlo.

Como descubrí en las largas horas de análisis exhaustivo del recorrido de *Voces*, al principio de su incorporación todo funcionaba de maravilla; es más, su incorporación nos hizo crecer mucho. Los datos fueron muy buenos. Pero durante los dos últimos años algo había cambiado. Algo había pasado y solo caíamos en picado. Ojalá pudiese frenar esa tendencia, ojalá estuviera a tiempo de poder solucionar el futuro de *Voces*. La competencia cada vez era más dura, más agresiva. Lo digital estaba en auge. La manera de consumir era más rápida, más inmediata. Eso lo había experimentado hasta yo. Era también mi manera de hacerlo. Si pinchaba en alguna noticia y no me gustaba, no le daba oportunidad, buscaba otra cosa. Había tanto de todo que no iba a perder el tiempo en cosas que no me aportaban. Eso tenía su parte buena y mala a la vez. Por eso, en estos tiempos, enganchar al público tenía mucho mérito.

—¿Cómo estás, Patrick? —me preguntó con un tono que marcaba cierta distancia.

—Intento asimilar la pérdida de mi padre y a la vez tomar el control de *Voces*.

—Me hubiese gustado enterarme de la noticia antes que el resto. Creo que hubiese sido lo más lógico.

Su tono había cambiado a uno un poco más beligerante.

—¿Lo más lógico? Ya..., depende de para quién, ¿no?, porque para mí lo más lógico es como lo he hecho, obviamente.

Me miró mientras esbozaba una ligera sonrisa. Continué con mi discurso:

—Susana, te has enterado cuando te tenías que enterar. Créeme que he valorado mucho las circunstancias y era necesario hacerlo así, por el bien de *Voces*.

Se produjo otro silencio incómodo. Simón tomó la palabra:

—Susana, está en lo cierto. Nadie sabía nada sobre su decisión final, ni siquiera yo, que me he enterado quince minutos antes de entrar.

—Vale, vale, está bien. Gracias por la información. Por cierto, quería preguntarte, ¿a qué te referías con que va a haber una remodelación? Antes de realizar algún cambio, deberías preguntarme a mí. Conozco esta redacción como la palma de mi mano y te puedo aconsejar. Somos un equipo. Supongo que Simón ya te habrá informado. Sabrás que yo era la mano derecha de tu padre y ahora supongo que seré la tuya. Tranquilo, soy de fiar. Estamos en el mismo bando, puedes confiar plenamente en mí.

La miré a los ojos. No quería perder el contacto con su mirada.

—Claro que estoy informado del sitio que ocupabas en la redacción. Lo sé todo.

Le dije «lo sé todo» para ver si ponía alguna cara, por si reaccionaba de alguna manera o me apartaba la vista. Pero nada, no se dio por aludida.

—Patrick, no me hagas reír, no creo que lo sepas todo. Habrás visto números, estadísticas, pero no sabes de qué pie cojea cada uno de los que están aquí. Hay otro mundo paralelo, la dinámica del día a día y saber lidiar con más de veinte personas para que rindan en sus puestos. Y eso solo lo sabe quien está aquí, al pie del cañón. Tú te acabas de incorporar.

»Por eso me gustaría que me hicieses partícipe de lo que está pasando por tu cabeza. Nadie sabe mejor que yo cómo funciona esta redacción.

—Me parece muy bien que sepas cómo funciona esta redacción, pero de poco le ha servido a la empresa dadas las circunstancias. Llevo semanas encerrado analizando cada detalle y he estudiado todo de arriba abajo. He tenido millones de reuniones…

—Menos conmigo —me indicó, puntillosa.

—La estoy teniendo ahora, ¿no? Y me gustaría preguntarte, ya que lo sabes todo, ¿por qué *Voces* ha llegado a esta situación tan nefasta? ¿Por qué mi padre no hizo ningún movimiento viendo que el barco se hundía?

—Es lo que tienes que hacer, hacerte estas preguntas. Vas bien, Patrick. Ocupar el puesto de Cristóbal acarrea una responsabilidad, y no todo el mundo está a la altura. Tendremos que ir viendo si tú lo estás…

Me estaba desafiando con sus palabras. La conversación se estaba poniendo cada vez más tensa y no estaba dispuesto a callarme ni achantarme. Mi intuición me hablaba y efectivamente había algo en ella que no me acababa de gustar.

—Intentaré responder a tu pregunta lo mejor posible… Tu padre no hizo ningún cambio porque tenía miedo de que se perdiese la esencia de *Voces*. Cristóbal era una persona muy conservadora, como ya sabrás. Pensó que lo que estaba ocurriendo era una racha y que mejoraríamos con el tiempo. Así hemos estado dos años…

Estaba tirando balones fuera. No me cuadraban sus palabras. Susana no contaba con la carta que me había dejado mi padre, donde me autorizaba a hacer todos los cambios necesarios. Una persona conservadora o con miedo a perder la esencia de su revista como ella decía no hubiese escrito eso.

—¿Estás segura de lo que me estás diciendo?

—Totalmente segura, como que estás aquí.

Pero ¿por qué él no hizo esos cambios? Tal vez tenía en mente la remodelación y estaba atando todos los cabos y como era tan prudente no había comentado todavía nada a nadie, ni siquiera a mi madre. Y por desgracia no tuvo tiempo de llevarlos a cabo, porque obviamente no esperaba morir...

—Si mi padre era conservador, yo no lo soy. Soy totalmente lo contrario. No me tiembla el pulso, Susana. Voy a ir al grano. He estado revisando todas las estadísticas y llevamos dos años perdiendo visualizaciones. No logramos enganchar al público y cada vez tenemos menos tráfico en la web. Los artículos que se publican carecen de interés. Los que pinchan en un enlace por el titular luego no están más de treinta segundos en la noticia, y eso es nefasto. Perdemos lectores cada día. No hay *engagement* con el consumidor. Esta es la realidad y tú diriges esta redacción. Y, si no hay tráfico en la revista, las marcas no quieren publicitarse, prefieren irse a la competencia. Y, si las marcas no se publicitan, no entra dinero. Y deja de ser rentable para los accionistas e inversores y entramos en pérdidas.

—¿Qué me quieres decir con todo esto?

—Entiendo que esto ya lo sabrías; es más, supongo que ya habrías hablado con mi padre sobre todo lo que te he expuesto. Es importante que sepas que no tengo nada en contra de ti. Mi único objetivo es que *Voces* vuelva a ser lo que era. Necesitamos urgentemente una nueva línea, un nuevo rumbo.

—Soy toda oídos.

—He visto que lo único que funciona bien de verdad es el blog de *A solas conmigo*. Vive al margen de la situación que tenemos en general. Está escrito por una chica que se llama Cata, me gustaría hablar con ella…

Fue pronunciar el nombre de Cata y se le cambió la mirada. Se puso a la defensiva, pero no podía entender por qué. ¿Había algo que se me escapaba con esa chica? Tenía que indagar más.

—Según las estadísticas atrae a mucho público joven. En lo que va de año, con respecto al resto de contenidos ha crecido exponencialmente en número de clics. He estado leyendo las cosas que ha publicado y su manera de escribir me gusta mucho, es natural y cercana. Habla de temas cotidianos con naturalidad y está claro que la gente se siente identificada con esos posts. Necesitamos más contenido así, que interese a ese tipo de público y que se quede navegando por la web. Quiero conocerla. Simón, ¿puedes decirle que venga?

La cara de Susana se iba desencajando a medida que alababa más y más a esa chica.

—Un momento, Simón. Patrick, eres nuevo en esto. Lo que esta chica escribe lo puede hacer cualquiera, hasta tú podrías hacerlo. Esa chica es conflictiva.

—¿Conflictiva? ¿Por qué? ¿Qué me he perdido?

Su opinión distaba mucho de los consejos de mi padre. Según él, Cata era la única persona *a priori* de la que me podía fiar.

—Es desafiante, rebelde y va por libre. Intenta desautorizarme ante los demás. Nunca está de acuerdo con los temas que propongo. Y las cosas que ella expone, por Dios, no tienen sentido.

—Su blog sí tiene sentido, repito que me gustaría hablar con ella.

—Patrick, no es una chica fácil; es más, te voy a ser totalmente honesta, me gustaría que prescindiésemos de ella en esta nueva etapa.

—No me hagas reír, Susana, ¿me estás planteando que prescinda de la única persona que escribe algo que interesa? No es muy lógico lo que me estás sugiriendo.

—Patrick, con todo mi respeto, no tienes ni idea de cómo funciona esto.

—Susana, no te voy a tolerar esta falta de respeto. Con idea o sin idea, aquí mando yo. Y no voy a despedir a Cata. Las decisiones las tomo yo, no tú. Además, lo he pensado bien durante estos días... y a quien voy a despedir es a ti por diferentes motivos, pero el principal es que tu trabajo no lo has hecho bien. Tienes una gran parte de responsabilidad de que estemos en esta situación. Tengo que cortar el problema de raíz. Quiero que dejes de trabajar en *Voces*.

—¿Perdona? ¿Estás loco? ¡Simón! ¡Qué narices es esto! Explícame qué está pasando.

—Simón no tiene por qué explicarte nada, ya te lo explico yo, que para eso soy tu jefe. No quiero que sigas al mando, creo que es mejor para todos que te marches.

—Patrick, quizá deberíamos hablar esto más tranquilamente —apuntó Simón con la cara desencajada.

Se hizo un gran silencio. Un silencio bastante incómodo. Susana me miró fijamente. Y, de repente, sonrió. Era una sonrisa desafiante, de poder.

—Pues va a ser que no. Simón, ¿puedes salir un momento del despacho? Tengo que hablar a solas con el jefe.

Simón me miró preocupado, le hice un gesto para que se fuese. Sentía que estaba a punto de descubrir a la verdadera Susana. En cuanto Simón salió por la puerta, ella se relajó. Se dirigió tranquila hacia mí con una sonrisa.

—Bueno, ahora estamos solos tú y yo. Estás jugando con fuego. Y vaya, qué pena, te acabas de quemar, heredero, perdón, falso heredero. ¿Te crees que puedes venir aquí a ocupar el sitio de tu padre y hacer lo que te dé la gana? Pues va a ser que no, porque aquí hay unas normas, unas reglas del juego que debes saber.

—¿Adónde quieres llegar?

—Estás de suerte, porque no me voy a marchar. Voy a continuar en *Voces*. Tengo algo que te va a interesar mucho, Patrick.

Susana cogió su teléfono, desbloqueó la pantalla y me lo dio.

—Me refiero a esto…

5

Puedes confiar en mí

Cata

Susana llevaba más de dos horas y media reunida con Patrick. El tiempo no avanzaba, la espera se me estaba haciendo eterna. Estaba segura del siguiente paso que iba a dar, no iba a demorar más hablar con mi nuevo jefe. Había llegado el momento. En mi interior algo me decía que tenía que contarle mi situación. Y eso era lo que iba a hacer. Estaba un poco nerviosa, porque no conocía de nada a Patrick. No sabía cómo iba a reaccionar, pero no quería que siguieran pasando más los días. Con todos lo cambios que iba a hacer, era bueno que supiese qué estaba pasando en esa redacción.

Durante esas dos horas y media, estuve repasando en mi cabeza qué le iba a contar y cómo. Tenía ya mi esquema mental hecho. Lo tenía todo más o menos controlado.

Le diría lo mismo que le conté a Cristóbal en su día. Un discurso que repasé millones de veces en su momento. Pero, a pesar de que todo estaba bajo control, no podía evitar sentirme inquieta. Por eso, no paraba de repetir mentalmente: «Tranquila, todo va a salir bien, Cata. Lo que sucede conviene». Una y otra vez me repetía esas palabras en silencio para no dejar paso al pánico, no quería arrepentirme y no ser capaz de hablar con él.

—Desde que hemos salido de la reunión te veo muy pensativa y muy callada. ¿Qué estará pasando por tu cabeza, señorita Catalina? —me preguntó Isa.

Ella me conocía muy bien. Llevábamos muchos años trabajando juntas. Desde el primer momento encajamos y eso que teníamos maneras muy diferentes de ver la vida. Ella trabajaba porque tenía que ganar dinero. Y a mí en cambio me encantaba mi trabajo, era mi pasión. Sus objetivos eran dos: uno, formar una familia y tener hijos. Y el segundo era casarse con un millonario para no tener que trabajar y vivir la vida plácidamente sin responsabilidades laborales. Soñaba con que aparecía el típico príncipe azul y la rescataba de su vida apática, encontrándole un sentido. Pero a día de hoy no lo había logrado, sus relaciones no duraban nada. Los chicos acababan huyendo porque elegía parejas que no querían comprometerse. Sufría mucho, porque se enamoraba fácilmente y buscaba con ansia cumplir su particular cuento de Disney. Pero de lo que no se daba cuenta era de que los príncipes no eran como nos lo habían contado, o, por lo menos, eso pensaba yo.

—He decidido hablar con él —le confesé a Isa.

—¿Con él? ¿Con... Patrick?

—Sí, pensaba esperar, pero algo me dice que tiene que ser ya.

—¿Ya? Pero, tía, ¿qué me estás contando? El hombre acaba de aterrizar aquí, se va a atragantar con tanta información, no va a dar abasto. Tú como siempre con un par de ovarios, entrando por la puerta grande y dejando tu sello.

Me hizo gracia su comentario. Isa siempre me ha tenido en buena estima. Decía que me admiraba porque no me callaba y soltaba las cosas tal y como las pensaba sin importarme el cargo de la persona que tenía delante ni las consecuencias que me podían causar después. Y tenía razón. Si veía algo que no era justo, lo decía. El no hacerlo iba en contra de mis principios. Y eso, a veces, no sentaba del todo bien. Había personas que confundían esta actitud con arrogancia y chulería. Pero para nada, para mí era ser honesta con las cosas que pensaba.

Isa gestionaba estas cuestiones de una manera diferente. Le daba miedo expresar su verdadera opinión por las consecuencias que pudiesen tener o si iba en contra del sistema. Era una pena, porque en el trabajo no sacaba su verdadera personalidad, sino la versión más descafeinada. Pero como amiga ella era todo lo contrario, sí que era auténtica. Y esa Isa me encantaba. Siempre me había gustado rodearme de gente que fuera de verdad, no me llevaba bien con los palmeros.

—Patrick ha dicho en la reunión que va a hacer cambios. Es importante que, si se está planteando hacer algún movimiento conmigo, sepa cuál es mi situación.

—Haces bien, los problemas hay que atajarlos cuanto antes y tú eres una experta en ello. Mira, con un poco de suerte, puede que hoy sepas cuál es tu futuro.

Estaba deseando que se solucionase ya este tema. Ya tocaba.

—Ojalá, amiga, porque empiezo a estar un poco cansada, y necesito saber qué rumbo va a tomar mi vida en los próximos meses, si estoy dentro o fuera.

—¿De qué estarán hablando esos dos? Llevan más de dos horas ahí metidos. ¡La madre del cordero! Si ya no les quedarán palabras que decir. Moriría ahora mismo por tener el poder de la invisibilidad y meterme en ese despacho para ver qué se está cociendo. Calla, calla, disimula, ¡que sale la bicha!

Efectivamente Susana estaba saliendo, por fin, de esa interminable reunión. Quería verle la cara. Parecía satisfecha, tranquila, su gesto era distinto al de hacía unas horas. Probablemente la reunión con Patrick había ido bien, la sonrisilla la delataba. De repente, cruzó una mirada de soslayo conmigo.

Era desafiante. Distinta. No me gustó. Es más, se me erizaron los pelos de todo el cuerpo. Y se dirigió a su mesa para seguir trabajando.

—Madre mía, Cata, qué mirada te acaba de echar la colega. Acabo de corroborar una vez más que esa tía te odia. Qué mala es la envidia.

—¿No me lo invento, verdad? Tú también lo has visto. Esa mirada no era amistosa, era de odio, de rabia, de inquina.

—Totalmente de acuerdo, ostras, y ¿qué vas a hacer? ¿Vas a ir a hablar con él justo cuando ella acaba de salir de ese despacho, está en su mesa y va a ver cómo entras...? Quizá es echar más leña al fuego, digo yo. ¿Por qué no aprovechas cuando se levante a por un café?

—No, Isa, lo voy a hacer ahora. No tengo nada que esconder. La situación es la que es y, en un par de horas, seguirá siendo la misma. No le va a gustar ni hoy ni mañana. Tengo que mirar por mí.

Y eso fue lo que hice, esperé cinco minutos de cortesía y me levanté de mi asiento.

—¡Vamos, Cata! A por ello. ¡Suerte, amiga! —me animó Isa en voz baja.

Respiré, conté hasta tres y fui a resolver, por fin, mi futuro. Mientras me estaba levantando de la silla dirigiéndome a la sala de reuniones, noté que toda la redacción me miraba. Me sentí intimidada y pude ver cómo Susana me vigilaba sin perder detalle de hacia dónde me dirigía. Aun así, la presión no me pudo, toqué la puerta y abrí decidida, aunque nerviosa.

—Perdón, ¿puedo hablar contigo, Patrick?

Cuando abrí la puerta, me encontré a un Patrick sentado en una silla, con los codos encima de la mesa, las manos en la frente y la cabeza agachada. Parecía que estaba rezando o concentrado. No levantó la cabeza. No contestó absolutamente nada. Siguió en esa misma postura sin inmutarse. Cabía la posibilidad de que mi tono hubiese sido algo bajo y no se hubiese enterado de mi entrada. Por supuesto, una vez ahí dentro, no me di por vencida e insistí, esta vez, elevando un poco más la voz.

—Perdón, Patrick, ¿puedo hablar contigo?

De repente reaccionó, levantó la cabeza y vi sus ojos bañados en lágrimas. La mirada perdida. Parecía que estaba habitando otro mundo. Miraba sin mirar. Distaba mucho del Patrick que había visto hacía unas horas en la reunión. Le costaba hasta abrir y cerrar los ojos, lo hacía todo a cámara lenta. Por unos instantes, su mirada se quedó atrapada en la mía fijamente y me quedé delante de él..., inmóvil, sin poder decir nada más. Me pareció que Patrick no sabía ni dónde estaba. Lo sentí totalmente desubicado y desorientado. Los argumentos que me había aprendido antes de entrar en aquel lugar se esfumaron ante aquella mirada profunda y llena de dolor. El silencio hizo acto de presencia. Un silencio eterno, incómodo, pero a la vez bonito, lleno de belleza, donde desentonaban las palabras.

El motivo por el que había ido allí pasó a un tercer plano. Y, de repente, me perdí navegando en la profundidad de esas pupilas verdes oscuras inundadas de lágrimas a la deriva. Era bello y a la vez doloroso lo que veía en su retina. Me impactó. Un leve suspiro me hizo volver a la realidad e intenté salir del micromundo que se había creado entre nosotros. Me costó, no quería, tenía curiosidad por seguir descubriendo qué escondían sus ojos. Respiré despacio, habíamos perdido la noción del tiempo. No estaba segura de si habían pasado tan solo unos segundos o minutos, colapsamos el tiempo mirándonos plenamente y con profundidad. Patrick seguía sin decir nada. Éramos dos extraños que habían cruzado sus miradas de una manera fortuita. El latido rápido de mi corazón me impulsó a romper el silencio y regresaron los nervios; al fin y al cabo, sabía que tenía delante de mí a mi nuevo jefe. Tragué saliva y me escudé en la facilidad de la palabra.

—¿Te pillo en un mal momento?

Estaba claro que sí lo era, pero no supe qué otra cosa decir. Me bloqueé. Jamás pensé en encontrarme ante esa situación. Estaba desubicada yo también. Me preguntaba por qué lloraba. Quizá estaba desbordado por la situación o le habría pasado algo con Susana. Tal vez el estar en esas oficinas le había recordado más a su padre. Solo lo sabía él. Mi cuerpo me pedía abrazarlo, pero me contuve dado que era el actual dueño de *Voces*.

—Perdón —me dijo con un hilo de voz.

—Tranquilo... —le contesté, educada.

No era capaz de pensar, solo sentía todo aquello que me decía su mirada. Estaba intentando comprender su idioma. Cerré los ojos y volví a respirar para tratar de reconducir la situación. Una bocanada de aire me impulsó.

—Perdona, Patrick. Necesitaba hablar contigo..., pero quizá te pillo en un mal momento. ¿Puedo ayudarte en algo?

Intenté ser amable. Estaba sintiendo mucha empatía con él. No lo conocía, pero en aquellos ojos vi tanto dolor durante ese rato de silencio que algo se removió dentro de mí, en forma de emociones, era la primera vez que me pasaba algo así.

Y secándose las lágrimas con las manos, en un *impasse* corto de tiempo, regresó otra vez al lugar donde nos encontrábamos.

—Perdona, me has pillado en un momento complicado —intentó recomponerse y volvió a comportarse como el Patrick que acababa de conocer hacía tan solo unas horas.

—No te preocupes, mejor vuelvo en otro momento.

—No, no, tranquila. Perdona, ¿cuál es tu nombre?

—Ay, perdón, que no me he presentado. He dado por hecho que ya me conocías. Mi nombre es Cata.

Se produjo un nuevo silencio. Y me miró con atención.

—Tú eres Cata...

—Sí. Soy yo.

Patrick suspiró.

—Cata...

—Sí, Cata.

—Me alegra conocerte. Siéntate.

Me dirigí a la silla que estaba a su lado. Y me senté. Pude oler de nuevo su perfume. Era de esos perfumes que, cuando los hueles, enganchan, y sientes la necesidad de olerlos una y otra vez. Uno no se saciaba de ese aroma. Cruzamos nuestras miradas, pero ese instante ya fue algo diferente. Su mirada ya era otra, sus ojos ya no contaban la historia de antes, aunque seguían brillando. Esta vez me sentí un poco intimidada. Y tranquilamente se puso a charlar conmigo de jefe a empleada.

—Dime, ¿qué necesitabas contarme, Cata?

Por unos instantes dudé si debía contarle por qué había entrado ahí. Estaba contrariada. Tenía un nudo en la garganta que no me dejaba hablar. Seguía teniendo la necesidad de abrazarlo, pero no me atreví, me contuve con todas mis fuerzas.

—¿Quieres un poco de agua?

Asentí con la cabeza. Y se levantó a por un par de botellas que había dentro del minibar. Cogió dos vasos y los llenó. Ambos bebimos agua tranquilamente. Y pude coger aire.

—Tu padre y yo nos llevábamos muy bien. Le apreciaba mucho, Patrick. Siento mucho su pérdida.

—Gracias, Cata, sé que él también te apreciaba.

Cuando me dijo que su padre también me apreciaba, me sorprendió. ¿Por qué lo sabía? Lo mismo ya conocía la situación.

—Entonces ¿ya lo sabes?

El silencio volvió a hacer presencia, esta vez de una manera diferente.

—¿El qué tengo que saber?

—Mi situación en *Voces*.

—Cata, no tengo ni idea de lo que me estás contando. ¿De qué situación me hablas?

—¿No sabes lo mío con Susana?

—¿Con Susana? ¿Qué se supone que tengo que saber?

—Susana y yo no nos entendemos.

Y fue entonces cuando le conté que esa mujer llevaba tiempo haciéndome la vida imposible. Le expliqué que dos días antes de que su padre falleciera me senté con él para decirle que me quería ir de la empresa porque no quería seguir trabajando con ella. Y que Cristóbal me comentó que deseaba que continuase allí y que iba a estudiar la manera de poder encajar todas las piezas. Y luego pasó lo que pasó. Por eso quería hablarlo con él, porque no podía seguir en estas circunstancias y, como sabía que estaba reestructurando todo, para que lo tuviese en cuenta. Patrick suspiró. Y volvió a cerrar los ojos.

—Está bien, Cata. Te agradezco que me lo hayas contado. Hoy está siendo un día muy complicado para mí. Necesito pensar con calma. Dame unos días y te digo algo, ¿vale?

—Claro, sin problema.

—Por cierto, Cata, querría pedirte algo, no le cuentes a nadie que me has visto llorar. Acabo de llegar…

—Patrick, no te preocupes. No pienso decir nada. Puedes confiar en mí.

—Gracias, Cata, te lo agradezco.

Salí de la sala de reuniones totalmente descolocada, sin entender muy bien qué había pasado ahí dentro. Nada había salido como yo me había imaginado. Al cerrar la puerta del despacho, no quise ni mirarlo. No me atrevía. No entendía muy bien qué era lo que me estaba pasando. Me fui a sentar a mi sitio y durante el trayecto sentí cómo mis compañeros no me perdían de vista, y Susana no iba a ser menos. Claramente le había molestado que fuese a hablar con él. Me senté frente al ordenador y respiré.

—Bueno, qué... ¿Te vas a quedar callada? Ya nos puedes contar qué narices ha pasado. Has estado cuarenta y cinco minutos ahí dentro. Queremos saberlo todo con pelos y señales.

Isa y compañía me hicieron un tercer grado.

—¡Queremos saber qué te ha dicho el niño de papá! —exigió Luis con un tono jocoso.

—Luis, por favor, no hables así de él.

Me salió del alma decirle eso. Me sentó mal. Yo no conocía de nada a Patrick, pero no lo estaba pasando bien. Estaba llorando hacía unos minutos. Me parecía injusto que hablase tan frívolamente de él. Luis tampoco lo conocía de nada, le estaba juzgando por las cuatro tonterías que salían en la prensa y por ser hijo de quien era.

—Bueno, bueno..., cómo le defiende —soltó Pablo para rematar mi incomodidad.

Pablo a la hora de hablar era más callado, porque se pensaba mucho más las cosas antes de decirlas.

—Venga, chicos, tranquilidad. Dejemos que hable y que nos cuente. Que lo estoy deseando. Intentemos no emitir juicios de valor —les pidió Isa echándome un capote—. Vayamos por partes, ¿le has contado tu situación?

—Sí, sí..., se la he contado.

—¿Y qué ha dicho, se lo ha creído? —me interrogó Pablo.

—¿Por qué no se lo iba a creer? —le contesté extrañada.

—Porque Susana tiene mucho peso aquí. Y él no ha pisado *Voces* en todos estos años. No te conoce de nada. No me parece descabellado que creyese a Susana y no a ti.

Pablo tenía razón. No había pensado en esa posibilidad, la de que no me creyese. Seguro que antes de tomar ninguna decisión hablaría con Susana para corroborar mi versión. En ese caso estaba perdida, porque Susana iba a contarle una historia que no se parecería nada a la realidad, estaba convencida.

—Mujer, venga, cuenta, no te hagas de rogar —me pidió Luis, meloso.

Sin duda, pasaba de que tuviésemos los dos malos rollos. Siempre estábamos como el gato y el ratón, pero nos queríamos un montón.

—Le he contado el infierno que vivo en la redacción. Me ha escuchado y me ha pedido algo de tiempo para darle una vuelta y que entonces me diría.

—¿Y para eso cuarenta y cinco minutos de reloj? —preguntó Isa, curiosa.

No sabía qué decirles, pero no les podía contar que cuando entré en el despacho Patrick estaba llorando y que perdimos la noción del tiempo mirándonos en silencio. No debía hacerlo. Se lo había prometido a Patrick. Además me sentía algo aturdida, porque no sabía ponerle nombre a lo que acababa de pasar en esa sala de reuniones. Todavía lo estaba asimilando.

—¿Y ha flipado? —Pablo también me quiso preguntar.

—Él sí que es un flipado. —Luis ya estaba tardando en soltar otra de sus borderías, la tregua había durado poco. En su línea.

—Luis, anda, córtate un poco. Lo tienes atravesado y eso que todavía no has empezado a trabajar para él —le señaló Isa.

—Me joden estos tipos que les llueve el dinero del cielo y encima mandan sin tener ni idea.

—Vamos a darle un voto de confianza, hagamos un pequeño esfuerzo —salté otra vez.

Luis me estaba empezando a cabrear, qué poco tacto tenía a veces. Cuando se ponía así había que dejarlo.

—Yo sí le voy a dar un voto de confianza, solo por lo bueno que está —dijo de repente Isa.

—Pues a mí no me parece tan guapo —apuntó Luis—. ¿Tú qué opinas, Cata?

—No me he fijado, la verdad.

—¡Venga ya! ¿Cómo no te vas a fijar? Si es la comidilla del día de hoy. A todas las chicas de la redacción se les está cayendo la baba —insistió Luis.

No supe qué contestar.

—No sé, no me he fijado. Ya sabéis que paso de los tíos desde hace tiempo. No me interesa el género masculino, estoy cerrada por reformas desde que lo dejé con Alberto.

—Chica, de eso hace ya cuatro años. Y una cosa no quita la otra. Puede que estés cerrada para el amor, pero tienes ojos, y el tío es guapo a rabiar. Más que guapo es atractivo. A mí me pone. —Isa se partía de risa con sus propias palabras.

—Qué rara estás, Cata. Estás excesivamente callada para lo que tú eres —me soltó Pablo.

En ese instante, Patrick salió de la sala de reuniones y se dirigió al despacho de su padre sin mirar a nadie. En cambio, todas las miradas estaban puestas en él.

6

Resurgir de las cenizas

Patrick

No me sentía capaz de encajar lo que acababa de suceder. Sentado en el despacho de mi padre en la soledad más absoluta, intenté buscar algo de luz entre tanta oscuridad. Nada podía ir peor, pero estaba totalmente equivocado. No quería creer lo que Susana me acababa de confesar. ¿Cómo papá había sido capaz de traicionar a todas las personas que lo queríamos? ¡Maldita sea, él no era así! Mi cabeza no dejaba de pensar y dudar: «¿Por qué, papá? ¿Por qué nos has hecho esto? Siempre había pensado que eras un hombre de valores y que amabas tanto a tu familia que jamás la pondrías en peligro». Por Dios, la oveja negra siempre había sido yo…

Pero esas imágenes que me había enseñado Susana me demostraban todo lo contrario. Nos había puesto en peligro a todos, había jugado con fuego y se había quemado, nos había quemado. Mi mente regresaba a aquel vídeo que había visto en su teléfono. Un vídeo que jamás podría ver la luz o destrozaría íntegramente a nuestra familia. Unas imágenes que nunca pensé que vería. Unas imágenes que no tendrían que haber existido. Había visto a mi padre mantener relaciones sexuales subidas de tono, en un actitud muy comprometida. ¡No podía quitármelo de la cabeza! Estaba totalmente conmocionado. Mi padre y Susana habían sido amantes y tenían una relación que iba más allá de lo profesional. Pero ¿desde cuándo? ¿Alguien más conocía estas imágenes? Me quedé tan en shock que no supe qué decirle a Susana en ese momento. Solo me fijé en la sonrisa maquiavélica que esbozó mientras me enseñaba el vídeo. Estaba disfrutando con la situación. Estaba disfrutando viéndome sufrir. Sabía que tenía entre manos una bomba nuclear que le hacía sentir poderosa. Y no es que me hubiese entrado una vena puritana por ver a mi padre mantener relaciones sexuales con otra persona, sino que todo su discurso y sus valores se derrumbaron en un segundo. Yo siempre había tenido la imagen de mi padre como un hombre íntegro y totalmente fiel a mi madre...

—Patrick, me pienso quedar en *Voces*. Aquí nadie me va a echar. O te juro que me encargaré de que estas imágenes vean la luz y hundiré a esta familia. Además, quiero algo más..., pero ya te lo diré más adelante.

Estas fueron sus palabras antes de irse con una sonrisa de triunfo de la sala de reuniones. Y estas palabras se repetían y retumbaban una y otra vez en mi cabeza. Si esas imágenes se emitían o alguien hablaba de ellas, estábamos perdidos, nos hundiríamos del todo y no lo podía consentir. Tenía que proteger el apellido Suarch de todo esto.

Mi padre siempre había tenido una imagen impoluta, ese había sido el secreto de nuestro éxito. Era un hombre intachable. Era el perfecto marido, padre, amigo, empresario. Siempre había tenido una sonrisa para todo el mundo. Había proyectado una imagen de hombre amable y humilde y era tan querido que, si la gente se enteraba de que había mantenido una doble vida, no se lo iban a perdonar. Sería la mayor estafa de la historia de este país. Esto supondría nuestra destrucción y nuestro apellido carecería de valor para siempre. Y nuestro linaje quedaría manchado. Y todo lo que habían hecho nuestros antepasados por colocar a los Suarch en la historia de este país no habría servido de nada. Y cada conquista de nuestro patrimonio que formaba nuestra identidad social, cultural y familiar se vería afectado por una imagen carente de valores. Y este legado no se podía ir al traste. Tenía que defender a mi familia, nuestro estatus, nuestras propiedades y nuestras empresas.

No podía dejar de hacerme un montón de preguntas carentes de respuestas. ¿Por qué narices mi padre había hecho esto? No podía creerlo. No solo me costaba entender que hubiese engañado a mi madre, sino más todavía que hubiese puesto en juego el imperio familiar por Susana, por una tipeja como ella. Era todo tan terrible que no podía ser cierto. ¿Tanto le merecía la pena? ¿Se habría enamorado de ella y por eso arriesgó todo? Y mi madre, ¿sabía lo que había pasado? Quizá sospechase algo desde hacía un tiempo y no había dicho nada. Lo que tenía claro era que, si mi madre veía esas imágenes, se moriría. No se merecía pasar por esto. «¡Maldita sea, papá! ¡Te odio!». Quería gritar. Necesitaba gritar para soltar la rabia acumulada, pero no podía. Quería romper el mobiliario del despacho y reventar su mundo de mentira.

Me estaba carcomiendo la ira por dentro. «Pero ¿qué has hecho, papá? Me cuesta creerlo. Tú no, papá. Tú no eras de esa clase de hombres». Me estaba costando encajar que mi padre no era la persona que yo pensaba. Estaba en shock. Jamás me habría imaginado esto de él. Era la única persona por la que hubiese puesto la mano en el fuego. Me había inculcado unos valores que eran mentira. Que si la familia, que si la moral, que si el respeto... Su *affaire* con Susana mostraba que no sabía qué era tener respeto. Joder, pensaba que estaba enamorado de mi madre, ¡todo el mundo pensaba eso! ¡Que eran la pareja perfecta! Un ejemplo que seguir para la sociedad, que a pesar de los años que llevaban juntos ellos estaban igual o más enamorados que el primer día.

¡Todo era mentira! En mi vida me hubiese imaginado que pudiese estar con otra mujer. Pensaba que mi padre no era capaz de eso, que no era de esa clase de hombres, pero sí. Qué decepción más grande. ¿Quién era realmente? ¿Qué había de verdad y de mentira en él? ¿Toda su vida había sido una farsa? Se me pasó por la cabeza que quizá habría más vídeos como estos, ¿sería posible? La cabeza me iba a reventar de tanta incongruencia. Todo me dolía demasiado. Joder, ¿quién eras, papá? Toda su vida había sido producto del marketing. Me sentía tan decepcionado. Y no estaba aquí para pedirle explicaciones, para preguntarle por qué narices nos había puesto en peligro. El odio que sentía por él y por la impresentable de Susana me estaba carcomiendo. Preguntas y más preguntas se acumulaban en mi cabeza: «¿Quién eres realmente, papá? ¿En tu carta te referías a estos secretos?».

Estaba más que bloqueado, no sabía qué hacer, no sabía cómo gestionar todo esto. No solo tenía que reflotar *Voces*, sino manejar esta maldita extorsión. Tenía que buscar soluciones. Me puse a caminar por el despacho como un loco, necesitaba moverme. Quizá podría arreglarlo con dinero. Quizá si ofrecía a esa mujer una gran cantidad de pasta me daría todas las imágenes y desaparecerían de nuestras vidas. Podríamos firmar un acuerdo. Estaba convencido de que quería eso. Yo creo que era lo mejor. Era la solución. Quizá sería suficiente, y mantenerla en *Voces*. Pero ¿a qué se refería Susana con que quería algo más? ¿ Qué me iba a pedir? ¿Había algo más que se guardaba en la manga? ¿Algo peor que esto?

Lo mismo mi padre era consciente de la existencia de estas imágenes y por eso me advirtió en la carta de ciertos secretos y de que no me fiase de Susana. ¿Le habría extorsionado también a él? Cabía la posibilidad de denunciarla, pero en el momento que pusiese la denuncia se filtraría todo públicamente. Así que no era posible esa opción. Tenía que proteger a mi familia. Estaba perdido, no sabía quién me podía asesorar. De quién me podía fiar. Me sentía en un callejón sin salida. Estaba en la cuerda floja.

¿Simón sabría algo? Si hubiese sabido algo, me lo hubiese dicho. Era tan grave que me daba miedo que alguien más supiese de la existencia de este vídeo. «Patrick, piensa. ¿Y si se lo cuento a mi madre? No, no, que ya tiene bastante con la pérdida de mi padre para además descubrir que le era infiel. Me temo que esto solo puede quedarse entre Susana y yo».

Me levanté de la silla y me fui a la zona del minibar. Me puse un vaso de whisky. Me lo tomé de golpe. Necesitaba anestesiarme un poco de realidad. Desconectarme de lo que era mi vida, de todo el dolor que sentía. No solo tenía el problema de resucitar *Voces*, sino de manejar la extorsión de esta impresentable. Me volví a poner otro vaso de whisky. Mientras me lo tomaba, me acordé de la conversación que había tenido con Cata y del problema que tenía con ella. Era de la única persona que se suponía me podía fiar, pero quería irse de la empresa porque Susana le estaba haciendo *bullying*. Y no podía echar a Susana. Tenía que buscar otra solución para esto. Me estaba volviendo loco, quería gritar. Odiaba en lo más profundo de mi ser a mi padre, a *Voces*, a Susana… «¿Por qué me has hecho esto, papá?». De repente, me volvió a doler el pecho, no podía respirar…

Cuando abrí los ojos, estaba tumbado en el suelo del despacho de mi padre. Simón me estaba dando en la cara.

—Patrick, Patrick..., ¡llamad a un médico!

Solo escuchaba el bullicio y cómo la gente se arremolinaba a mi alrededor y me miraban como si fuese un mono de feria. Reconocí a muchos de los que habían estado en la reunión esta mañana. Distinguí cómo Susana pedía una ambulancia a través de su móvil. Alguien me puso una toalla con agua en la frente y me mojó los labios. Sentí alivio. Era Cata. La miré y ella cruzó también su mirada conmigo. Me proporcionó mucha calma.

No sé cuánto tiempo pasó mientras trataban de incorporarme, pero percibí que alguien más se metía en el despacho.

—¿Qué ha pasado? —preguntó uno de los dos chicos que entraron.

Supuse que eran los profesionales del servicio de emergencia.

—Escuché un golpe y cuando entré estaba en el suelo —les contó Simón.

—Tiene un corte en la frente —dijo Cata—. Le he puesto una toalla.

—¿Algún antecedente de algo?

—No —logré contestar.

—¿Puede hablar?

—Sí. Creo que sí.

—Le vamos a tomar la tensión. Por favor, apártense.

Y nos quedamos allí Simón, los médicos y yo. Volvió la calma. Todo apuntaba a que me había bajado la tensión o muy posiblemente que todo hubiese sido provocado por el maldito estrés. Los sanitarios se quedaron curándome la brecha de la frente, me pusieron una tirita de puntos y me tomaron la tensión. Me recomendaron que lo mejor era llevarme al hospital para hacerme un chequeo, pues les comenté que llevaba unas semanas con mareos y dolor en el pecho. Pero me negué a salir de aquel despacho en ambulancia, ya solo faltaba que me hicieran alguna foto y crease más incertidumbre a la situación de la empresa. Les dije que hablaría con mis médicos para que se encargasen de todo. Una vez que mi tensión se estabilizó, se marcharon y me quedé a solas con Simón.

—Simón, ¿te puedo hacer una pregunta?

—Claro, dime, estoy a tu entera disposición.

—¿Qué tipo de relación tenía mi padre con Susana?

No se lo pensó mucho y contestó enseguida.

—Susana y tu padre se llevaban muy bien. Ella era su mano derecha. Susana estaba al corriente de todo lo que estaba pasando en la revista. Trabajaban muy bien juntos, mano a mano. Hacían muy buen equipo.

Estaba comprobando si Simón sabía algo acerca de los vídeos sexuales de mi padre o si era conocedor de la relación sentimental que tenían.

—¿Crees que me puedo fiar cien por cien de ella?

—Sí, sí lo creo. Tu padre lo hacía y él tenía muy buen criterio.

Con esa respuesta supe que no tenía ni idea de lo que yo acababa de ver, si no, me hubiese hablado de otra manera. Tal vez sus palabras hubiesen sido más parecidas a estas: «Mira, últimamente no los veía bien» o «Tu padre estaba empezando a desconfiar...». Cada vez tenía más claro que los secretos a los que se refería mi padre en su carta eran estos. Invité a Simón a que se marchase para poder seguir trabajando.

Estuve repasando una vez más durante horas los números, dándoles vueltas a ciertas estrategias para intentar sacar adelante la revista. Pero sin lugar a dudas me preocupaba muchísimo Susana. No podía prescindir de ella y a la vez no sabía qué quería. Me aterraba. Estaba muy angustiado. Porque, visto lo visto, ella era capaz de hacer cualquier cosa. En mi cabeza también rondaba Cata, no podía permitirme perder a la única persona en la que supuestamente podía confiar. Pero Susana y Cata eran una combinación imposible. Tenía que solucionarlo reubicando a Cata, pero ¿cómo hacerlo? Y, de repente, me vino una idea que quizá podría poner fin a este desagradable conflicto.

Desde mi incorporación, no paraba de darle vueltas a la nueva manera de enfocar *Voces*. Necesitábamos urgentemente ingresar dinero para que los anunciantes volviesen a confiar en nosotros. Teníamos que ofrecerles a las marcas algo diferente y atractivo. Y tenía una solución bastante interesante, un modelo de negocio que ya se estaba implantando en España, y era el momento perfecto para ponerlo en marcha. Quería crear un departamento exclusivo de eventos, donde se organizasen fiestas, cenas, comidas y encuentros para dar a conocer los nuevos productos que las marcas quisiesen lanzar al mercado. Nosotros, como revista, les daríamos cobertura, pero además crearíamos exclusivos eventos en nuestro maravilloso jardín y en la terraza. Como el edificio era nuestro, no teníamos que alquilar ningún otro espacio y ese dinero iría íntegro para nosotros. Además, traeríamos a celebridades amigas de la casa, que posarían en el *photocall*, darían entrevistas y además se grabarían vídeos acerca del evento. Luego todo podría publicarse en nuestros portales, en ediciones especiales o en las tiradas en papel. Eventos perfectos, donde la marca estuviera contenta y cumpliese con sus objetivos. Todo tenía que ir envuelto de mucho glamour; es más, había que lograr que si alguien era invitado a esas fiestas sintiese que era un afortunado, porque iba a estar en un evento muy exclusivo con gente muy top. Era un negocio redondo.

Era una manera de hacer publicidad encubierta, pero dándole un toque muy chic a la marca, potenciándola y confiriéndole valor. Teníamos que conseguir que el cliente sintiese que contratar nuestros servicios le iba a dar estatus y posicionamiento en el mercado. Y lo teníamos fácil. Nuestra reputación nos avalaba, llevábamos muchos años en el sector.

Voces tenía ochenta años de historia. Mi abuelo paterno la fundó para pasar más tiempo con mi abuela. A ella le encantaba la moda. Y como regalo él decidió crear *Voces* en 1944. Por eso, hablar de ella era hablar de un clásico. Además, seguíamos publicando en papel. Éramos unos románticos, porque en realidad no era rentable, pero seguíamos con un departamento exclusivo para cuidar este formato. Estos tiempos eran otros. Nuestro foco estaba en la parte digital y funcionaba de una manera diferente. Todo era más inmediato y había que subir contenido cada segundo. Como ahora estábamos en un momento de crisis, las ofertas que teníamos que lanzar debían ser bastante asequibles para que las marcas no nos pudiesen decir que no. Aprovecharíamos la coyuntura para hacer un trabajo exquisito y que fuesen confiando en nosotros. En cuanto ya nadie pudiese decirnos que no por el éxito de la propuesta, se entendería que subiésemos los precios para mantener la calidad. Era una estrategia interesante.

También crearía clubes de lectura que visitarían los autores del momento con sus publicaciones. Allí no solo se hablarían de sus novelas o ensayos, sino que haríamos otras actividades paralelas como firmas, coloquios, concursos y las presentaciones de sus libros. También quería contar con un club de cocina, donde viniese un chef e hiciese una receta con alguna marca de alimentación que se quisiese publicitar. A este tipo de actividades invitaríamos a la gente más importante e influyente de la sociedad.

Y, como esta era una de mis grandes apuestas para intentar que entrase algo de dinero, estaba seguro de que la persona perfecta para llevarlo a cabo sería Cata. Así la sacaba de la redacción y no tendría que estar con Susana. Dirigiría este nuevo departamento. Mi apuesta tenía que estar en manos de alguien en quien pudiese confiar de verdad, y parecía que ella era la persona ideal. Era importante ingresar dinero a la par que solucionar los problemas de contenido que teníamos. Por otra parte, Cata podría compatibilizar su trabajo con el blog, uno de nuestros puntos fuertes. Era la solución.

Tenía que volver a hablar con Susana y ver hasta dónde llegaría su extorsión e intentar poner orden a aquella redacción. Quería eliminar las secciones que realmente no funcionaban y a su vez darle una vuelta a las que continuasen. Mi intención era hablar con las personas que se encargaban de cada sección y que me contasen sus sensaciones, que opinasen sobre qué creían que podían cambiar y que colaborasen más con el producto y se comprometiesen con cada cosa que escribiesen. Quería que no se ciñeran a las imposiciones de Susana, pues estaba convencido de que lo que hacía era encorsetarlos y matar su creatividad. Yo no quería robots ni textos uniformes, quería magia.

Llevaba días estudiando las distintas secciones que podían leerse en nuestra revista, intentando ser objetivo, identificando el tipo de público que nos visitaba y dándole vueltas para ver cómo atrapar a nuevos lectores. Los temas que mejor funcionaban eran los relacionados con las *celebrities*, el mundo del cotilleo, las tendencias en moda y belleza. Las secciones menos visitadas eran novias, política y actualidad. Estas últimas habría que suprimirlas o tocarlas solo de vez en cuando, cuando la información fuese muy relevante. O tal vez buscar un enfoque nuevo y original; o en el caso de las bodas lanzar un especial en los meses que más se celebrasen.

El blog de Cata me proporcionó otra idea, quizá podríamos apostar por una sección de salud en general, donde se hablase de temas diversos: cómo gestionar nuestra mente para enfrentarnos a los problemas diarios, qué alimentos eran los más adecuados e influían mejor en nuestro cuerpo, cuáles eran las ventajas del deporte... No dejaba de pensar nuevos rumbos: «Flechazos online» podría ser un apartado que funcionase o también una sección de viajes donde primasen tanto largas escapadas como excursiones de fin de semana. Los cambios se tenían que producir ya. No había tiempo que perder. La nueva *Voces* tenía que resurgir de las cenizas.

7
Reubicación

Cata

Me desperté a las cuatro de la mañana de una manera abrupta, estaba llorando por culpa de una pesadilla. Menuda noche estaba pasando. En mi sueño, alguien me perseguía y yo no podía correr por mucho que quería, gritaba auxilio y nadie me socorría. Menos mal que al despertarme me di cuenta de que solo era un mal sueño. Cuando abrí los ojos, me quedé un rato comiendo techo y rumiando en mi cabeza más de la cuenta. Me venían flashes de mi encuentro con Patrick, todavía seguía impactada de haberle visto en esa situación. Me desconcertó ver su parte más vulnerable. Pensaba que en su mundo no existía esa vulnerabilidad y me había hecho de él una imagen de un tipo frío. Y en la oscuridad de la noche volví a experimentar ese mutismo, donde los minutos pasaron excesivamente rápidos y los dos perdimos la noción del tiempo. A veces, en determinados momentos, los minutos mágicamente se aceleraban y en otros iban más lentos de lo habitual. ¿De qué dependía? Sí, el silencio me parecía un tema interesante para tocar en el blog por todo lo que nos provocaba. En ocasiones, era tan incómodo que intentábamos rellenarlo con palabras vacías. Pero ¿por qué provocaba tanta molestia? A la gran mayoría nos costaba estar en silencio; en algunos casos hasta nos aterraba y huíamos de él. Así que fui anotando todas estas reflexiones en la libreta que tenía a mano en mi mesita de noche. Tenía que vaciar mi cabeza para conciliar otra vez el sueño. Y sirvió...

Mi despertador sonó a las siete de la mañana como todos los días. Eso sí, hicieron falta tres cafés para salir de casa e ir a la redacción. Me di cuenta de que iba a llegar un poquito tarde, porque no sé qué había pasado en el metro. Odiaba no llegar a mi hora. Era superior a mis fuerzas. No me gustaba dar que hablar a mi jefa. Pero en esta ocasión no podía hacer nada, solo mandar un e-mail a Susana para contarle el motivo de mi tardanza. Evitaba escribirla wasaps. Prefería esta vía, que parecía más oficial, para que quedase registrado y evitar así alguna salida de tono por su parte. Y, mientras esperaba a que se solucionase la incidencia, me senté en uno de los bancos de la estación. Aproveché para sacar mi libreta y me puse a anotar cualquier idea absurda que surgiese en mi cabeza. Era uno de mis pasatiempos.

Había tanta gente en el andén esperando que intenté inspirarme en ellos. Los observaba mientras me preguntaba cómo serían sus vidas, sus problemas, en qué trabajarían. Y mientras anotaba lo que me venía a la cabeza unas chicas se pusieron a mi lado mientras conversaban. No pude evitar poner la oreja a lo que estaban comentando. Al parecer anoche, en un programa de televisión, hablaron de los Suarch. Hicieron un especial sobre la familia. El hecho de que Patrick tomase las riendas del negocio familiar había formado mucho revuelo en la sociedad. Una de las chicas, la mayor, comentaba que Patrick se iba a encargar de hundir más la empresa. Hablaba de una manera despectiva diciendo que no le llegaba a su padre ni a la suela de los zapatos. Auguraba que, en unos años, *Voces* iba a desaparecer. Para ella era una mala opción que se hubiese quedado al mando. Iba a ser el declive de todo lo que había conseguido su padre. Según la chica, la mejor opción hubiese sido venderlo todo, coger el dinero y a vivir la vida. La más joven reafirmaba sus palabras. Estaba totalmente de acuerdo. Se animó a ir un poquito más allá comentando algunas cuestiones concretas de la revista. Opinaba que era aburrida. Apenas la leía, porque los temas que trataba estaban obsoletos y con un tono excesivamente serio. Ante tal critica, no pude evitarlo y algo dentro de mí me hizo saltar.

—Perdonad, no he podido evitar escuchar vuestra conversación. Trabajo en *Voces*, soy redactora.

Cuando dije que trabajaba en la revista, las chicas se quedaron cortadas, no sabían qué decir, pero, cómplice, las tranquilicé y retomé la conversación porque realmente me interesaba.

—No os preocupéis, pero me gustaría haceros una pregunta. Como lectoras, ¿qué querríais encontrar en la revista que ahora mismo no tiene?

Las chicas se quedaron pensando. Y la más jovencita arrancó:

—Mira, espero que no te siente mal, es solo mi opinión. A mí me aburre, porque es seria y los temas son excesivamente elitistas. Va a un público determinado. Si no tienes dinero, no puedes acceder a nada de lo que hay en sus páginas. Y la gran mayoría no somos Georgina Rodríguez, no nos llueve el dinero ni podemos tener todo lo que nos dé la gana.

—Entiendo, y ¿hay algo que te guste?

—Pues, mira, sí. El blog *A solas conmigo* me parece útil y el tono es cercano, amable, divertido y real. Parece como si lo hubiese escrito una amiga mía. Se entiende perfectamente y te invita a la reflexión.

No quise decirles que la autora de ese blog era yo. Me daba corte. Pero me sentí halagada por su comentario. La chica mayor se animó también a opinar.

—Hablar de *Voces* es hablar de un mundo inaccesible para la gran mayoría de las personas. Te pongo un ejemplo, ¿quién se puede comprar unos zapatos de mil y pico euros o un bolso de tres mil? Yo no. Es irreal en mi mundo. Y cada vez que lo veo me frustro, porque sé que jamás en la vida podré tenerlo. No soy rica, sobrevivo como puedo y me queda muy poco dinero para destinarlo a ciertos caprichos. Quizá estaría bien tener la versión *low cost* de esos zapatos o ese bolso y darnos alternativas al resto de los mortales.

La chica tenía razón. Nuestra revista estaba destinada a un tipo muy específico de lector, gente con mucho dinero. Era imposible llegar a otros nichos, porque no se sentían identificados con lo que veían. Por eso, mi blog tenía tan buena acogida, porque los temas que trataba podían ser útiles para los ricos, para las clases medias y las bajas. Todo el mundo se podía sentir identificado con lo que escribía.

Me parecía muy interesante lo que esas chicas acababan de compartir conmigo. Tendría que hablar con Patrick para que lo tuviese en cuenta a la hora de encontrar el enfoque adecuado para la nueva *Voces* y poder atrapar así a un nuevo público. Quería darle una vuelta a este concepto y planteárselo. Esta información podría ser realmente útil para él.

Al final, entre pitos y flautas, llegué una hora tarde a mi puesto de trabajo. Al sentarme delante del ordenador, noté caras serias. Algo estaba pasando y no sabía el qué. Había un silencio nada habitual. Colgué mi bolso en la silla, encendí el ordenador y le pregunté a mi amiga:

—Isa, ¿qué me he perdido durante esta hora?

—Ya ha empezado el baile.

No estaba entendiendo nada.

—¿De qué baile hablas?

—A las diez de la mañana ha empezado a llamar a gente a su despacho.

—¿Quién, Susana o Patrick?

—Patrick, Cata. El baile ha comenzado. Se está cargando de momento ciertas secciones.

Me di cuenta de que Luis no estaba en su puesto.

—¿Y Luis?

—El pájaro está en la cazuela. ¡Está dentro!

—Necesito otro café.

Me levanté y me fui al *meeting point*. Allí había una máquina de café de Starbucks, y me puse un café americano. Necesitaba más cafeína en vena. Y mientras me lo estaba preparando sentí la presencia de la bicha. Se me erizaron los pelos. Qué mal rollo me daba su sola presencia.

—Hoy tendrás que salir una hora más tarde. Es lo que tiene no ser puntual.

—Por eso no te preocupes. Ya sabes que yo siempre cumplo con mi trabajo.

—Estaré pendiente de ello.

Cogí mi café y me fui de allí. No quería pasar más tiempo del necesario a solas con ella. Estaba todo el día marcando terreno. Al llegar de nuevo a la mesa, con el café en la mano, vi que Luis ya estaba sentado. Y, cómo no, soltando improperios.

—Este idiota se ha cargado mi sección. ¡Dice que los números son malos! El que es malo es él, que no tiene ni idea. ¡Va a prescindir de la cultura! Que solo de vez en cuando habrá ciertas recomendaciones de libros, películas o series..., y tampoco vamos a hablar de temas de actualidad ni de política.

—Vaya percal, amigo. Y la pregunta del millón, ¿y qué va a pasar contigo? —le preguntó Isa, preocupada.

—No lo sé. No ha sabido decirme de momento. Esta semana me informará.

—¿Y tienes que seguir escribiendo sobre ello hasta nueva orden?

—Sí, eso es. Insisto, este tío no me da buena espina.

—¿Por qué dices eso? —le dije, seria.

—Porque, Cata, lo llevo repitiendo desde el primer día. ¡Hasta anoche en la tele lo dijeron! No tiene ni puta idea de llevar una empresa. Él solo se ha dedicado a organizar fiestas.

—Bueno, bueno..., quién sabe. A mí hasta que no me demuestre lo contrario prefiero no juzgarle antes de tiempo.

—Cuando te eche, le juzgarás.

—Luis, eres idiota —espeté.

—¡Veremos quién es el siguiente que va al matadero! ¡Estoy nerviosa! Espero que no se cargue la mía. ¡A mí me encanta! —Isa trataba de tomárselo a broma, pero estaba realmente preocupada por su futuro.

—No es una cuestión de que te guste o no, Isa, es que funcione. Las estadísticas son las que son —le contesté, realista.

—Sí, te doy la razón. Pero disfruto mucho escribiendo sobre vestidos de novias y todo lo que rodea este ritual. Así también busco ideas de vestidos y de lugares para celebrar el convite para cuando encuentre al hombre de mi vida y me case. ¡Ya tengo pensado mi vestido de novia! Sé cómo lo quiero y quién me lo va a diseñar.

—¿En serio?

—Y tanto, ¿tú no?

—Yo ni de coña. Solo de pensarlo me sale un sarpullido. No me pienso casar. Casarse está demodé. Cada vez hay menos bodas y más divorcios.

—Ella siempre aguando la fiesta. No me creo que no tengas pensado cómo sería tu vestido de novia.

—Para nada.

—Qué sosa eres, hija. Estas cosas dan vidilla al cuerpo, es un orgasmo para el cerebro.

A Luis parecía que oyéndonos se le iba quitando un poco la mala leche y estaba sonriendo. El que no soltaba prenda era Pablo, sabíamos que estaba preocupado. Cuando daba vueltas a la cabeza, no había quien le sacase una sola palabra.

—Isa, ¿puedes venir un momento? —Patrick se asomó por la puerta de su despacho.

—¡Me toca! Rezad por mí.

—Ahora mismo rezamos tres padres nuestros y te ponemos una vela —le solté guiñándole un ojo.

—¡Qué exagerada eres! —exclamó Pablo.

—Hombre, habló algo el señorito. Llevas toda la mañana calladito... —le dije en tono de broma.

—Quizá el siguiente seas tú... —Luis, como siempre, animando al personal.

Isa se fue al despacho de Patrick y yo me quedé escribiendo sobre el silencio. Tomé un sorbo de café y empecé a teclear.

Querido lector o lectora:

Si te preguntase: «¿Te gusta el silencio?». ¿Qué me responderías? ¿Huyes del silencio porque te incomoda?

He de reconocer que el silencio a veces asusta. Quizá el silencio que habita dentro de nosotros tiene mucho eco, incluso a veces su onda expansiva hace demasiado daño en nuestro interior. Puede que no nos hayamos dado ni siquiera el permiso de explorarlo y lo rechazamos de primeras como mecanismo de defensa.

¿Y si ahondamos un poquito más sobre ello? ¿Y si cogiésemos una linterna para iluminar cada recoveco donde habita? Quizá lo que encontremos no resulte tan incómodo. ¿Y si nos diéramos permiso para dejarnos sorprender?

Yo he de reconocer que era de las que tenían miedo al silencio en determinadas circunstancias. Pero el otro día, de una manera casual, me encontré con él de bruces en una situación que no me esperaba. Y sí, al principio me puse nerviosa, me asusté, todos mis mecanismos de defensa salieron a flote..., pero, sin saber muy bien cómo lo hice, me dejé llevar por el ritmo que marcaba la situación y pude descubrir que, a veces, detrás del silencio se puede encontrar una gran belleza.

Te invito a que explores tu silencio, el sonido que tiene, qué provoca en ti. Te invito a...

—¡Ya está! A tomar viento también mis dos secciones.

Mi amiga se sentó otra vez a mi lado. Isa me sacó del silencio que había entre las teclas del ordenador y yo. Acababa de salir del despacho. Estaba triste y cabreada.

—¿Las dos secciones, novia y decoración? —le preguntó Pablo, que salió otra vez del silencio, nunca mejor dicho.

—Sí, eso es.

—¿Por qué?

—Pues, hijo, por una obviedad, ¡porque no funcionan!

—¿Te ha dicho algo más? —le pregunté.

—Lo mismo que a Luis. Que siga escribiendo hasta nueva orden. Y que en unos días me contará. Estoy cagada. Espero que no me echen.

—Tranquila, que todo va a salir bien.

—Veremos qué pasa contigo, amiga, porque tu blog es lo único que funciona en este lugar. Así que seguirás escribiéndolo, pero, claro, a ver cómo soluciona lo de la bicha.

Eso era verdad, tenía curiosidad por saber qué había pensado hacer conmigo. Durante la mañana siguieron entrando más compañeros por su despacho. Algunos salían contentos, otros más preocupados. Las caras hablaban. Dependiendo de ellas, sabíamos si la sección que escribían seguiría o no. Llevábamos pleno. De momento, todavía no nos habíamos equivocado. El despacho de Patrick esa mañana parecía la consulta del médico. A Pablo también le tocó su turno y, cuando vimos su cara, preferimos no decirle nada, hasta Luis reprimió cualquier comentario. Su silencio gritaba.

Continué mis tareas, terminé de escribir mi blog y aproveché para ordenar un poco la conversación que había mantenido con aquellas chicas en el metro. Se me ocurrieron varias ideas que podían ser interesantes. En cuanto le diese un poquito de forma, tocaría de nuevo la puerta de Patrick.

Entre unas cosas y otras, se me pasaron las horas volando. Miré el reloj y ya eran las cuatro de la tarde ¡y yo sin comer! Siempre que podía me gustaba llevarme la comida. Por eso, la noche anterior, me había preparado un revuelto con espárragos y una ensalada con atún y huevo. Fui a la cocina con mi táper para calentármelo. Cuando llegué, me encontré a Simón y a Susana hablando en una de las mesas. Tuve una sensación rara. No sabía muy bien cómo identificar lo que acababa de percibir entre ellos.

—Hola...

Fui educada y saludé. «Nunca hay que perder las formas», me decía siempre mi madre. Aunque fuésemos de una familia de clase baja, tuve una educación exquisita, llena de amor y de valores. Mi padre trabajaba en un taller de coches y mi madre fue ama de casa. Ella siempre me transmitió la importancia de saber estar y de saber comportarse en una mesa. Me enseñó más cosas, como, por ejemplo, a coser. A ella le encantaba y quiso que yo también aprendiese por si algún día lo necesitaba. En casa no había ingresos suficientes para comprarme ropa, por eso, ella se encargaba de hacérmela. Era su pasatiempo favorito mientras ponía lavadoras, planchaba o hacía la comida. Tenía mucho gusto y lo hacía superbién. Siempre me llevaba conjuntada y muy bien vestida. Y ella también iba guapísima. Lo corroboraba cuando la gente le preguntaba de dónde eran los looks que llevaba puestos. Parecía que íbamos vestidas por los mejores diseñadores. Cuando pasaba eso, se le llenaba la boca y apuntaba, orgullosa, que lo había hecho ella. Lo hacía tan bien que creo que, si hubiese tenido dinero para invertir en su propia línea de ropa, le hubiese ido fenomenal.

La echaba de menos a ella y a su sonrisa contagiosa. Tenía un corazón tan bonito. Desgraciadamente, la vida quiso que nos abandonara por un cáncer hace ya unos años. No le gustaba ir de consultas y médicos, porque decía que si ibas te encontraban de todo, que era como cuando llevaban los coches al taller de mi padre a hacerles una revisión y siempre encontraban alguna avería.

Y con el recuerdo de mi madre proseguí mi tarea, me calenté mi plato y me fui de allí. No quería quedarme sentada cerca de aquella mujer. Opté por subir a la terraza del edificio. Me senté en una de las mesas que había y, a la vez que comía, me puse a tomar un poquito el sol. Esos rayos me estaban dando la vida. Era invierno y allí no solía subir nadie. Era uno de mis sitios preferidos cuando quería desconectar de todo y coger un poco de aire. Mientras disfrutaba del revuelto de espárragos y de los rayos de sol, escuché a lo lejos cómo alguien hablaba. La conversación no parecía amable. Y su voz me parecía un tanto familiar.

—Mamá, que esas fotos son de hace tiempo. Antes de que pasase todo esto…

Intenté buscar de dónde venía el sonido.

—¡Qué quieres que haga!

Un silencio y otra vez una voz grave y seria.

—Que ya sé que hay que dar una imagen de estabilidad. Tranquilízate...

No quería ser cotilla. No sé si fue la brisa lo que hacía más audible y cercana su voz, pero estaba escuchando perfectamente todo lo que estaba hablando aquel chico. De repente, a lo lejos, me pareció ver a alguien detrás de una de las columnas que había. Llevaba traje..., y entonces lo vi, era Patrick y venía caminando rápidamente hacia mí. Se le notaba bastante cabreado.

—¡Joder!

Mierda, no tenía escapatoria. Para salir de ahí tenía que pasar por delante de mí.

—Hola... —le dije

—¡Aaah! —gritó—. ¡Qué susto me has dado, por Dios! ¿Qué haces aquí, Cata?

—He subido a comer y a tomar un poco el aire.

—¿Soléis usar este sitio para comer? Pensaba que solo se utilizaba para eventos o para hacer alguna foto o vídeo para la revista, pero no para comer. Tengo entendido que esas eran las normas, que no se podía comer aquí.

Me lo dijo en un tono cabreado. La verdad es que tenía razón. No debía estar ahí.

—Sí, así es. El sitio para comer es el *office* de la redacción. Hoy he hecho trampas. Lo siento, necesitaba un poco de aire.

—Vale, está bien, Cata. Que no se vuelva a repetir.

Me quedé bastante cortada. Vi a un Patrick totalmente distinto al que había visto en su despacho. Ya que lo tenía delante de mí, quise aprovechar para decirle que quería hablar con él.

—Me gustaría hablar contigo, Patrick, quiero comentarte una cosa.

Pero no me hizo ni caso, como si no me hubiese escuchado, se fue sin decirme nada. Me pareció una situación bastante desagradable. Se me quitaron las ganas de seguir comiendo. Una vez más le pillé en un mal momento…

8

Un mal momento

Patrick

Estaba rabioso, la llamada de mi madre me había sacado de mis casillas. Al parecer un medio de comunicación había comprado unas fotos de hacía dos años donde yo estaba en una actitud bastante deplorable…, y las querían publicar. Esas imágenes las captaron mientras salía de un garito con un grupo de amigos, chicos y chicas, donde a mí se me veía totalmente borracho y desfasado. Estaba cabreado conmigo y con la situación. Estaba harto de tener que aguantar golpe tras golpe. Me negaba a tener que pagar dinero para que las retirasen. No quería más extorsiones en mi vida. Estaba en la guerra y no me iba a dejar pisotear tan fácilmente, ya no. Si querían publicar las fotos, que lo hiciesen. Si era necesario, convocaría una rueda de prensa y contaría cuál era mi versión. Era un

Suarch y no iba a consentir que me humillasen más de la cuenta. Mi madre me volvió a llamar. Estaba nerviosa. Estaba histérica.

—Dime, mamá, ya te he dicho que no voy a pagar ni un solo céntimo. Si salen a la luz y me tengo que defender porque lo crea conveniente, lo haré. Daré la cara. No soy un cobarde. Diré que esas fotos no son de ahora y que corresponden a otra etapa de mi vida. Ahora todo ha cambiado.

—Hijo, esto no es bueno. Van a por nosotros. —Mi madre no podía dejar de llorar.

—Mamá, confía en mí. No voy a negar algo que corresponde a mi vida. No voy a ceder a más chantajes. Hoy son estas fotos y mañana pueden ser otras. Desgraciadamente no puedo cambiar mi pasado.

—Hijo...

—Me niego rotundamente. La decisión está tomada.

Le colgué el teléfono. Y me puse a dar vueltas por el despacho. Necesitaba pensar. Tenía que ser más listo que ellos. No me iba a esconder. No me iba a avergonzar de quién era. Le di vueltas a varias posibilidades. Me planteé si quizá quitaría hierro al asunto de que esas fotos saliesen publicadas si yo hablaba antes sobre ellas, quitándoles importancia. Estaba bloqueado. Era nuevo en esas lides. Antes me hubiese dado igual, pero ahora era la cara visible de mi familia. No sabía si era lo mejor, ni tampoco sabía quién me podía aconsejar sobre esto. «Papá, ayúdame, dame claridad, ¿qué harías tú?». Volví a mi ordenador para seguir trabajando, fui repasando los e-mails que había recibido. Tenía unos cien y muchos eran de Susana con todos los artículos que se iban a publicar al día siguiente. Me fijé en el blog *A solas conmigo* que tenía un nuevo post publicado y se titulaba «El silencio». Me llamó la atención el título. Sonreí. Quizá esto era una señal y era lo que tenía que hacer, callarme. No hablar. No echar más leña al fuego. No dar más carnaza. Y con curiosidad me puse a leer el artículo de Cata. Me quedé sorprendido. ¿Estaría haciendo referencia a nuestro encuentro? Me quedé pensando en las palabras que había leído. En mi vulnerabilidad en aquel momento. En que tenía razón. En que a veces los silencios hablaban más que las palabras y daban respuestas que buscamos. Y eso es lo que necesitaba yo, respuestas. Y no iba a parar hasta conseguirlas. Y, de repente, me acordé de que Cata, antes de marcharme de la terraza, me había dicho que quería hablar conmigo. Abrí la puerta del despacho y me dirigí a ella.

—Cata, ¿puedes venir un momento?

Me senté en mi silla a esperarla. Y mientras lo hacía miré la foto de mi padre que estaba colgada en la pared. Estaba guapo. Con su eterna sonrisa. Le echaba de menos, pero también lo odiaba por la situación en la que me encontraba. Mis sentimientos hacia él en esos instantes eran bastante contradictorios. Lo odiaba y lo quería a la vez. Intentaba entenderle, buscar una explicación a su comportamiento, quería pensar que había algún motivo de peso.

—Papá, ¿qué escondías? ¿Quién eras en realidad? Pensaba que te conocía, pero no…

Y se me pasó por la cabeza la posibilidad de que mi padre hubiese sido también una víctima y hubiese sido asesinado. ¿Y si su muerte no hubiese sido un accidente? Pero ¿quién querría matarlo y por qué? No tenía sentido. Quizá me estaba haciendo una película, porque trataba de entender qué demonios había pasado y, sobre todo, quería entender a mi padre. Cata interrumpió mis cavilaciones.

—Dime, Patrick.

—Siéntate, por favor. Lo primero, antes de nada, me gustaría disculparme por lo de antes. He sido bastante borde contigo. Lo siento. Es que justo…

—Te pillé en un mal momento…

—Eso es.

—Parece que siempre te pillo en mal momento. —No pude evitar sonreír.

—Sí, últimamente todos son malos momentos. Así que no te lo tomes como algo personal. Son las circunstancias. Perdona, pero arriba me pareció escucharte que querías comentarme algo.

—Sí, eso es. Se me ha ocurrido algo interesante que puede ser una buena idea para empezar a ganar un nuevo público.

—¿Sí? ¿Qué se te ha ocurrido?

Cata se puso a contarme que mientras esperaba el metro escuchó a unas chicas hablar de *Voces* y que no pudo evitar preguntarles qué les gustaba y qué no. Sus quejas se basaban en que los temas o los productos de los que se hablaba en la revista iban dirigidos a una clase de población que tenía mucho dinero, pero que la gran mayoría de españoles no eran literalmente Georgina Rodríguez. Y en parte tenían razón.

—Patrick, creo que sería muy interesante dar la alternativa *low cost* de las cosas de las que hablemos. Te pongo un ejemplo: si estamos hablando de que los zapatos de la temporada valen mil quinientos euros, busquemos la opción barata de esos zapatos. Lo mismo ocurriría con las cremas. Sería bueno buscar siempre la alternativa *low cost* para que la gente pueda tener esa opción. Y que nuestra revista abarque todos los públicos. Si te puedes permitir comprar la gama alta, esta es la revista donde encontrarás los productos adecuados, pero, si no te la puedes permitir, también ofrecemos opciones para estar a la última, porque también nos interesas como lector.

Me gustaba lo que Cata estaba contando. Era una buena propuesta, joder. Es cierto que nuestra revista nació con la idea de dirigirse siempre a la alta sociedad, pero esta fórmula ya no estaba funcionando. Funcionó años atrás, por lo que fuese, pero ahora no. Quizá la remodelación que necesitábamos era esa. La solución pasaba por convertir *Voces* en una revista para todos los públicos y no solo para un sector determinado. Me parecía muy interesante. La filosofía era algo parecido a esto: «Si quieres ir a la moda y tienes dinero, te damos opciones, y, si no, también puedes elegir en esta otra gama. Da igual la clase social de la que seas. *Voces* es para todos».

—Me gusta, Cata. Sé que a ciertos lectores habituales que tenemos no les va a gustar este nuevo camino, porque sentirán que la revista ya no es exclusiva, pero tengo que pensar en la empresa y lo que necesita en estos momentos. Gracias por compartirlo.

—De cara a los temas que vayamos a tratar, sería interesante preguntar a nuestros lectores a través de las redes sociales de *Voces* qué tipo de contenido les gustaría que apareciese y hacer nuestras particulares encuestas. Puede que sea útil o puede que no. Pero por probar que no quede. Ya sabemos que ahora todo se mueve muy rápido. Estamos en la época de la inmediatez.

—Así es. Me parece bien, hablaré con las chicas que llevan las redes sociales para plantearles lo que me acabas de comentar y ver la manera de enfocarlo. Y, aprovechando que te tengo aquí, quería hablar contigo sobre nuestro tema pendiente. Quiero que te sientas a gusto en tu puesto de trabajo. Se me ha ocurrido una idea para disipar tus encontronazos con Susana. Para que tengas que tratar con ella lo menos posible.

—Soy toda oídos.

—Cata, tengo una buena opción para reubicarte. Hay un modelo de negocio que me parece muy interesante y quiero probarlo. Voy a crear un nuevo departamento que se va a dedicar exclusivamente a eventos. Y los que hagamos van a ser muy top. Estos eventos van a ser la excusa perfecta para dar a conocer ciertos productos que las marcas quieran publicitar.

Me escuchaba atentamente. Le estaba interesando lo que le estaba contando. Estaba receptiva y me estuvo haciendo diferentes preguntas.

—Es buenísima idea, Patrick, es una genialidad, pero yo soy redactora.

—Lo sé, y ejercerás de ello. Te encargarás también de hablar del producto y de hacer entrevistas a las personalidades que vengan a nuestras fiestas.

—¡Me encanta! Pero te soy sincera: yo sola no voy a poder con todo. Voy a necesitar ayuda.

—Lo sé, y la tendrás. Serás la jefa de este departamento y elegirás tú a las personas que quieres que trabajen contigo.

—Sé perfectamente quiénes son: ¡los cuatro fantásticos!

—¿Quién?

—Perdón, es que es una historia muy larga. Son los compañeros que tengo a mi lado: Isa, Pablo y Luis. Nos llaman así las malas lenguas.

—Perfecto. Como tú quieras. Me parece bien. Confío en ti plenamente, Cata. Lo único que te pido es que todavía no comentes nada con nadie.

—Hecho. Puedes confiar en mí. Patrick, mi blog, ¿qué va a pasar con él?

—Que lo vas a seguir escribiendo. Solo tú puedes hacerlo.

Nuestra conversación fue interrumpida por la llamada una vez más de mi madre.

—Dame un segundo, lo tengo que coger. Dime, mamá. No, no estoy viendo la tele. No la voy a poner. Ya te he dicho lo que opino de ello. Voy a optar por callarme. Te dejo, que estoy reunido. —Y le colgué.

—Un mal momento otra vez —me señaló Cata.

—Sí.

—Te dejo con tus cosas.

Y mientras se marchaba por la puerta…

—Buen tema el del silencio.

Ella me miró sorprendida. Nos miramos unos segundos a los ojos sin decirnos nada, pero entendiendo a la vez todo. Aquel silencio nos estaba hablando otra vez. Aquella chica me resultaba familiar, me gustaba, me daba confianza.

9

Noche de emociones

Cata

Antes de sentarme en mi silla y seguir trabajando, me fui directa al baño. Necesitaba un momento de soledad para poder asimilar todo lo que acababa de suceder en ese despacho. ¡No me lo podía creer! Me había ofrecido un nuevo puesto de trabajo. ¡Estaba feliz! Me encerré en el retrete. Bajé la tapa de la taza y me quedé ahí sentada durante unos instantes asimilando mi buena nueva. Estaba tan feliz que lo único que quería era gritar a los cuatro vientos que por fin mis problemas en *Voces* se habían solucionado. ¡Me lo merecía! ¡A la mierda la bicha! Qué ganas tenía de ver su cara en cuanto se enterase. Dudaba mucho que lo supiese ya. Patrick me dijo que era un secreto. Los astros estaban a mi favor, iba a emprender una nueva aventura bajo mi batuta y rodeada de mis amigos. Era la solución perfecta, ni en mis mejores sueños lo hubiese imaginado. ¡Quería llorar de felicidad! Estaba emocionada. Con los ojos humedecidos. De repente, mientras estaba en mi particular celebración en aquel retrete, escuché que alguien abría la puerta del baño. Me cortó el rollo total.

—Sí, las fotos ya se han publicado. Están saliendo en todos los medios. Su aspecto es deplorable, patético. No puede estar peor. Su imagen se hunde cada vez más. No va a poder decir que no.

¡Era la bicha al teléfono! ¿Con quién estaría comentando la jugada de las fotitos? ¿A qué no iba a poder decir que no? ¿Qué tendría entre sus manos? Era mala, muy mala.

—Sí, él sigue aquí, está en su despacho…

Los astros dejaron de estar alineados y mi móvil empezó a sonar. Mierda. ¡Me iba a descubrir! Lo miré. Era mi padre. ¡Qué oportuno el hombre! Me puse muy nerviosa intentando bajar el sonido. Disimulé tirando de la cadena. Susana colgó inmediatamente el teléfono.

—¿Hola? —alzó la voz.

No me quedó otra que salir del retrete y muy educadamente la saludé:

—Hola.

Eso sí, lo hice lo más rápido posible. Ni me lavé las manos. No me dejaba de mirar y lo hacía de una manera desafiante. No era su día de suerte, me jugaba lo que fuese que no le había hecho ninguna gracia que fuese yo la que estaba allí. Muy probablemente se estaría preguntando qué narices había escuchado de la conversación.

—Hasta luego.

Y me fui a mi lugar de trabajo. Con la cabeza bien alta. Feliz por la nueva situación que se avecinaba. Pero también dándole vueltas a la conversación que acababa de escuchar. Claramente en ella Susana se refería a Patrick. Estaba convencida de ello. Pero ¿qué era a lo que no iba a poder decir que no?

—Cata, actualízanos ya —me pidió impaciente Isa.

—No os puedo contar mucho. Solo deciros que estoy eufórica.

—Mari Carmen, venga, no nos hagas esto que somos tus colegas —insistió mi amiga, que cuando se ponía pesada no había quien la parase.

—No me pongáis en esta tesitura. He dado mi palabra. Solo os digo una cosa: todos los que estamos aquí, ¡vamos a estar muy contentos!

—Entonces ¿no nos echan? —preguntó Luis.

—No. Los cuatro fantásticos van a estar más vivos que nunca. Confiad en mí.

Todos oímos el suspiro de alivio de Pablo.

—Cariño, dame un beso. ¡Que al final te quedas en *Voces*!¡Nos quedamos todos en amor y compañía! Bueno, amor es lo que me hace falta a mí. ¡Qué ganas de encontrar a un buen churri con dinero, que me quiera y que me haga el amor todos los días! —apuntó Isa entre risas.

Me dio un beso sonoro en la mejilla y añadió:

—Tú no te rías, que tú de amor tampoco andas bien.

—No quiero oír hablar de ello. No estoy en el mercado —le dejé bien claro.

—¿Habéis visto las fotos del rompecorazones? —preguntó Luis cambiando radicalmente de tema—. No sé si debemos estar tanto de celebración...

—No, ¿qué fotos? ¿Qué me he perdido? Con lo que me gusta a mi un coti. —Isa estaba feliz y se le notaba en la voz.

—Vaya periodistas estáis hechas, que no estáis a la última. Hay que estar informados. Están en todos los portales. Las imágenes son... patéticas —señaló Luis.

Isa y Pablo se pusieron como locos a buscarlas en su móvil. Yo no quise hacerlo. Me sentía mal por él.

—No me lo puedo creer. ¡Qué horror! —comentó Isa.

—El heredero en estado puro —soltó Luis.

—¿Las has visto, Cata? —me preguntó Pablo.

—No, no...

—¿Por qué? Toma, míralas. —Isa me pasó su teléfono.

—No sé, me sabe mal.

—¡Qué narices te está pasando con el pijo, Cata! —me gritó Luis.

—No me pasa nada, Luis, pero ya sabéis que yo no soy nada de cotilleos.

—No seas tonta. Míralas, que son muy fuertes —insistió Isa.

Tuve que cogerle el teléfono. Y las vi. Y me dio una sensación terrible. Me dio pena verlo así. Parecía otra persona. Sus ojos estaban entreabiertos. Estaba sentado en un banco, parecía que había perdido el conocimiento. No era el Patrick del despacho. El del silencio. El de las lágrimas. No era él. Era su versión más oscura. No me gustaba esa imagen. Ahora entendía la llamada de su madre. Yo quería quedarme con lo que habitaba en nuestros silencios. Con esa vergüenza que me provocó antes de marcharme de su despacho, porque me dio a entender que había leído mi blog. Sinceramente al escribirlo no caí en la posibilidad de que podía leerlo, se lo mandé de una manera automática a Susana, como siempre, sin pensar más allá. Pero me gustó su halago. Me gustó que escuchase mis propuestas. Y me gustó mucho lo que había pensado para mi futuro en la empresa.

—Chicos, me parece una putada que hayan publicado eso. ¿Quién no ha tenido una noche de borrachera? —Me salió del alma.

—Hombre, en eso tiene razón. Si a mí me hubiesen sacado fotos en la fiesta del Miguel, no saldría de mi casa en mi vida. Menudo pedo me pillé... Me moriría si las publicasen. Es más, me iría del país —dijo Isa, siempre tan acertada.

—Amén, Jesús. Y con esto voy a seguir trabajando. —Y di por terminada la conversación.

Luis y Pablo se dieron cuenta de que ya habíamos hablado suficiente de las fotos y que no tenía sentido continuar con la charla.

Me puse a pensar en la cantidad de cosas que podía hacer en el nuevo departamento que me habían asignado. La decoración claramente la dejaría en manos de Isa, a quien se le daba muy bien; Pablo se encargaría de contactar con los de catering para que nos hiciesen menús acordes con la temática y Luis trabajaría mano a mano conmigo. Tenía que demostrarle a Patrick que era la persona idónea para ese puesto, me iba a dejar la piel. Quería gritarle al mundo que estaba feliz. Por fin me iba a librar de Susana. Mi teléfono volvió a sonar. Era otra vez mi padre. Cogí la llamada porque me pareció raro que insistiera tanto. Él sabía que cuando estaba trabajando prefería no coger llamadas personales.

—Papá, ¿todo bien?

—Sí, hija…

—Estoy trabajando.

—Te invito a cenar.

—¿Estás en Madrid?

—Sí.

—¿Por qué no me has avisado?

—Te quería dar una sorpresa. ¿Te parece que cenemos en nuestro japo preferido?

—Venga, hecho. ¿Seguro que todo bien?

—Sí, hija, sí.

La muerte de mi madre supuso un shock para toda la familia. Mi padre no pudo soportarlo y decidió cambiar completamente de vida. Ya no vivía en Madrid. Volvió a sus raíces, a Hellín, al pueblo que lo vio nacer. Necesitaba estar en contacto con la naturaleza y aceptar todo lo que había pasado. Quiso volver a la casa que todavía mantenía de sus padres y que se la dejaron en herencia junto algún que otro terreno. Durante un año, hizo su particular retiro rodeado de olivos. En un principio yo no entendí su decisión. Tuvimos alguna discusión porque no estaba de acuerdo con que se fuese solo. Tenía miedo de que tuviese una depresión. No quería perderlo. Como hija le necesitaba cerca de mí en esos duros momentos. Siempre habíamos sido una familia muy unida, mi madre se encargó de ello.

Mientras la recordaba más que nunca la volví a tener presente. Me habría encantado que hubiese estado allí para contarle mi ascenso mientras la acompañaba en su pasatiempo favorito, rodeadas de telas, agujas, hilos y ovillos de lana. Siempre nos gustó contarnos nuestros chismes mientras le daba rienda suelta a la imaginación mezclando colores y texturas. Sin parar de repetirme que el color rojo era el que mejor me quedaba. Por eso casi todos los jerséis, rebecas y gorros que me hacía eran de ese color, o bien siempre ponía algún toque o detalle. Era mi color favorito, mi tono fetiche. Incluso me pintaba los labios de rojo. Mi madre era pura luz, a su lado tenías una sensación de paz que nunca se iba. ¡Cuánto echaba de menos abrazarla! ¡Ay, y a mi abuela Carmen también! Sabía que, allá donde estuviesen, estarían muy orgullosas de mí.

Una parte de mí entendió que mi padre se marchase para recomponerse, era difícil aprender a vivir sin ella. No quería ser una carga para mí. Le parecía egoísta por su parte. Antes de fallecer, tuvieron muchas charlas entre ellos, con una promesa incluida. Mi madre le hizo prometer que estaría bien sin ella, que seguiría riéndose ante la vida como a ella le gustaba. No quería verlo sufrir, porque lo amaba demasiado. Y como las promesas estaban para cumplirlas, antes de volver a reír, tenía que aprender a vivir en este mundo sin su presencia. Por eso abandonó la casa conyugal, porque todo le recordaba a su vida con ella. Tras un año encerrado en la casa de campo, rodeado de naturaleza y entre olivos, unas Navidades me dijo que había pensado en empezar a viajar. Había elaborado una lista con todos los lugares que tenían en mente visitar los dos y que se quedaron solo en una promesa. Quería visitar todos esos sitios por ella. Y en eso estaba. Viajando de aquí para allá con el dinero que consiguió tras vender la casa en la que siempre vivieron juntos. Me dio pena que la vendiese, pero lo entendí. Allí no iba a poder avanzar en su vida, allí no podría volver a sonreír.

Y tras ese bonito viaje al pasado recordando la familia tan unida que éramos, seguí trabajando un poco más. Mis compañeros se marcharon a su hora. Y yo me quedé investigando posibles marcas que fueran aptas para los eventos que queríamos realizar. Tenía ansias de empezar cuanto antes y de llevarle propuestas a Patrick. Cuando me quise dar cuenta, en la redacción apenas quedaba gente. Miré el reloj, ¡eran las ocho y media! ¡La cena con mi padre! No me daba tiempo a pasar por casa para cambiarme. Me fui al baño, me pinté los labios de rojo y recogí todas mis cosas.

Bajé rápidamente las escaleras que daban al jardín para salir a la calle y, de repente, me encontré en la puerta con una marabunta de paparazis, de cámaras, flashes y micrófonos apuntándome. Me quedé petrificada. Paralizada. No sabía qué hacer. No me dejaban moverme y me sentí atrapada. No me había visto nunca en una situación así.

—Perdona, ¿trabajas en *Voces*? ¿Nos gustaría preguntarte qué opinas de que Patrick sea el que dirija ahora la revista? ¿Crees que está a la altura? ¿Has podido ver las fotos que han publicado sobre tu nuevo jefe?

Me empezaron a bombardear a preguntas. Todos a la vez. Quería moverme, pero no podía. Los flashes iluminaban la calle. Me quedé sin saber qué hacer o qué decir. Me estaba agobiando mucho. Me faltaba el aire. Y, de repente, me dejaron en paz...

—Está ahí, está ahí...

Y señalaban hacia el interior. Patrick se dirigía a la puerta. Yo continuaba en el mismo sitio, sin reaccionar. Un coche se paró delante de nosotros. Patrick me cogió del brazo y me sacó de allí invitándome a entrar en el automóvil y dejando atrás a la nube de periodistas. Mientras, yo no me recuperaba del shock.

—Cata, ¿estás bien?

No podía contestarle. No podía hablar.

—Juan, ¿tienes alguna botella de agua? —le preguntó Patrick a su chófer.

Le pasó una botella y me la dio.

—Toma un poco de agua. No sabes cuánto siento que hayas pasado por esto.

Bebí un poco de agua y me fui recomponiendo.

—¿Mejor?

—Creo que sí.

—Perdona, de verdad. Todo esto está siendo un infierno.

—Ya me imagino.

—¿Te acercamos a algún sitio? A tu casa o donde nos digas.

—He quedado con mi padre en mi restaurante japonés preferido.

—Dinos cuál es y te llevamos.

—Se llama Subuya.

—Perfecto, Juan, localiza dónde está y vamos hacia allí.

Durante todo el trayecto volvió a reinar el silencio. No podía decirle nada. Tenía un nudo en la garganta. No me salían las palabras. A él tampoco. Y cuando llegamos a la puerta y antes de bajarme del coche, me cogió del brazo.

—Cata, lo siento.

Me giré, puse mi mano en su brazo y se lo apreté mientras lo miraba. Y con un hilo de voz le dije:

—No pasa nada. Tú no tienes la culpa. Ha sido un mal momento…

Cogí mi bolso, abrí la puerta y salí. Y, aunque empecé a caminar hacia el restaurante, mi cabeza seguía en aquel coche, embriagada de su aroma, de ese intenso perfume y de su mirada. Por unos instantes, había podido sentir en mi piel la vida de Patrick. Y me di cuenta de que no era nada fácil tener que lidiar a todas horas con los medios, saber que cada paso que dieses iba a ser captado por una cámara. Yo acababa de estar expuesta durante unos segundos y me había quedado bloqueada, sin saber reaccionar.

Llegué al restaurante con la cara desencajada, pues sabía que llegaba un poco tarde. Mi padre ya me estaba esperando. Me recompuse enseguida, porque no quería que me viese así y preocuparle. Respiré. Le localicé enseguida entre todos los comensales, su pelo canoso era inconfundible. Estaba en una mesa apartada al fondo del local y estaba mirando el móvil. Llevaba puesta una camisa de lino blanco. Tenía buen aspecto. Estaba guapo.

Hacía que no le veía tres meses porque apenas pasaba por Madrid. La distancia se hacía más llevadera porque nos comunicábamos asiduamente a través del teléfono. Le gustaba enviarme fotos de sus viajes, de los atardeceres, de los platos de comida que más le gustaban, de la cantidad de aceitunas que estaban dando sus olivos... Pensaba que estaba recorriendo Italia; por eso, me sorprendió que no me avisase con antelación de que se iba a pasar por Madrid. Tal vez, quiso darme una sorpresa y lo consiguió. Su visita me reconfortaba, porque esta noche iba a tener sus mimos y lo necesitaba. Siempre que venía a verme se quedaba en mi casa. Era pequeña, pero nos apañábamos bien con el sofá cama.

—Papá, ¿qué tal? Te veo muy guapo.

Y me senté enfrente de él. Había una copa de champán en la mesa.

—Gracias, hija.

—¡No te esperaba para nada! Pensé que te ibas a quedar más días en Roma.

—He llegado esta mañana a Madrid.

—¡Qué bien tenerte aquí, te echaba de menos! Lo único que al no saber que venías no he hecho la compra y mañana para desayunar nos tendremos que ir a la cafetería que está en la esquina. Pero, por fi, no me hagas madrugar, que mañana es sábado.

—Bueno, bueno...

Y no me contestó nada más. Me resultó raro. Le sentí como nervioso. Y, de repente, cambió de tema.

—¿Te apetece una copa de champán?

—¿Tenemos que celebrar algo? —pregunté curiosa.

—La vida, hija. Estar aquí ya es un regalo.

Y tenía razón. La vida se podía esfumar de la noche a la mañana. Y ambos éramos conscientes de ello. Mi padre le pidió al camarero que me sirviese una copa. Una vez servidos, brindamos.

—¡Por la vida!

Me miró y sonrió.

—Hija, quiero contarte algo. No puedo esperar más.

¡Estaba segura de que algo raro pasaba! No era normal esta situación. Que mi padre hubiese venido a Madrid sin avisarme antes no era nada común en él.

—Papá, me estás asustando.

—No, hija, tranquila, que todo está bien.

—¿Seguro? Es que hoy llevo un día...

—Sí, confía en mí.

Cogí mi copa y me bebí de un sorbo el champán.

—Soy toda oídos.

—He conocido a alguien.

No pestañeé. Me quedé muda. Era algo que no me esperaba ni por asomo.

—Ostras, papá. No me lo esperaba.

Por un lado, me alegré mucho por él, porque se merecía rehacer su vida, pero también sentí un pellizquito en el corazón.

—¿Quién es y cómo se llama?

—Se llama María Luisa. La conocí en el museo del Louvre, en París.

—¿De dónde es?

—De Barcelona. Le gusta mucho pintar y por eso estaba allí.

—Cuéntame más, lo quiero saber todo.

—Ya sabes que cuando falleció tu madre tuve que adaptarme a vivir sin ella. Todos los días de mi vida pienso en su eterna sonrisa. Los viajes para mí han sido un bálsamo para mi corazón. Como sabes, he estado visitando aquellos sitios donde teníamos pensado ir. Uno de ellos era París. Tu madre siempre me hablaba del Louvre porque ahí estaba *La Gioconda*. Ese cuadro formó parte de su infancia, Cata. Tus abuelos tenían una lámina enmarcada en el pasillo de la casa donde vivían. ¡A tu madre le daba miedo de pequeña! Decía que esa señora siempre la miraba, se sentía observada por aquella mujer. Y un día me dijo que le haría mucha ilusión ver el original. Por eso fui hasta ese museo. Quise ver el cuadro por ella. Y mientras lo estaba haciendo y recordando lo que tu madre me contaba escuché una voz que me dijo: «Verlo en persona impacta, ¿verdad?». Cuando me giré, ahí estaba María Luisa. Nos pusimos a hablar y le conté que sí, que sí impactaba y le expliqué el motivo por el que estaba ahí. Tuvimos una charla muy amena, tranquila. Tuvimos conexión. Y a partir de ese instante comenzamos una bonita amistad. Durante mi estancia en París, como yo estaba solo y ella también, quedábamos todos los días. Íbamos juntos a pasear y a ver los sitios más emblemáticos de la ciudad, comíamos y cenábamos. Y ya cuando llegó el momento de despedirnos, decidimos estar en contacto para seguir viéndonos. La visité en Barcelona y ella luego vino a Hellín. Y así poco a poco. Nos tiramos un año conociéndonos hasta que al final estábamos tan bien juntos que dimos un paso más…

—Lo más importante para mí, papá, ¿eres feliz?

—Estoy bien, hija, estoy tranquilo. Es una buena mujer. Nos hacemos compañía. Nos entendemos. A veces pienso que tu madre desde ahí arriba me la ha mandado. No es coincidencia que la conociese justo mirando *La Gioconda*, el cuadro que tanto la marcó.

—Cuéntame más sobre ella, ¿cuántos años tiene? ¿Es viuda? ¿Tiene hijos?

—Tiene sesenta y siete años, dos más que yo. Y no es viuda. Se divorció hace tiempo. Y desde entonces ha dedicado el tiempo a su pasión, que es la pintura.

—¿Vivís ya juntos?

—Sí, prácticamente. Cuando ella necesita estar en Barcelona, vivimos en su casa…, o viceversa. Y luego viajamos mucho juntos.

—Qué callado te lo tenías.

—Quería estar muy seguro antes de dar el paso de contártelo. No quería presentarte a nadie que no fuese importante para mí. Hija, sé que esto no es fácil para ninguno de los dos. Sé lo que significaba tu madre...

No quise que siguiera.

—Papá, me gustaría conocerla. Estoy convencida de que mamá allá donde esté estará contenta por ti. Eras el amor de su vida y querría verte sonreír.

—Gracias, hija.

—Mamá es irremplazable. Y María Luisa ocupará otro lugar en nuestras vidas. Un lugar diferente.

—Pues, si quieres conocerla, está también en Madrid. Hemos cogido un hotel en la Castellana. Si quieres este fin de semana, tomamos algo juntos y te la presento. Podría ser el domingo.

—¡Anda, pillín! Por eso cuando te he dicho lo del desayuno antes te has callado.

Y ambos nos reímos.

—Me parece estupendo, papá. El domingo tomamos un *brunch* y así me la presentas, que tengo muchas ganas de conocerla.

—Ya hemos hablado de mí, pero, cuéntame, ¿cómo estás tú?

—Tengo una buena noticia que darte, ¡me han ascendido!

—¿En serio? Enhorabuena, hija, ¡te lo mereces! Eres muy trabajadora y tienes mucho talento. Estoy muy orgulloso de ti.

Y brindamos por las buenas noticias mientras le contaba en qué iba a consistir mi nuevo puesto de trabajo. Y, a lo tonto, nos terminamos la botella de champán. Me di cuenta de lo mucho que echaba de menos este tipo de conversaciones. Las conversaciones con mi padre siempre eran así. Podíamos confiar el uno en el otro. Nos apoyábamos y contábamos todo. No había secretos. Teníamos una complicidad bonita. Nos ayudábamos en todo momento. Estaba contenta por él. Era un buen hombre. Se merecía tener a una nueva compañera de viaje. Aferrarse al pasado solo llevaba a una vida anclada a lo que fue y ya no era. No quedaba otra que aceptar el destino. Por mucho que nos doliese, la vida continuaba. Estar aquí sin mi madre no era nada fácil. Nadie nos podría arrebatar la suerte de haberla tenido a nuestro lado. Mi teléfono empezó a sonar e interrumpió nuestra charla.

—Hija, cógelo.

Cogí el teléfono del bolso. No esperaba ninguna llamada. Era raro. Isa me reclamaba. Pero no quise descolgar, ya la llamaría. Era viernes y quería desconectar. Además, estaba con mi padre y hacía tres meses que no lo veía. Lo puse en silencio y lo dejé encima de la mesa. Pero Isa siguió insistiendo un par de veces más. No era normal. Pedí disculpas a mi padre y decidí cogerlo.

—Isa, estoy con mi padre cenando, que ha venido a verme. ¿Hablamos mañana?

—Ni se te ocurra colgarme.

—¿Qué pasa?

—No te has enterado de nada, ¿no? Tía, estás saliendo en la tele.

Me quedé petrificada.

—¿En la tele yo? ¿Por qué?

—Voy a tu casa en cuanto termines y te cuento.

Colgué el teléfono. Mi cara era un poema. Mi padre se preocupó por mí y me preguntó si me habían dicho algo malo. Mientras terminábamos de cenar, aunque se me habían quitado las ganas de comer, le conté todo lo que acababa de pasar. Estaba asustada. No sabía qué narices estaba pasando ni qué narices estaban contando en la tele. Mi padre quiso acompañarme hasta mi casa. Cuando llegamos, Isa ya me estaba esperando en el portal. Llevaba una bandeja hasta arriba de pasteles que miré con horror, yo ya no podía comer nada más. Los presenté. Luego me despedí de mi padre y nos dimos un fuerte abrazo.

—Hija, tranquila. Todo tiene solución menos la muerte. Así que quítale importancia a las cosas. Te quiero mucho. No lo olvides. Mañana te llamo para que me cuentes qué tal estás y para quedar el domingo. Así te presento a María Luisa.

Me dio un beso y se marchó. Y me quedé con Isa...

—Tía, no te preocupes por nada que he traído provisiones, ¡aquí traigo el postre! En esta bandeja hay pasteles y en el bolso llevo una botella de vino.

—Isa, no tengo hambre, se me ha cerrado el estómago.

—Pero a mí no, y estas cosas me dan mucha ansiedad.

Subimos hasta mi casa. Y nos sentamos en el sofá.

—Cuéntame, ¿qué narices está pasando?

Y mientras abría la botella de vino se puso a contarme.

—Verás, estaba en mi casa, sentada tranquilamente en mi sofá favorito. Me había pedido una pizza porque no tenía ganas de cocinar y mientras estaba esperándola...

—Al grano, Isa, por Dios...

—Ya va..., pues eso, que me senté en el sofá como cada viernes y puse la tele. Y, de repente, en el *Viernes Noche*, un programa de actualidad del corazón que a mí me encanta, ponen unos vídeos tipo cebo, donde Patrick sale de *Voces*... y ¿quién está también rodeada de cámaras? Tú. Y en esas imágenes Patrick te saca de ahí y te mete en el coche como en una película de Hollywood. ¿Me puedes explicar qué ha pasado y cómo ha seguido esa película que aún no he visto?

—Pues lo que ha salido es lo que ha pasado.

—Y ¿después en el coche qué? ¿De qué habéis hablado? ¿Qué te ha dicho?

—No hemos hablado de nada. Nos hemos quedado en silencio.

—Venga ya, hombre, ¿eso quién se lo cree? Porque yo no.

—Te juro que es lo que ha pasado. Solo se ha disculpado y ya.

—No te creo. ¡Que es Patrick! ¡El *fucking lover*!

—Te prometo que no ha habido más.

—Pues vaya mierda, porque ya tenía preparados los violines.

—¿Qué han dicho en la tele?

—Pues hablaban en plan que tenían en primicia la reacción de Patrick tras sus polémicas fotos. Y los periodistas que estaban en plató se preguntaban, al ver las imágenes, si tú eras su nueva conquista.

—¿Lo dices en serio?

—Y tan en serio. Lo he grabado con el móvil por si lo querías ver. Madre mía, tengo una amiga famosa que sale en la tele.

—Isa, por Dios, no digas tonterías.

—Necesito preguntarte una cosa, pero ¿qué narices tienes con Patrick?

—No tengo absolutamente nada. Me sacó de allí porque me quedé completamente paralizada ante tanta cámara.

—Qué majo, ¿no?

—Sí, la verdad es que sí lo es. O por lo menos conmigo lo es.

—Necesito comerme una milhoja. Tengo ansiedad y esto se lo merece.

—¿Y que más han dicho?

—Bueno, han estado comentando lo de las fotos. La verdad es que Patrick me da pena, porque ha salido muy mal parado. Su imagen cada día que pasa se devalúa más. Ay, eso tampoco viene muy bien para el futuro de *Voces* y nuestros puestos de trabajo. Y luego lo que ya te he dicho, unos decían que con el historial que tenía quizá serías su nuevo ligue y que, si era así, pobrecita. Otros en cambio opinaban que solo eras una chica que trabajaba allí. Iban a investigar más sobre esa desconocida, o sea, sobre ti, y nos informarían. Por cierto, ¿qué hora es?

Miré el reloj, eran las doce y diez de la noche.

—Mierda, había quedado en llamar al resto de los cuatro fantásticos. Estas cosas hay que comentarlas entre todos. ¡Es un gabinete de crisis!

Cogió su teléfono e hicimos un FaceTime. Siempre que alguno tenía algún problema lo hacíamos.

—Chicos, ya estoy con ella. Parece que todo está controlado.

—¿Estás liada con el pijo? —me preguntó siempre directo Luis.

—No, no lo estoy, y deja de llamarle pijo.

—No sé, Cata, te conocemos un poco. Algo te pasa con ese chico —señaló Pablo muy serio, como si aquello fuese un asunto de estado.

—No digáis tonterías, no me pasa absolutamente nada. Es mi jefe. Os puedo decir que hoy he sentido un poco lo que siente él, y no sabéis qué agobio. Cuando me vi rodeada de fotógrafos y periodistas haciéndome preguntas no supe qué contestar. Me sentí tan vulnerable...

—Él está acostumbrado a eso desde pequeño —explicó Luis, como si fuese un experto en su vida.

—Sí, pero una cosa es que forme parte de tu vida y otra que a veces, en ciertos momentos, no resulte difícil de manejar. Os recuerdo que acaba de perder a un padre, ha tenido que coger las riendas del negocio familiar que está en crisis y además no paran de hablar de él y de publicar fotos que denigran su imagen.

—Hombre, visto así... —Isa me dio la razón.

—Te lo compro. Pero este chico siempre ha hecho lo que le ha dado la gana. Además, si sabía que era un personaje público y que todo iba a tener repercusión, debería haber tenido más cuidado —comentó Luis.

—Sí, en eso te doy la razón. —La verdad es que estaba bastante de acuerdo.

—Chicos, no sabéis cómo están estos pasteles.

Cuando miré la bandeja, Isa se los había comido prácticamente todos.

—Vaya fiesta del azúcar te acabas de meter. —Me entró la risa.

—Es que estoy muy nerviosa.

Nos despedimos de Pablo y Luis. Quedamos en que si pasaba algo más estaríamos en contacto y nos informaríamos. Pero Luis, antes de colgar, me dio un consejo. Me dijo que me alejase de él, que tuviese mucho cuidado con Patrick. Que podía salir muy escaldada de todo esto. Le contesté que no tenía que preocuparse, que simplemente era mi jefe.

Cuando colgamos, Isa me hizo una pregunta.

—Amiga, ¿te gusta Patrick?

Le sonreí mientras negaba con la cabeza.

—¿Eso es un no?

—Es... que ni me lo he planteado.

—No te creo. El tío está buenísimo. Y además huele de maravilla. Lo único que no me gusta es su historial. La cabra siempre tira al monte. Aunque me da a mí que tiene que besar de maravilla. Ay, Dios, yo una noche me lo tiraba.

Y nos reímos. E Isa siguió comiendo pasteles. Nos relajamos, bebimos vino y nos pusimos a hablar sin parar. Le conté que mi padre había rehecho su vida. Y que iba a conocer a su pareja. Y, por supuesto, también salió el tema de conversación de la bicha.

—¿Habrá visto que has salido en la tele? Lo que le faltaba ya para tenerte todavía más manía. No me gustaría perderme por nada del mundo su cara el lunes cuando te vea.

—No lo quiero ni pensar. Bueno, me quedo tranquila porque dentro de nada ya no voy a tener que lidiar con ella. Aunque espero que no me complique mucho la existencia lo que ha salido hoy con el resto de mis compañeros. Ya lo que faltaba. Y ahora que lo pienso..., ¿cuando vosotros salisteis de *Voces* esta tarde no estaba la prensa?

—Qué va, si no te hubiésemos avisado. A mí me hubiese encantado vivir ese momento. ¡Me encantaría ser famosa! He nacido para ello.

Y nos volvimos a reír. Nos dieron las tres de la madrugada hablando y hablando. Cuando Isa se marchó a su casa, porque no quería dejar solo toda la noche a su perro Chiki, me quedé en la cama pensando en todo lo que había acontecido. Volví al momento en que Patrick me cogió del brazo, a cuando nos metimos en el coche, al silencio, a su mirada, a su perfume... Y me dormí.

10

Las apariencias

Patrick

«¡Papá, quién te ha hecho esto! ¡Noooooo…!». Me desperté otra vez sudando y con la respiración entrecortada. Me levanté de la cama y me fui a la cocina a beber un poco de agua. El corazón me latía a mil. Una vez más había tenido el mismo sueño. Entraba en el despacho y veía la silla dada la vuelta, de cara a la pared. Al girarla, me encontraba a mi padre moribundo mientras intentaba decirme algo antes de morir. Y, justo en ese instante, me despertaba. Llevaba un par de días soñando lo mismo. Nunca había tenido sueños recurrentes. Ya no sabía qué pensar. Quizá aquel sueño me quería decir algo.

Según la autopsia, mi padre había muerto de una manera natural, de un infarto de miocardio. No me resultó raro al principio, porque en su familia varios habían fallecido por esta causa. Pero ¿y si no? ¿Y si lo habían matado por algo? Me resultaba extraño que me hubiese dejado una carta advirtiéndome. Quizá se sentía amenazado. Pero, si era así, ¿por qué nunca me dijo nada? Me estaba obsesionando demasiado. Era imposible. No tenía sentido. ¿Por qué iban a querer matar a mi padre? Quizá solo estaba pensando bobadas. Quizá trataba de justificar la desilusión que tenía encima por haber descubierto su doble vida.

Me bebí el vaso de agua y regresé a mi habitación. No podía dormir. Mi cabeza no desconectaba. Me inquietaba mucho la figura de Susana. Urgentemente me tenía que sentar con ella. Desde aquel día en mi despacho, no habíamos cruzado apenas palabras. Lo que hablábamos era por trabajo y a través de e-mails.

Lo había pensado bien, iba a ofrecerle dinero. Un millón de euros para que se fuese de nuestras vidas. No la quería en *Voces.* Le iba a hacer firmar un contrato de confidencialidad para exigirle que en el caso de que las imágenes con mi padre saliesen a la luz pública tendría que indemnizarnos con una millonaria cantidad de dinero que no podría pagarla, aunque tuviese mil vidas. Me inquietaba que se quisiera quedar, pero, con esa cantidad de dinero, ¿para qué querría trabajar? Estaba expectante por aquello que me quería decir a su debido tiempo, pero ya no podía seguir esperando más.

Necesitaba encontrar respuestas. Descubrir también quién era mi padre de verdad. Por momentos me estaba volviendo loco. ¿Podía confiar en Simón? No lo sabía.

Tenía dudas. A estas alturas ya no me fiaba de nadie. Como tampoco sabía el motivo de la inquina que tenía la prensa conmigo. Me preguntaba si detrás de las fotos que acababan de publicarse había algún tipo de interés en destruir completamente mi imagen, porque no me lo explicaba. Si yo fuese otra persona y viese esas instantáneas..., también pensaría cosas horribles.

Y luego estaba Cata. Ella ponía un poco de oxígeno en mi vida. Me supo mal que pasase por aquello, la vi tan asustada, tan poco habituada a los flashes. Me quedé con ganas de abrazarla en el coche. Los silencios con ella no eran incómodos, al contrario. Mi padre no se equivocaba, esa chica tenía mucho talento. Su propuesta me gustó. Ese era el nuevo camino que debía tomar *Voces*. Debía armar todo aquello. Darle forma. Plantearlo para que en una semana la ruta estuviese ya establecida. Y con todo este popurrí de ideas traté de conciliar de nuevo el sueño.

Un rayo de luz irrumpió en mi cama.

—Patrick, despierta ya que son las once de la mañana.

Mi madre había corrido las cortinas y me traía un zumo *detox* a la cama. Era de color verde. De aspecto terrible pero con muy buen sabor. Llevaba espinacas, manzana, limón y un poco de jengibre. Mientras le daba un sorbo, nos pusimos a hablar.

—He vuelto a tener la misma maldita pesadilla. La de papá intentando decirme algo antes de morir. Me he vuelto a despertar asustado. Ya me desvelé y hasta las tantas no me pude dormir.

Estaba tan inquieto que la primera vez que tuve el sueño se lo conté a mi madre para ver si ella entendía de qué se trataba. Siempre me contestaba lo mismo.

—Las pesadillas, pesadillas son. Hijo, tenemos que hablar. Estoy muy preocupada. Las fotos de ayer nos han hecho más daño. Te dije que lo frenaras. Ayer por la noche me llamó Simón. Al parecer varios inversores quieren salirse de la empresa, no les gusta la imagen que está adquiriendo todo esto. Pertenecer a nuestra empresa es algo negativo. Cada día que pasa, el apellido Suarch va valiendo menos. Y la gente no quiere estar en algo que no da caché, que está en declive.

—¡No entiendo por qué Simón te llama a ti! Tendría que llamarme a mí. Soy su jefe. —Estaba realmente molesto.

—Patrick, tienes que entender que nosotros llevamos años detrás de este negocio y sabemos cómo funciona. Además, últimamente está muy pendiente de mí. Hoy iba a hablar contigo sin falta, pero antes me gustaría que charláramos los dos. En una hora estará aquí, así que, por favor, bébete el zumo y arréglate.

—Si los inversores se quieren ir, que se vayan. Ya estoy harto. El que se quiera quedar que se quede y el que se vaya ya se arrepentirá. Conseguiré el dinero por otro lado, por otras vías. Solo necesito un poco de tiempo. He encontrado la manera de hacer funcionar la revista.

—¿Y cuál es?

—En cuanto lo tenga todo bien armado te lo contaré. *Voces* va a iniciar una nueva etapa.

—Está bien. Por otro lado, tenemos que hablar de tu imagen pública, Patrick. Están describiéndote como si fueses un monstruo. Ese que pintan en televisión no es el Patrick que yo conozco. Tenemos que hacer algo, hijo. El apellido Suarch está en juego. No paro de repetírtelo.

—Mamá, no puedo controlar lo que la gente diga de mí. Bastante me duele ya. Como tampoco sé por qué se ensañan tanto conmigo. Ya no sé qué pensar.

—Lo único que tenemos que hacer es intentar dar estabilidad y transmitir tranquilidad, que todo está bien. Y es tan fácil como crear una estrategia que limpie tu imagen.

—No puedo borrar mi pasado.

—Pero sí construir tu futuro. Un nuevo Patrick, maduro, inteligente, hombre de negocios, marido y padre para ir poco a poco borrando lo que fuiste. Necesitas urgentemente una pareja estable. Casarte y tener descendencia para hacerme abuela. Eso gusta mucho y borraría todo lo negativo. La gente hablaría de tu boda, hijos, de cómo es posible madurar y asentar la cabeza. Serías un referente para muchas personas.

—Mamá, te estás volviendo loca.

—No, hijo. Tu padre y yo luchamos toda nuestra vida por mantener este apellido a flote. Por darle un gran valor. Aunque a veces eso suponga hacer ciertos sacrificios. Tenemos que ser listos.

—No doy crédito.

—En la vida, hay cosas más importantes que el amor. Está sobrevalorado.

—Como la apariencia, el dinero, el apellido, el pertenecer a un estatus social, ¿no?

—Tu padre y yo juntos éramos más poderosos que separados. Esta fortaleza nos abrió muchas puertas a diferentes negocios para seguir ganando dinero y conocer personas influyentes en el mundo para no dejar de invertir. Esto es una empresa. El nivel de vida que tenemos hay que mantenerlo. Tú has hecho lo que te ha dado la gana gracias a nuestro esfuerzo. Y ahora te toca a ti devolvernos todo lo que esta familia ha hecho por ti.

—No doy crédito a todo lo que estoy escuchando. —Me estaban resultando crueles sus palabras—. ¿Te puedo hacer una pregunta?

—Sí.

—Papá y tú, ¿estabais enamorados?

La conversación que estaba teniendo con mi madre me estaba resultando muy desagradable. Jamás pensé en escuchar algo así de su boca. Me sentía tan lejos de lo que estaba hablando. Me estaba diciendo que tenía que casarme por darle estabilidad y tranquilidad a la familia para que su estatus no se viese afectado. En definitiva, tendría que fingir una vida de cara a la galería, llevar una vida falsa.

—Mamá, ¿puedes contestar a mi pregunta? Papá y tú, ¿erais la pareja perfecta como aparentabais?

—Como te he dicho, a veces hay que sacrificar ciertas cosas. Tu padre y yo éramos un equipo.

—¿Un equipo que se amaba?

—Un equipo. Nosotros pasamos por muchas etapas. Nos quisimos mucho…

—¿Qué narices quieres decir con que os quisisteis mucho?

—A ver cómo te lo explico para que entiendas en qué situación estábamos.

—Soy todo oídos.

—Hace años que ya no éramos pareja como tal, pero decidimos seguir adelante con la farsa, porque juntos éramos más fuertes. Separarnos nos debilitaba. Nuestra intención siempre fue expandirnos. Deseábamos que *Voces* estuviese en diferentes países de habla hispana y también en otros idiomas. También queríamos crear un canal de televisión..., teníamos mil proyectos.

—¿Vuestra intención era expandiros?

—Sí. Tu padre estaba trabajando duro para ello. Siempre. Teníamos a inversores dispuestos a formar parte de esta expansión. Lo teníamos casi hecho. Pero, de repente, empezó el declive de la revista. Y se echaron para atrás. Todo se detuvo.

Era interesante descubrir las intenciones que tenían con respecto a *Voces*. Me daba pena que mi padre no hubiese conseguido su sueño. Pero, volviendo a la parte sentimental, ¿eso significaba que él podía hacer su vida por otro lado? Quería preguntárselo para encontrar una explicación a los vídeos que me había enseñado Susana.

—Mamá, entonces ¿no erais una pareja al uso?

—No, ambos renunciamos al amor por mantener este legado, que era nuestra forma de vida. Pactamos que nunca pondríamos en riesgo nada de lo que habíamos construido juntos. Él se centró en su trabajo y yo potenciaba, digámoslo de alguna manera, la marca Suarch y que este imperio cada día estuviese más en alza.

—Y ¿por qué no me contasteis todo esto antes?

—Porque no era necesario que lo supieses. Nadie podía ni puede saber esto, porque pondríamos todo en riesgo. Pero ahora no me queda más remedio que contártelo para que entiendas lo que realmente es importante.

—Entonces ¿tú no querías a papá?

—Sí, claro que lo quería, pero no como pareja. Éramos más socios de vida...

Parecía que seguía en una pesadilla. Nunca pensé en la posibilidad de que mis padres no se amasen y que hubiesen dejado de hacerlo hacía ya años. Ni tampoco que la imagen que daban de cara a la galería fuese totalmente falsa. Eran unos auténticos actores.

—Pues deberían daros un óscar por vuestra maravillosa interpretación.

Me cabreé mucho con la confesión. Mis padres para mí siempre habían sido un referente. Mis amigos siempre me habían dicho que tenía mucha suerte de que se quisieran tanto, porque los padres de casi todos se habían divorciado. Y precisamente por esto ponía el listón tan alto en todas mis relaciones. Maldita sea. Me estaba costando mucho encajar las palabras que salían de la boca de mi madre.

—A veces en la vida lo correcto no es lo normal. Así que te pido, hijo, que pienses en nosotros, no solo en ti. Ahora, en cuanto Simón venga, lo analizaremos todo, pero vete pensando en una candidata para esposa y, a ser posible, que sea de la alta sociedad. Patrick, espero que con la chica esa que trabaja para nosotros y con la que te acaban de relacionar no haya absolutamente nada. Por Dios, es una simple redactora. Ya sabes que respeto mucho a cada una de las personas de la plantilla, pero no nos vendría nada bien que te relacionasen con esa chica que trabaja con nosotros. En estos momentos, no le vendría bien a nuestro apellido que te relacionases con una mujer de una clase social tan diferente a la nuestra.

—Jamás pensé que fueses tan frívola y que te diese igual si yo era feliz o no con alguien. Nunca imaginé que solo pensarías en el puto estatus.

—Hijo, tuvimos descendencia para esto. Para que tu padre tuviese un sucesor en el caso de que le pasase algo. Hemos nacido en este mundo para los negocios y para nosotros era lo más importante.

Con las palabras que me acababa de decir cabía la posibilidad de que mi padre se hubiese saltado el famoso pacto que habían hecho de no rehacer su vida y poner en riesgo el apellido Suarch. Pero algo no me encajaba o me costaba creerlo. ¿Mi padre hubiese puesto en riesgo toda la empresa por un simple polvo? No hubiese hecho eso jamás a no ser que se hubiese enamorado de ella. La única persona que sabía esto era Susana.

Tocaron al timbre. Una de las personas de servicio que trabajaban en casa nos avisó de que Simón ya estaba en el salón esperándonos. Mi madre se fue para allá y yo me fui al baño a darme una ducha e intentar asimilar toda la información que acababa de recibir.

Al llegar al salón me encontré a mi madre y a Simón riéndose a carcajadas. Y me molestó, me sentí muy incómodo y quise que lo supiesen.

—No sé qué os hace tanta gracia. La situación es bastante delicada.

—Simón me estaba contando un chisme, hijo.

—Quiero escucharlo para reírme yo también.

Me fastidió mucho ver a mi madre de esa manera. Yo estaba recibiendo golpes por todos los sitios, mi padre, la empresa, mi imagen…, y ella riéndose en ese instante como una adolescente. Por un momento pensé si mi madre y Simón tendrían algo juntos. Pero enseguida descarté esta idea, el no haber dormido bien me estaba haciendo desvariar. Tan pronto se dieron cuenta de mi malestar, Simón me empezó a contar la estrategia que seguir para limpiar mi imagen y cuáles habían sido los planes de mi padre para expandir *Voces*.

Al terminar la reunión cogí mi moto, me puse el casco y me fui a dar una vuelta a que me diese el aire. Esa era mi estrategia para pensar mejor. Y me fui en busca de algún lugar en solitario donde sentarme tranquilamente sin la presencia de nadie. Y de repente sonó mi móvil. Era Susana.

—Tenemos que hablar.

11

Un encuentro especial

Cata

Acababa de terminar de hacer yoga, necesitaba mover mi cuerpo para cargarme de energía. Me gustaba mucho hacerlo a primera hora, así empezaba el día de otra manera. Me reiniciaba. Lo solía acompañar con un poquito de meditación, pero aquel día no iba a tener tiempo. Había quedado con mi padre a tomar el vermú en el Ritz para que conociese a María Luisa. En cuarenta y cinco minutos tenía que estar allí. Me metí en la ducha rápidamente y después me puse un vaquero, una camisa blanca y una americana roja. El rojo era mi color fetiche y siempre que tenía algo especial en mi vida lo usaba. Y ese día iba a ser especial. Estaba nerviosa e inquieta. Iba a conocer a la nueva pareja de mi padre. Y estaba feliz por él. Solo deseaba que María Luisa fuese una buena persona. Que me transmitiese buena energía. Terminé de arreglarme, me pinté los labios de color rojo, cogí mis gafas de sol negras, mi bolso y me fui caminando hasta el hotel. Estaba más o menos a veinte minutos de mi casa. Quería pasear antes de nuestro encuentro. El día lo merecía, hacía sol y buena temperatura.

Quería respirar el aire de la calle mientras sopesaba todo lo que había sucedido durante aquellos días. Y en esos días estaba muy presente Patrick. Pensé en él. En las palabras de Isa de si me gustaba o no, pero no podía contestar. No me apetecía planteármelo, mi corazón estaba en esos momentos cerrado. Pensé en si él habría visto el programa del viernes, donde hablaban de nosotros, y en cómo le estaría afectando el linchamiento público al que estaba sometido. Para mí era muy injusto. A veces, se daba por hecho y se juzgaba a una persona por lo que se veía y escuchaba en los medios. Solo se estaba viendo una cara del personaje y eso era lo que se estaba juzgando. Pero quizá existía otra cara que nadie la podía ver y esa la pude ver yo en aquel despacho en su más estricta intimidad. Ahí percibí su dolor y su fragilidad. Me puse en su piel, quizá los demás no lo habían hecho y se habían quedado en la superficie. No sé qué me estaba pasando, pero sentía la necesidad de defenderlo a pesar de todos los comentarios. Reflexioné sobre el mundo de las opiniones que dependían además de las propias circunstancias de las personas que las emitían y de sus valores. Todos teníamos la nuestra particular para dar pie a diferentes puntos de vista. Y eso estaba bien. Pero a veces salías herido en estas batallas, como Patrick por estar tan expuesto públicamente, y el resultado en ocasiones no era bueno.

Me di cuenta de que los juicios podrían ser un buen tema para tratar en *A solas conmigo*. Yo misma fui la primera en tacharle por todas las cosas que decían y ahora estaba descubriendo a un Patrick diferente. Probablemente había sido de las pocas personas que había visto su parte más vulnerable. Todos escondemos la vulnerabilidad por miedo a mostrar debilidad en esta jungla. Pero forma parte del ser humano, no podemos huir de ella. Debemos integrarla. A mí, su vulnerabilidad me parecía bella, lo humanizaba ante mis ojos y hacía que pudiese empatizar con él dándome una imagen totalmente distinta a la que tenía. Todos tenemos derecho a derrumbarnos en algún momento de nuestra vida. A cambiar. A dejarnos caer para luego levantarnos con más fuerza. Mi experiencia me decía que mostrar vulnerabilidad no era sinónimo de debilidad, sino de valentía. Estaba convencida cien por cien de que Patrick no lo estaba pasando nada bien. Su castillo se había desmoronado delante de sus narices. Morir para renacer. Tenía demasiados frentes abiertos. Era muy difícil estar en su lugar en estos momentos. Me hubiese gustado ver a todos aquellos que le criticaban en su piel por un día, que sintiesen lo que suponía la pérdida de un padre. Y a su vez intentasen salvar una revista que estaba en quiebra y soportaran, para más inri, un linchamiento público juzgándole todo el tiempo y poniendo en entredicho si estaba capacitado o no. Tenía que ser difícil lidiar con todo aquello.

En realidad, admiraba que estuviese sacando fuerzas. Otro se hubiese quedado en la cama y no hubiese salido de ella. Pero estaba dando la cara y estaba buscando fórmulas para hacer funcionar *Voces.* Tenía la corazonada de que, si la revista iba en la dirección que habíamos hablado, funcionaría. Necesitábamos renovación. La idea de introducir nuevos departamentos era buena para poder inyectar dinero desde otras fuentes.

Sentí escalofríos pensando en cómo me sentí de acorralada por la prensa sin saber qué decir. Yo no había nacido para ello. Fantaseé también. Si en aquel silencio del coche hubiésemos hablado, ¿qué nos hubiésemos dicho? Estaba claro que nos quedaban muchas cosas por decir. Para nada sentí a un Patrick mujeriego, todo lo contrario, fue respetuoso y a la vez amable. Me quería dejar llevar por mis propias sensaciones. Aquel hombre provocaba algo en mí que todavía no había conseguido identificar. Solo sabía que no me lo podía sacar de mi cabeza. Sentía mucha curiosidad por todo lo que me provocaba.

Llegué quince minutos tarde al Ritz. Mi padre y María Luisa me estaban esperando sentados en una mesa. Ella era una mujer delgada y elegante. Había elegido para la ocasión un vestido blanco. Me llamó la atención su pelo, le llegaba hasta los hombros y no se lo había teñido. No escondía sus canas y ese detalle me parecía que le daba mucha personalidad. Así era, tal cual. No quería ocultar su edad.

—Hola, hija, ¿cómo estás? Mira, te presento a María Luisa.

—Hola, encantada.

Le di dos besos y me senté junto a ellos. Mi padre estaba tan nervioso que me soltó lo primero que se le pasó por la cabeza. ¡Se puso a hablar sobre mi atuendo!

—Siempre te ha quedado muy bien el rojo, hija. Te favorece tanto.

—Sí, sí, te favorece. Te sienta muy bien. Te ensalza —me dijo ella siguiendo la corriente.

—Gracias. Me gusta mucho este color. Perdonad, que he llegado un poquito más tarde, pero me lie esta mañana haciendo yoga y ya se me ha echado el tiempo encima.

—¿Te gusta el yoga? —me preguntó ella, curiosa.

—Sí, lo practico desde hace unos años.

—Yo también. Nada más levantarme me gusta hacer saludos al sol.

—Doy muy fe —corroboró mi padre, divertido.

Y la conversación fluyó entonces de una manera muy natural. Teníamos cosas en común. Se la notaba una mujer sensible y respiraba por cada poro de su piel que era artista.

—Me ha dicho mi padre que te gusta pintar.

—Sí, así es. Dentro de poco me gustaría hacer una exposición.

—¡Anda, qué bueno! Me gustaría asistir. ¿Qué te gusta pintar?

—Me gusta pintar paisajes para capturar la esencia de los campos, montañas, ciudades o el mar. Me gusta a través de mis pinturas transmitir a la vez, paz y nostalgia.

—Me encantaría verlos.

—Cuando quieras, me haría mucha ilusión saber tu opinión.

Mantuvimos una conversación a tres muy agradable. Me gustaba María Luisa. Sus manera de hablar era tranquila, su energía era bonita. Estar a su lado te hacía sentir bien. Era de esas personas vitamina, que tu vida mejoraba si la tenías cerca. Tenía la certeza de que ya podía estar tranquila por mi padre, ella lo iba a cuidar muy bien. Se iban a cuidar mutuamente. Dicen que los ojos son el espejo del alma, y los suyos me hablaban de que era buena persona. Estaba convencida de que mi madre, allá donde estuviese, estaría también contenta de que mi padre estuviera cerca de ella. Decidimos continuar nuestra charla en un restaurante italiano cerca del hotel donde hacían las pizzas de masa madre más buenas de todo Madrid.

Y al terminar me acompañaron dando un paseo hasta mi casa.

—Papá, ¿cuándo os vais?

—Mañana mismo marchamos a Hellín una temporada. María Luisa quiere pintar los olivos que envuelven la finca.

—Anda, ¡qué buena idea!

—Sí, me inspiran mucho. Aquel lugar, aquella casa, aquellos campos tienen magia. Es un reto para mí intentar plasmarla en un lienzo.

—Seguro que lo consigues.

Llegamos al portal de mi casa y nos despedimos.

—Hija, si necesitas desconectar o pasar unos días de retiro, vente a vernos. Allí en la casa se está de maravilla, aquel lugar quita todos los estreses.

—Te quiero, papá. Me ha hecho mucha ilusión verte. Ya te echaba de menos. Y le di un abrazo enorme. María Luisa, me ha encantado conocerte. Eres una buena mujer. Cuidaos mucho.

Me despedí de ellos y en cuanto subí a mi casa cogí el ordenador y me puse a escribir algunas líneas sobre el próximo tema del que iba a hablar en mi blog *A solas conmigo*, los juicios. Estaba inspirada y debía aprovechar.

Querido lector o lectora:

Hoy quiero que reflexionemos sobre un tema bastante controvertido, los juicios. A menudo solemos juzgar a los demás con mucha facilidad, pero de lo que no nos damos cuentas es de que nuestros juicios hablan más sobre nosotros mismos que sobre la persona que estamos juzgando. Revelan nuestras propias creencias y nuestros valores. ¿Cómo podemos aprender a ser más comprensivos y empáticos con otras personas y con nosotros mismos? No nos debemos olvidar de que todos estamos en nuestro propio viaje, enfrentándonos a desafíos únicos. Practicar la empatía y la compasión nos permite ver más allá de la superficie y reconocer la humanidad compartida que todos llevamos dentro. La próxima vez que vayamos a emitir un juicio sobre alguien, pensemos que esa persona está lidiando su propia batalla que no podemos ver y a veces es difícil de gestionar. ¿Qué pasaría sin el lugar de criticar nos dedicásemos a entender para intentar construir puentes? No optemos por atajos mentales que a veces nos llevan por caminos que no son los correctos. No nos apresuremos al hablar. No levantamos muros equivocados, las cosas las vemos tal cual somos. No nos olvidemos de que todo juicio es una confesión.

12

El chantaje

PATRICK

Ya era lunes y el día había amanecido con tormenta. Estábamos sufriendo una dana y habían pronosticado lluvias toda la semana. No paraba de llover. Cuando esto ocurría, Madrid se atascaba más de lo habitual. Por eso quise salir más pronto de casa para llegar con tiempo a la oficina, tenía que prepararme bien la reunión con Susana. No quería dejar ningún cabo suelto.

Al llegar al edificio, Juan, mi chófer, me abrió la puerta con el paraguas listo para que no me mojase. Él siempre era muy atento. Llevaba muchos años trabajando en la familia. Lo queríamos mucho. Apreciaba mucho a mi padre. Había sido su chófer fiel. La de cosas que tendría que haber escuchado este hombre en aquel coche. Me acompañó hasta la puerta. Cuando me estaba despidiendo, sentimos un frenazo. Nos giramos asustados para ver qué había pasado. Un vehículo había estado a punto de atropellar a una chica al lado de la señal de ceda el paso que había en la calle de nuestro edificio. La mujer estaba diciendo algo en voz alta mientras gesticulaba. Su voz me resultaba familiar, pero todavía no distinguía con claridad quién era.

—Me parece que es la chica de ayer del coche —indicó Juan.

—¿Cata?

Miré más detenidamente y la vi. Y sin pensarlo me fui directo corriendo hacia ella, sin acordarme del paraguas y sin importarme la lluvia.

—Cata, ¿estás bien?

Al girarse la vi empapada y bastante alterada.

—Patrick..., sí, creo que sí. Menudo susto me he pegado.

El conductor del coche salió para disculparse, se excusó y explicó que con la lluvia no la había distinguido bien y había frenado demasiado tarde. La cogí del brazo y la llevé hasta el edificio para resguardarnos. Mientras, Juan intentó protegernos de la lluvia con el paraguas, pero ya daba igual, estábamos empapados.

—¿Te encuentras bien? ¿Qué ha pasado?

Estaba realmente preocupado y me quería asegurar de que estaba bien.

—Al salir del metro, ha empezado a llover muchísimo. Con las prisas de siempre, se me olvidó el paraguas en casa. Me he puesto a correr para calarme lo menos posible y al cruzar por el paso de peatones ya has oído, el coche ha frenado muy tarde. Y casi...

—Afortunadamente se ha quedado en un susto.

—Sí...

Una vez dentro, nos despedimos de Juan.

Subimos juntos las escaleras que nos llevaban a la redacción.

—Creo que estoy empapada y tú también. —Me estaba mirando de arriba abajo.

—Creo que sí.

Y no pudimos evitar reírnos. Sentí complicidad entre nosotros.

—Me temo que no he traído ropa para cambiarme —señaló ella.

—Ni yo, pero tengo una idea.

Sabía que en el baño encontraríamos algo para secarnos, siempre había toallas y también estaba el secador de manos. Algo nos ayudaría. Así que nos fuimos directos. Como era tan temprano, no había nadie y nos metimos en el baño de los chicos.

—Es la única opción que se me ha ocurrido —añadí divertido.

—Es buena. Algo nos secaremos.

Cogimos un par de toallas pequeñas y nos las pasamos por el rostro y las manos. Después me quité la americana y la puse debajo del secador de manos.

—¿Y tú qué haces tan pronto aquí?

—Tengo que salir un poco antes. Tengo una cita con el dentista —respondió ella.

Se me escapó una carcajada porque, cuando la miré, me di cuenta de que tenía los ojos negros. Se le había corrido el maquillaje y estaba muy graciosa.

—¿De qué te ríes?

—Tus ojos…

Se miró al espejo.

—Madre mía, estoy hecha un cuadro. No sé cómo voy a quitarme esto. Se me ha corrido la máscara de pestañas. ¡No tengo desmaquillante aquí!

Usó una de las toallas para frotarse el contorno de los ojos.

—Mierda, no sale.

Se estaba agobiando por segundos.

—No puedo entrar así a la redacción.

Me estaba haciendo gracia la situación. Vaya pinta teníamos los dos. Teníamos el pelo y la ropa empapada, ella además con el maquillaje corrido. Sí, efectivamente, éramos un cuadro. La vi tan apurada que quise ayudarla.

—Déjame que haga algo por ti.

Me miró sorprendida.

—Vale.

Cogí otra toalla y la mojé con un poco de agua. Me acerqué a ella y con uno de los picos intenté quitarle las manchas negras que tenía debajo de los ojos. Fui poco a poco, porque no la quería hacer daño.

—Me haces cosquillas si lo haces así de suave.

—No te muevas, anda, que creo que está saliendo. Un poco de paciencia.

—Vale, vale. Tú mandas.

Y se quedó quieta, con los ojos mirando al techo.

—¿Te hago daño? —le pregunté.

—No, tranquilo.

Y sentí su aliento cerca de mí. Y, mientras le estaba quitando las manchas, la miré fijamente. Ella se dio cuenta y me miró. Conectamos. Alguno de los dos podría haber apartado la mirada, pero no pudimos o no quisimos. Deseé hundirme en la profundidad de sus ojos. El tiempo se detuvo en aquel baño. Las risas se apagaron y otra vez nos dejamos llevar por la belleza del silencio. Instintivamente mi mano se acercó a su pómulo y lo acarició. Sentí que su piel era suave y aterciopelada. Su respiración se entrecortó y eso me excitó más. Estaba siendo un momento especial, bonito. Sentí su aliento cada vez más cerca. Mis ojos se fijaron en sus labios carnosos. Me moría por besarlos y por sentir a qué sabían. Mi instinto animal quería lamerlos y morderlos. Mi mano se deslizó y los acaricié lentamente. Y mi boca se fue acercando a la suya hasta que se la rocé y no pude evitar besarla.

Nos fundimos en un apasionado beso, pero con la delicadeza de un momento íntimo, único. La adrenalina recorrió todo mi cuerpo. Me estaba gustando mucho sentirla. No quería parar. Mejor dicho, no podía parar. La intensidad de nuestro beso fue aumentando. Cada vez todo era más sensual. Y cuando mi mano estaba bajando por su cuello escuchamos a alguien subir por las escaleras. Estaban hablando. Nos apartamos bruscamente por miedo a ser descubiertos, parecíamos dos adolescentes.

La cogí rápidamente de la mano y la llevé a uno de los baños para evitar que nos viesen si entraban. Cerré la puerta con cerrojo. Le hice un gesto con el dedo de silencio. Y le sonreí. De repente me di cuenta de que la americana la había dejado encima del lavabo. Si alguien entraba, la iba a ver. No pasaba nada, siempre podría decir que me la había quitado para secarla y que se me había olvidado allí. Así estuvimos un rato hasta que las voces pasaron de largo y siguieron los pasos hacia la redacción. Respiramos. Cata me miró aliviada. Y en bajito pronunció mi nombre.

—Patrick…

—Perdóname, no he podido evitarlo.

Mientras, le apartaba el pelo mojado de la cara. Ella me sonrió. Nos buscábamos con la mirada otra vez. Y cuando iba a volver a besarla mi teléfono sonó. Lo cogí para silenciarlo, porque no quería que nadie supiese que estábamos allí. Miré la pantalla; era Susana. El reloj de mi móvil marcaba las diez.

—Mierda, me tengo que ir, Cata. Tengo una reunión y es importante.

—Sí, no te preocupes. En algún momento teníamos que salir de aquí.

Nos terminamos de secar rápidamente como pudimos, cogí mi chaqueta y salimos con cuidado; no nos podíamos cruzar con nadie. Le hice una última petición.

—¿Te importa que salga yo primero? No quiero llegar más tarde. Me encantaría seguir aquí contigo. Pero me tengo que marchar. Hablamos luego.

Le acaricié la mejilla. Y aún con la ropa medio mojada me fui directo a lidiar la batalla. Mientras iba a la guerra, pensé en lo que acababa de suceder y en lo mucho que me gustaba Cata. Aquella chica era especial. Tenía algo diferente. Tenía muy claro que quería seguir conociéndola más. Era una buena candidata para ser mi pareja. Me daba igual que no fuese de la alta sociedad y que fuera una redactora, como decía mi madre. A mí me daba igual la clase social. Estaba seguro de que la vida con ella podría ser bonita. Aquellos minutos habían sido una bocanada de aire fresco a tanto conflicto que tenía delante de mí. La excitación me llevó a fantasear con un posible futuro juntos. Me ilusioné. Pero esa fantasía duró poco. Cuando abrí la puerta de mi despacho, estaba Susana esperándome con un vestido negro ceñido, con taconazos y el pelo suelto. Me recibió con una sonrisa muy falsa.

—¿Se te han pegado las sábanas?

—Eso no te importa.

Me senté enfrente de ella con el gesto muy serio. Puse las manos encima de la mesa y me las agarré. Mi postura era desafiante. De tú a tú.

—Te veo tenso, Patrick. Tranquilízate, que seguro que nos llevaremos bien.

—Voy a ir al grano, Susana. Quiero zanjar esto cuanto antes y llegar a un acuerdo contigo. Le he dado vueltas y he decidido pagarte una gran cantidad de dinero, un millón de euros. A cambio, quiero los vídeos y un contrato de confidencialidad para que en caso de que viesen la luz tuvieses que pagarnos una indemnización a la que no pudieses enfrentarte en la vida. Ah, y otra cosa más, quiero que abandones tu puesto de trabajo.

Susana no pudo evitar reírse.

—Ains, Patrick, todavía no te has enterado. Ya te dije que las reglas del juego las marcaba yo. Muy mal, parece que no me escuchas. No pasa nada, te lo repito todo de nuevo. Ahora el que va a prestar atención eres tú. Te voy a decir exactamente qué es lo que quiero. Este es mi juego. Punto número uno, te lo dije el otro día, voy a seguir en *Voces*. Punto número dos, no quiero tu dinero, pero sí deseo otra cosa a cambio de que no salgan a la luz pública esos vídeos.

Me quedé desconcertado y muy despistado. Si no quería dinero, ¿qué narices quería? No sabía por dónde iba a salir esta mujer. Me inquietaba mucho.

—Soy todo oídos, sorpréndeme. —Quise aparentar seguridad.

—Quiero tener el apellido Suarch.

—¿Cómo? ¿Nuestro apellido?

No estaba seguro de haberla entendido bien.

—Sí, has oído bien. No quiero dinero, sino otro tipo de poder, el de pertenecer a una clase social determinada. Ser un Suarch te brinda otro tipo de posibilidades en esta vida, como entrar dentro de la alta sociedad y que la gente pueda mirarme con respeto. Quiero ser marquesa, la marquesa de Suarch.

—¡Estás completamente loca!

—Llámalo como quieras.

—Eso no es posible.

—Sí es posible y muy fácil. Patrick, venga, piensa un poquito. Que se note que llevas la sangre de tu padre.

—No te consiento que hables de mi padre.

—No te enfades, hombre. Tic, tac, tic, tac…, ¿nada? ¿No se te ocurre nada? Te lo voy a tener que decir yo todo. La manera de tener vuestro apellido es que tú y yo nos casemos.

Me quedé petrificado. Esa mujer era maquiavélica.

—Me das ganas de vomitar.

—O me das lo que te pido o te hundo. Te lo repito, te hundo a ti y a toda tu familia. Así que presta atención. Uno, voy a seguir trabajando en *Voces*. Dos, me voy a casar contigo. Si no, emito los vídeos y vuestro imperio caerá como un castillo de naipes.

No podía reaccionar. Estaba loca. No me esperaba esta estocada.

—No contestas. Te has quedado mudo. No te preocupes, voy a darte tiempo para que decidas.

Se levantó de la silla para marcharse.

—¿Chantajeaste a mi padre con esto?

—Vamos a tener mucho tiempo para conversar, me huele que dentro de poco seremos marido y mujer.

Y salió por la puerta.

¿Qué podía hacer? Me sentía acorralado por esa mujer. Si no quería dinero, estaba perdido. Había dado vueltas a lo que quería pedirme y jamás se me pasó por la cabeza que quisiese ser una Suarch. ¡Susana, una Suarch! ¿Habría chantajeado a mi padre con lo mismo? Quizá por eso me advirtió. Lo mismo le pidió que se divorciase de mi madre a cambio de ocupar ella su lugar. ¡Ya no sabía qué pensar! Susana estaba siendo capaz de renunciar a un millón de euros por ser una Suarch. ¡Estaba enferma de poder! ¿Qué clase de persona era? Deseaba tener esa etiqueta, pertenecer a una clase social por la vía rápida. Esa mujer tenía el corazón podrido. Me había puesto en una difícil tesitura. Tiré las cosas que estaban encima de la mesa lleno de rabia y de impotencia. Era injusto todo lo que estaba viviendo. No me lo merecía.

—¡Joder!

No tenía alternativa. Me encontraba entre la espada y la pared. No había ninguna opción. ¡No la había! Si no aceptaba su propuesta, hundiría a mi familia. ¡La odiaba! Sería tal escándalo el que se formase que no lo podía permitir. Si aquellos vídeos veían la luz sería una hecatombe financiera y personal. Mi padre no estaba aquí para poder defenderse de todas las barbaridades que dijesen de él. Su imagen quedaría hundida de por vida. Yo me moriría de la pena. Mi madre no saldría indemne de la situación y la etiquetarían para el resto de sus días como a la pobre que le pusieron los cuernos y vivía una vida de mentira. ¡No quería eso para ella! Por su forma de ser sufriría mucho con esa situación, la señalarían allá donde fuese y se deprimiría más tarde o más temprano. Seríamos la comidilla de todo el mundo. Pocas veces en la historia de España había ocurrido un escándalo así. Hablarían en todos los sitios. Teles, radios, revistas, redes sociales, medios digitales comentarían todos los días a todas horas la farsa de vida que habían llevado mis padres y la decadencia de todo un imperio. Quitarían de golpe tantos años de esfuerzo, no solo de mis padres, sino también de mis abuelos, bisabuelos y tatarabuelos... No se lo merecían. El sacrifico de sus vidas no había merecido la pena. Demasiado duro para poder soportarlo. No podía ser este nuestro final.

Tenía claro que me pesaría mucho vivir con esto a mis espaldas. Sobre todo si dependía de la decisión que tomase. Fuese cual fuese estaba condenado a sufrir. Debía protegerlos. No podía consentir que mi familia se fuese al garete. ¡No podía! Me iba a sacrificar. Sí, iba a sacrificar mi vida y mi felicidad por ellos. Mi padre me lo dijo en aquella carta, lo más importante era la familia. Ser el sucesor conllevaba tomar ciertas decisiones, aunque fueran en detrimento de mi propia felicidad. Estaba condenado a esta maldita vida...

13

Sin amor

CATA

Llevaba toda la mañana intentando trabajar, pero no podía. Era incapaz de concentrarme tras lo sucedido con Patrick. Mi cabeza estaba en aquel baño, recordando aquel beso. Recreaba en todo momento la sensualidad de sus caricias. Ese tacto, su olor, sus ojos o su lengua…, y cómo me dejé llevar por ella. Mi cuerpo se aceleraba cada vez más y el corazón me latía rápido. Sí, no tenía duda, estaba bajo los efectos secundarios de las feromonas.

Mientras hacía que trabajaba, rebobinaba y repasaba la secuencia una y otra vez. Todavía sentía sus dedos acariciando mi boca. Cuanto más lo pensaba, más me excitaba. Sentía un nudo en el estómago. Dios, había olvidado la sensación que provocaba el amor o lo que fuese lo que estaba sintiendo en esos momentos. Continuaba en ese valle de fantasías intentando analizar nuestro beso desde todos los puntos de vista posibles. Tenía una mezcla de sentimientos. Un cóctel que no sabía muy bien cómo interpretar. Por un lado, no podía evitar pensar que ahí había un principio de algo y estaba ilusionada; pero por otro estaba un tanto desconcertada y también asustada, porque no sabía muy bien el significado de lo que acababa de pasar. Si aquello sería un punto y aparte o un punto y seguido. Deseaba seguir conociéndolo más, pero tenía miedo de enamorarme, de sufrir, de la incertidumbre de los siguientes pasos y de poner de nuevo en peligro a mi corazón. Por otro lado, ansiaba gritar que me acababa de besar con Patrick Suarch, mi jefe, en el baño de las oficinas. Era una noticia muy fuerte y, si alguien se enteraba, sería el cotilleo del año.

—Cata, qué rara estás hoy.

Isa interrumpió mi fantasía.

—¿Estás bien? ¿Quieres que nos levantemos y nos vayamos a tomar un café? —insistió mi amiga, preocupada.

—Sí, sí, que no sirva de precedente, pero te doy la razón. Está rara rara —apuntó Luis, que estaba poniendo la oreja.

—Tú a lo tuyo, Luis —le contestó Isa, irritada—. Amiga, ¿sabes que puedes contar conmigo?

—Gracias, Isa. Estoy bien. Solo que estoy concentrada en el trabajo.

Tuve que mentirle porque no le podía contar que estaba analizando cada detalle del beso que me acababa de dar con Patrick.

—No sé, te siento rara. ¿Sigues rayada por que saliste en la tele y tal?

—No, no...

—Bueno, si es así, no te preocupes, todo pasa. No tienes nada con ese chico. Así que, si les da por investigar como decían, no van a encontrar nada.

—Ya...

Isa sabía leerme muy bien, ya eran muchos años de amistad. Intuía que algo me pasaba, pero, claro, no se imaginaba el qué. ¡Me moría de ganas de contárselo! Pero no podía saberlo nadie. Era *top secret*. Solo podíamos saberlo él y yo. Sería nuestro secreto. En algún momento tendríamos que hablarlo; recreé ese momento, ¿cómo sería ese reencuentro? ¿Me volvería a besar? ¿Haríamos el amor? Me ponía nerviosa solo de pensarlo. Si en la redacción se enterase alguien, me juzgarían más todavía, y ya lo que me faltaba. De eso estaba intentando escribir el blog, quería terminar ya el dichoso post sobre los juicios...

Si se enterase Susana de lo ocurrido, me odiaría más, si es que era posible. ¿Habría visto ella lo del programa del viernes? Todavía no me la había cruzado esa mañana. Ni ganas que tenía. Me preguntaba qué tal habría ido la reunión que tenía Patrick con ella, la calificó de importante. No pude evitar ver la pantalla de su móvil cuando llamó en el baño y, por eso, sabía que la reunión era con ella. Tal vez le había contado mi nueva reubicación. ¿Estaría perdido en las musarañas pensando en nuestro beso? ¿Qué estaría sintiendo? Tenía ganas de volver a verlo. Por un lado, me daba vergüenza, pero ansiaba sentir el roce de sus labios de nuevo. ¿Me buscaría? ¿Me invitaría a cenar? «Para, Cata, para», me dije a mí misma. «Lo mismo no ha significado nada para él». Suspiré un par de veces para intentar deshacer el nudo de mi estómago. Hacía mucho tiempo que no me sentía así.

Mi corazón lo había cerrado con candado hacía cuatro años cuando dejé mi relación con Alberto, mi ex. Salí escaldada de aquella situación. Me reventó emocionalmente y necesité ayuda psicológica. Me perdí en aquella relación. No era capaz de entender cómo había gente con la capacidad de hacer tanto daño. Era la primera vez que me enamoraba perdidamente de aquella manera. Nos conocimos en un máster de Periodismo. Nada más vernos sentimos que había algo entre nosotros. Empezamos siendo amigos, para darnos espacio y descubrir qué teníamos entre manos. Y, en cuanto dimos el paso y nos liamos, ya no pudimos separarnos. O él estaba en mi casa o yo en la suya. Iba todo tan bien que al año tomamos la decisión de irnos a vivir juntos.

Estaba muy ilusionada de empezar una vida con él. Sentí que ya había encontrado al amor de mi vida. Dejé mi casa para irme a la suya, lo decidimos así porque era un poquito más grande. Acordamos compartir gastos, la mitad cada uno. Teníamos una cuenta en común y ahí íbamos ingresando dinero. Los primeros meses parecía que vivíamos en una constante luna de miel. Hablábamos el mismo idioma y nos cuidábamos el uno al otro. Llegábamos a acuerdos fácilmente, como repartirnos las tareas del hogar. Si yo cocinaba, él lavaba los platos. En general, todo fluía. Yo estaba trabajando en *Voces* y él estaba en la redacción de un programa de televisión de deportes. Alberto llevaba cinco años en el programa y era muy feliz. Aspiraba a presentarlo. Estaba seguro de que algún día le llamarían para hacer la suplencia del presentador que estaba en esos momentos y que demostraría su valía. Pero justo a los seis meses de nuestra convivencia decidieron hacer un ERE en la cadena, y eso afectó a la plantilla de un montón de programas, entre ellos el suyo. Despidieron a gente y le tocó a él. Y con ese despido se apagaron sus sueños de presentar algún día. Lógicamente al principio se quedó en shock. No sabía muy bien qué hacer ni qué puertas tocar. Tuvimos muchas conversaciones al respecto. Llegamos a la conclusión de que necesitaba resetearse un poco y que lo mejor era que se tomase unas vacaciones para hacer todo aquello que no había hecho durante esos cinco años.

Y eso hizo, descansar, hacer deporte y cargas pilas. Al mes, decidió buscar empleo tranquilamente pensando que tendría las puertas abiertas de todos los sitios, porque su currículo le avalaba y había trabajado en uno de los mejores programas de deportes de la televisión. Pero no fue así. Todos tenían sus equipos montados en aquel momento, no había apenas vacantes. En los puestos que estaban libres no pagaban un buen sueldo. Alberto no estaba dispuesto a trabajar más horas y ganar menos dinero. Su dignidad no se lo permitía y me decía que no se podía rebajar tanto. Mirándolo con perspectiva, creo que hablaba su ego.

Yo le animé a que explorase, que no se centrase solo en el mundo deportivo, pero no quiso escucharme. Estaba cerrado en banda. Los deportes eran su pasión, lo demás no le motivaba nada. Siguieron pasando los meses y no encontraba nada que se ajustase a lo que él buscaba. Solo había puestos con un sueldo aceptable en las redacciones de programas del corazón. Él se negaba rotundamente a pertenecer a ese sector. Yo no lo entendía porque era trabajo, pero él me justificaba que no se sentía cómodo escribiendo sobre la vida de otras personas. Era su decisión y yo lo tenía que respetar. Y, como no trabajaba, la que se tenía que hacer cargo prácticamente de todos los gastos en la casa era yo. Y esa carga no la podía aguantar mucho tiempo sola. El dinero se esfumaba rápidamente como su buen carácter. Pasaron los días y el mal humor de mi chico era constante. Cada vez se sentía más frustrado consigo mismo y con la vida. Se levantaba amargado y cabreado y no tenía ganas de nada.

Yo intenté tirar de él para tranquilizarle y busqué posibles soluciones, pero cada vez que lo hacía me encontraba con un muro más grande. No se dejaba ni me escuchaba; es más, le molestaba que lo hiciese. Estaba en su película, en su nube tóxica, incapaz de poder ver más allá y de entender que no tenía por qué abandonar su sueño, sino que simplemente era un desvío en el camino. Llegó un momento que tuve que optar por el silencio, por no decirle nada. Le molestaba hasta mi presencia en casa.

No podía compartir con él nada de lo que me sucedía en el trabajo, porque le hacía recordar que él no tenía. Y poco a poco me fui anulando. Dejé de ser yo. Entrar en casa era llegar a la oscuridad. Se pasaba el día reprochándome que yo trabajaba en lo que a mí me gustaba y él no. Me echaba en cara que era muy fácil hablar sin saber lo que era estar en su situación. Su machaque continuo hizo que me sintiese mal por trabajar en lo que me gustaba.

Me odiaba por ello. Noté que le caía mal. Me envidiaba. Tenía la habilidad de darle la vuelta a todo sigilosamente, sin que me diese cuenta. Y yo le justificaba y pensaba que estaba pasando por una mala racha. Traté de empatizar con él siempre. Tenía la esperanza de que en algún momento encontraría trabajo y seríamos de nuevo los de antes. Me aferraba a que pronto volvería a ver al Alberto del que me enamoré. Pero no fue así. Ese Alberto ya no existía. El amor que nos teníamos se transformó en envidia, competencia, culpabilidad y toxicidad.

A los siete meses de buscar empleo y no encontrarlo, no le quedó más remedio que aceptar un trabajo en la redacción de un programa de corazón diario y con un sueldo bastante bajo. O era eso, o teníamos que cambiarnos a una casa más pequeña, porque yo sola no podía soportar tantos gastos durante tantos meses seguidos. Así que se convirtió en el redactor de un programa de televisión del corazón. Eso hizo que se enfadara con el mundo y consigo mismo. Encima cobraba menos trabajando más. Y eso fue un cóctel molotov. Se convirtió literalmente en otra persona. Como decía Ortega y Gasset: «Yo soy yo y mis circunstancias», y comprobé que eso era verdad. Y mis circunstancias me llevaron a verme envuelta en una relación con un hombre al que ya no conocía, donde no me sentía valorada ni querida.

Normalicé cosas impensables por seguir viviendo de esos meses del comienzo. Todavía me cuesta entender cómo no corté esa situación. Tenía el concepto erróneo de que el amor era sufrimiento y que había que lucharlo porque no se podía abandonar el barco a la primera de cambio. Justifiqué lo injustificable. Sin entender que a veces hay que abandonar el barco para no hundirte con él. Estaba tan metida en la tormenta que solo veía la lluvia. Estaba tan enamorada de él, o eso creía, que dejé mi dignidad por el camino. Me perdí. Consentí desprecios, malas palabras y peleas. Opté por el silencio, no quería hablar ni decir lo que opinaba. Me anulé. Me dejé de respetar. Dejé de ser yo.

Hay una frase que dice que a las personas se las conoce en los malos momentos. Y así fue. Conocí la cara B de Alberto. La cara que nunca le había visto. Y, como no podía ser de otra manera, la historia fue a peor. A los dos meses de estar trabajando en aquella redacción, se lio con una compañera y me dejó. Me destrozó. Mi autoestima quedó por los suelos. Me eché la culpa de todo lo que había sucedido. Me preguntaba que qué diablos había hecho yo. ¿Por qué ella sí y yo no? ¿No era lo suficientemente válida ni digna para ser amada?

Necesité acudir a terapia y después poder entender que cuando alguien te rechazaba no tenía nada que ver contigo, sino que tal vez hablaba más bien de él. Aprendí a poner límites, a decir no a situaciones que solo me hacían daño. Necesité un tiempo para volver a sentirme a gusto conmigo misma y sentirme bien dentro de mi piel. Curé las heridas de mi corazón con mucha paciencia y autoamor. También aprendí que mi corazón no se lo podía entregar a cualquiera. Debía ir poco a poco y no dar más de lo que me correspondía. No era salvadora de nadie. No me tenía que poner ese disfraz.

Por eso decidí cerrarme en banda. Porque si me enamoraba me entregaba en cuerpo y alma, cien por cien. No sabía hacerlo de otra manera. Siempre iba de frente. No tenía estrategias, porque el lenguaje del amor no las entendía. Si decidía estar con alguien, iba hasta el infinito y más allá. Pero no todo el mundo era así, no todos amaban de la misma manera. El problema era cuando el corazón caía en manos de la persona equivocada y uno no se daba cuenta de pararlo a tiempo. Habría un momento en que, si no huía, terminaría destrozada.

Y no estaba dispuesta a volver a pasar por lo mismo. Y desde entonces hice un pacto: cerrarme al amor. Proteger mi tesoro, mi corazón. No quería volver a pasar por algo así en mi vida. Durante estos cuatro años, había aprendido a vivir sin amor. Recompuse mi mundo. Fue una tarea ardua. Mi vida estaba centrada en mi trabajo, los amigos, la familia y los hobbies. Me encontré conmigo misma en mi soledad. Sané cosiendo las heridas. Aprendí a darme todo ese amor que necesitaba.

Pero ese pacto acababa de romperse. Sin saber cómo había llegado a ello, me encontraba envuelta de nuevo en los embrujos del amor. Experimenté de nuevo su esencia. Sentí otra vez lo que provocaba que te besasen o que te acariciasen. Volví a sentir mi cuerpo en ebullición. Me había dejado envolver por la química del amor.

14

La decisión

Patrick

Salí de la oficina, necesitaba tomar el aire. Anulé las reuniones que tenía esa mañana. No podía pensar en otra cosa que no fuera la conversación con Susana. Le pedí a Juan que me llevase a la Almudena, allí habíamos enterrado a mi padre. No le podía contar a nadie lo sucedido. Solo a él. Necesitaba desahogar la rabia y la ira con el único culpable de esta situación.

Le pedí al chófer que me esperase en la puerta del cementerio y me adentré en el mundo de los muertos. Busqué su lápida y me senté. Y mientras lo hacía me puse a pedirle explicaciones. Necesitaba desahogarme, sacar toda mi furia. Y allí sentado contemplé las otras tumbas que me rodeaban y leí las fechas. Había gente que había fallecido muy mayor, otros habían dejado el mundo con no más de cincuenta años y también varios jóvenes yacían enterrados. Pensé en el dolor que habrían causado a sus familias y cómo estarían llevando su pérdida. Tuve de nuevo esa sensación de que todo podía cambiar de la noche a la mañana.

En una losa había una inscripción que me dejó pensando: «No temas a la muerte, sino a una vida inapropiada». Y así era cómo me sentía, un muerto con mi vida inapropiada a cuestas. A veces no hacía falta morirse para saber que en tu vida ya nunca más iba a salir el sol. Los hombres veníamos al mundo a ser felices, pero yo ya no lo iba a ser jamás. Era mi condena por haber nacido en una familia como esta. Tenía que renunciar a todo por mantener un legado, por ser el sucesor, por ser un Suarch. Susana me había hecho jaque mate. Me había ganado la partida. Me iba a tener que casar con una mujer que odiaba.

«¡Papá, cómo caísteis en su trampa! ¿Por qué rompiste el pacto que habías hecho con mamá? Tu equivocación ha condenado mi vida para siempre. ¿Por qué narices caíste en sus garras?», no pude evitar gritar en mi interior. Susana era una mujer muy atractiva, llamaba la atención, pero por dentro estaba podrida. ¿Lo habría orquestado todo desde el principio? ¿Fue a por mi padre para luego poder chantajearle? Tenía que descubrirlo. Y no pararía hasta hacerlo. Era lo que me quedaba para calmar algo este dolor. Necesitaba saber la verdad. Cómo la despreciaba. Desde pequeño siempre había soñado con casarme con la mujer de mi vida, porque realmente creía en un amor verdadero. Era un romántico. Siempre había visto a mis padres y tenía una buena referencia. Pero, visto lo visto, hasta eso era falso. Todo lo que había rodeado mi vida era mentira. Estaba metido en una película de terror. Me iba a casar con la amante de mi padre. ¡Por Dios!, qué ganas de vomitar.

—¡Papá, estoy acorralado por tu culpa! ¡Te odio! —Y esta vez sí que grité, grité muy fuerte.

De pronto, alguien se acercó a mí, una señora mayor que estaba junto a otra lápida.

—Siento mucho por lo que estás pasando. El odio no nos lleva a nada, solo a la amargura y al rencor.

—Ya, señora, ya, pero es que no puedo más —le contesté malhumorado, no sabía por qué tenía que meterse donde no la llamaban. Que me dejase en paz.

—La única persona que lo sufre eres tú, hijo. Recuerda que nuestro Dios tiene un plan superior.

—Pues me da que Dios se ha olvidado de mí.

—Prácticamente todos, cuando nos deja una persona querida, pensamos que Dios nos ha olvidado. Yo también lo pensé cuando el amor de mi vida murió hace ya veinte años.

—Usted no sabe por lo que estoy pasando. —Luego me quedé pensativo y no pude evitar preguntarle—. ¿Hace veinte años?

—Sí.

—¿Y tras veinte años sigue viniendo aquí?

—El amor verdadero no se encuentra siempre. Vengo muy a menudo para agradecerle todo lo que vivimos y el tiempo que pasamos juntos. Me siento afortunada de haberlo vivido. Aunque él ya no esté físicamente, está en mi corazón. Venir aquí es como tener nuestra particular cita. Le cuento cómo me va, las cosas que me pasan y sé que me ayuda a tomar las mejores decisiones en mi día a día. Pídele a tu ser querido que te ayude.

—Lo hago, pero no encuentro respuesta.

—Tarde o temprano le sentirás. Lo sé. Solo confía. La rabia no te deja ver más allá. Pídele claridad. La verdad únicamente tiene un camino. Al final todo se acaba colocando. Solo se necesita tiempo, que es ese espacio que nos da la vida para poder coger perspectiva. A veces la vida nos empuja al abismo, pero una vez que estás ahí ya solo te queda sobrevivir entre las tinieblas y buscar una pequeña luz. Las circunstancias son las que son. Ya nada puede cambiar.

Miré a aquella señora de ojos claros. La charla me estaba resultando muy mística. No entendía este momento. Se la veía una mujer noble y sabia. ¿Por qué narices estaba teniendo esa conversación con ella? ¿Era una señal de mi padre? Me estaba volviendo loco.

—Señora, es que todo va a peor. No me dan tregua. Ni un poco de respiro.

—Acepta la situación. Aceptar es el gran paso.

Me quedé pensando en aquellas palabras, quizá tenía razón y ya estaba perdiendo el tiempo en darle demasiadas vueltas a las cosas. Debía ser más práctico. Y como decía ella aceptar. No tenía en este momento otro camino mejor.

—¿Cómo supo que era el amor de su vida?

—Lo supe desde el primer día que nos miramos a los ojos. Era mi hogar, mi refugio. No hizo falta decir nada. Nuestras miradas hablaron y nos reconocimos en un instante.

No pude evitar acordarme de Cata. Esas palabras que estaba diciendo esa mujer me resultaban familiares. Cuando miré a Cata por primera vez en mi despacho mientras estaba llorando, sentí que ella era hogar. Y en cuanto la besé supe que aquello no era un rollo, sino que entre nosotros había algo más que debíamos explorar. No era una chica más de las que habían pasado por mi vida. Había sido la única luz que había encontrado en el camino entre tanta oscuridad durante estos días. Pero, maldita sea, ya no podría seguir conociéndola. Me iba a casar con Susana, la persona que la había maltratado, la que le había hecho *bullying* y a la que odiaba tanto como yo (si es que ella realmente podía odiar). Y no podía elegir. Era mi fin. No tenía opción. Ni tan siquiera podría contarle la verdad. Pondría en peligro todo lo que habíamos sentido. Tendría que mentirle y decirle que me había equivocado. Que ese beso no había significado nada para mí. Que me gustaba Susana y me iba a casar con ella. Le iba a hacer mucho daño. Y no me lo iba a poder perdonar, porque esa chica me importaba.

Me despedí de aquella señora teniendo claro que seguir sobreviviendo en el abismo oscuro en el que me encontraba era la única opción que tenía en ese momento. Hablaría con Susana, con mi madre y con ella..., con Cata.

Le pedí a Juan que antes de regresar a la oficina parásemos a comprar una ensalada para poder comer algo rápido en el despacho. Quería desatascar todo cuanto antes. Había llegado el momento de tomar una decisión. Tal vez al lado de esa mujer conseguiría resolver ciertos enigmas y encontrar ciertas explicaciones a todo lo que estaba aconteciendo. Antes de entrar al despacho, pasé por el comedor a coger aceite, vinagre, sal y un tenedor para poder tomarme la ensalada.

—Hola.

Me giré y era Cata. Acababa de entrar y me sonreía. Tenía una luz especial. Le brillaban los ojos.

—¿Cómo estás? —preguntó, siempre dulce.

—Bien, con mucho jaleo.

Y no le dije nada más. Quería cortar la conversación cuanto antes. Y sé que se quedó con ganas de que dijese algo más, pero no podía. Me habría encantado que nuestra charla hubiese tomado otros derroteros, hubiera querido invitarla a cenar y decirle que me moría por volver a besarla, abrazarla y hacerle el amor. Que me encantaba. Pero no pude, me tuve que contener. Mi tono no fue cariñoso, más bien fui un poco borde con ella. Necesitaba protegerla. No quería que se ilusionase más. Me estaba muriendo por dentro. No la podía ni mirar a los ojos. Me dolía. Me sentía avergonzado. Tenía que hablar con ella en algún momento, pero no estaba preparado todavía.

—Te dejo, Cata, tengo que solucionar un montón de cosas.

Y me fui de allí, sin más. Con el corazón encogido porque sabía que había herido sus sentimientos. Comí rápidamente la ensalada y le pedí a Susana que viniese al despacho. Entró con aires de grandeza.

—¿Ya te lo has pensado? ¿Quieres ser mi maridito?

—Susana, te odio con todas mis fuerzas. Sí, creo que eres la peor persona con la que me he cruzado jamás. No tienes principios ni valores, pero ¿sabes qué? Amo a mi familia por encima de todo y, si está en mi mano evitarles cualquier tipo de sufrimiento, lo haré. Sí, voy a condenarme y pasar mi vida con la peor persona de este planeta... Sí, me voy a casar contigo para salvar a mi familia.

—Me da igual lo que opines de mí. Todos tenemos nuestros motivos. Entonces no hay nada más que hablar.

—Eso lo dices tú. Antes de que nos casemos, vamos a tener que dejar por escrito muchas cosas. Yo me caso contigo a cambio de esos vídeos.

—Tranquilo. Aunque me veas como la mala de la película, también pienso en ti. Ya lo tengo todo listo, futuro marido. He preparado un contrato y he mirado por los dos. No soy egoísta. Ya sabes lo que quiero, así que me comprometo a que esos vídeos nunca verán la luz mientras estemos casados. Aunque no lo creas, me gusta la claridad. Todo quedará por escrito. ¡No sabes las ganas que tengo de anunciarlo! Cuanto antes se sepa, mejor.

—Primero, tengo que hablar con mi madre y con Simón.

—Yo también tengo derecho a informar a quien me interese, ¿no? Confía en mí. Voy a ser tu mujer. Vamos a ser un equipo.

Y salió por la puerta. Inmediatamente llamé a Simón y le pedí que viniese a cenar a casa. Tenía que hablar con él y con mi madre. Pasé lo que quedaba del día como pude en esa oficina que en aquel momento sentía como una cárcel.

A las nueve de la noche en punto ya estábamos los tres sentados en la mesa.

—Tengo que hablar con vosotros. He tomado una decisión importante.

Bebí de un trago la copa de vino que nos acababan de servir. Cogí la botella de vino y me serví otra.

—Hijo, ¿estás bien? —Mi madre estaba preocupada.

—Me voy a casar.

Ambos se sorprendieron ante la noticia.

—Hijo, qué rápido has tomado la decisión. Es lo correcto para dar una imagen de estabilidad. Simón y yo, como sabes, estábamos de acuerdo con esa idea. Va a ser aire fresco para todos. Así ponemos el foco en otro sitio. Por fin, vamos a ver la luz para poder trabajar mejor en nuestra empresa. Por cierto, ¿quién es la afortunada? Todavía no nos lo has dicho.

Volví a beber.

—Susana.

Mi madre se quedó en shock. La mirada de Simón era distinta. Me dio la sensación de que no se había sorprendido del todo. Quizá me estaba equivocando, pero eso fue lo que noté.

—Susana, ¿la que trabaja para nosotros? —preguntó mi madre contrariada.

Sin duda, no le parecía que tuviese suficiente caché. Ya sabía lo que ella hubiese deseado.

—La misma —contesté mientras me servía la tercera copa de vino.

—No sé qué decir.

—Es mejor que no digas nada, mamá.

—Pero ¿desde cuándo estás saliendo con ella?

—Te pido, por favor, que no preguntes. Nos casamos. Ya tienes boda. Ya tenéis boda, ¿estaréis contentos, no?

—Enhorabuena, Patrick —dijo Simón—. Si te parece, vamos a brindar por esta noticia.

—Prefiero no hacerlo. ¿Para cuándo queréis la boda? —pregunté lo más frío que pude.

—Cuanto antes —contestó Simón sin darme tregua.

Mi madre se había quedado muda.

—¿No estás contenta, mamá? Ya tienes lo que querías.

—Sí, hijo, sí. —Su tono no era de felicidad.

—Pues podemos celebrar la boda dentro de tres meses. ¿Qué os parece? —sugirió Simón.

—Lo que queráis. Soy vuestro muñeco.

—En tres meses da tiempo a organizarlo todo. Será la gran boda. Vamos a poner a todo el mundo a trabajar para ello. Y Cristóbal estará muy presente en ella. Debemos lanzar la nota de prensa cuanto antes y lo vamos a hacer en nuestra revista. Aprovecharemos para comunicar el enlace y además para explicar el nuevo camino que va a tomar *Voces*. Creo que son muy buenas las ideas que has planteado durante estos días, Patrick. Los nuevos departamentos y dirigir *Voces* a todo tipo de público —dijo Simón.

Me llamó la atención cómo nuestro abogado lo tenía todo demasiado orquestado. Sabía todos los pasos que íbamos a dar. Aunque si lo pensaba fríamente tenía que ser así. Llegados a este punto, había que ser prácticos. Y una noticia como la de la boda traería tráfico a la web y se podía aprovechar la coyuntura para dar a conocer los cambios.

—Me parece buena idea, Simón.

—Es importante que, una vez se sepa la noticia, organicemos una fiesta de presentación a la sociedad de la novia. Susana se va a convertir en una Suarch. Podríamos hacerlo en el jardín de *Voces*. Ese palacio tiene un jardín maravilloso. —Simón continuaba organizando todo.

—Lo que queráis. —No podía responder otra cosa y no paraba de mirar a mi madre, que seguía en silencio.

—Genial. Así se hará.

Entonces me di cuenta de que comenzaba una nueva era en *Voces* y en la familia Suarch.

15

En la boca del lobo

Cata

Isa me había escrito la noche anterior. Me dijo que por qué no quedábamos a desayunar antes de entrar a trabajar. Acepté su propuesta. Estos ratitos me gustaban, me daban la vida. Lo solíamos hacer en The Bloond, una cafetería cerca de la oficina. Ese sitio me gustaba, porque los zumos eran naturales, la bollería era artesanal y tenían una gran variedad de panes: de maíz, de centeno, de trigo sarraceno, sin gluten. Siempre que iba, pedía lo mismo. Unas tostadas de centeno con aguacate y dos huevos a la plancha junto a un zumo de manzana, zanahoria y jengibre. En cambio, Isa se pedía un trozo de tarta de zanahoria con un café. Yo no era mucho de tartas, pero he de reconocer que esa estaba espectacular.

Habíamos quedado a las nueve y cuarto para desayunar tranquilamente y charlar. No entrábamos a la oficina hasta cuarenta y cinco minutos después. Cuando llegué, ella ya estaba esperándome y leía una revista.

—Amiga, lo siento, pero esta vez te he ganado yo. ¡He llegado antes! —Y sonrió de oreja a oreja.

—Sí. ¡Estoy sorprendida!

—Y yo.

Y las dos nos reímos. Dejé mi bolso colgado en la silla junto con la chaqueta. Me senté enfrente y pedimos lo habitual.

—Amiga, me tienes preocupada.

—¿Por?

—No sé. Tengo la sensación de que te pasa algo, pero no sé qué es exactamente. No sé si es por lo de tu encontronazo con la prensa o porque tu padre te haya dicho que tiene novia…, pero algo hay en esa cabecita.

—No, no, ¡qué dices! Estoy bien.

—Cata, me ofendes. Nos conocemos desde hace años y ayer vi cómo te comportabas en la oficina y me da la sensación de que…

—¿Qué sensación?

Estaba muy intrigada por lo que podría estar transmitiendo.

—Llámame loca, pero ¿tú no estarás enamorada?

La camarera nos trajo las bebidas.

—Buen provecho.

Se marchó a por las tostadas y la tarta.

—Repito la pregunta, Cata, ¿no estarás enamorada?

—¿Por qué dices eso?

¿Cómo era posible que me lo hubiese notado? No sabía si lo estaba, pero tenía que ver con temas del corazón. Esto solo me corroboraba que mi amiga sabía leerme muy bien.

—Mi instinto, el olfato, tu mirada.

—Anda ya..., pero ¿de quién voy a estar enamorada?

Estaba deseando contarle todo lo que me había pasado con Patrick. Lo del beso en el baño y que estaba rayada porque nos encontramos después y todo fue raro. No entendía nada. Lo mismo me estaba emparanoiando.

—¡No lo sé! Eso me lo tendrás que decir tú. En mi radar solo hay un posible candidato.

—¿Quién?

—Vamos a ver, Cata, es obvio: Patrick.

—¿Por qué dices eso?

—Porque es el único hombre nuevo que ha entrado en tu vida que yo sepa. Y, no sé, tu manera de defenderle siempre, tus idas y venidas al despacho... Me da que pensar.

—¡No digas tonterías, Isa!

No sabía qué decirle. Tuve que fingir. En realidad estaba en lo cierto, él era el causante de que yo estuviese en Babia.

—Entonces ¿es un no? Espero que no me mientas, sabes que puedes confiar en mí, que soy tu amiga. Soy una tumba.

Me dolía no contarle la verdad, pero no tenía opción. Le tenía que mentir. Era de confianza, pero me daba miedo decírselo, porque la situación era muy delicada. Ni siquiera yo sabía cómo encajarlo todavía.

—Sí, es un no.

—Vale, me quedo más tranquila. Es que me da miedo que te enamores de él. Patrick es un chico muy guapo, a la vista está, pero su historial no me gusta ni un pelo. Podrías sufrir mucho a su lado. Ya lo pasaste bastante mal con Alberto y no quiero que otro venga a romperte el corazón, tenemos referencias y no son buenas.

—Ya...

—Meterse en esa familia es como meterse en la boca del lobo, solo puedes salir herida. Es un mundo muy superficial que nada tiene que ver contigo.

—Ya...

Tenía razón, el mundo de Patrick estaba muy alejado del mío. Él era marqués y yo era una redactora que ganaba un buen sueldo, pero que no estaba acostumbrada al lujo. Me empecé a agobiar mientras me comía la tostada que nos acababan de traer, porque no le faltaba razón. Era la realidad. Quizá él estaba acostumbrado a ir besando a las chicas así porque sí. Apenas lo conocía. Si me guiaba por mi instinto, no tenía esa sensación en nuestros encuentros, pero, si hacia caso a la opinión pública, mi amiga tenía razón. Me podía estar equivocando, quizá estaba intentando defender lo indefendible. O quería ver algo que no existía. El tiempo revelaría la verdad.

—Me encantaría que te enamorases otra vez, que volvieses a sentir la chispa del amor. Porque te haya salido mal una vez, no significa que te vaya a salir mal siempre.

Soy tu mosca cojonera, ya sabes que no paro de repetírtelo. El amor es algo maravilloso, y sé que ahí fuera hay un príncipe azul para cada una de nosotras. Consejo de amiga, deberías poco a poco ir abriendo tu corazón. No puedes seguir perdiéndote lo que es sentirse querida por alguien.

Isa tenía razón, aunque con Alberto no saliese bien, no significaba que todas las relaciones fueran así. Hasta ahora no había estado preparada ni lo había buscado. Pero en esta ocasión me lo había encontrado de bruces. De mí dependía abrirle la puerta o no.

—Y otra cosa, me tienes intrigada con lo del nuevo puesto de trabajo. Dame una pista, por fi.

—Solo te voy a decir que vamos a trabajar juntas y que te vas a encargar de una parte que te va a encantar.

—¡Qué ganas de saber! ¿Cuándo nos dirán algo?

—Pues yo creo que en breve.

Terminamos nuestro desayuno de reinas, pagamos y nos fuimos con la tripa llena a la redacción. Estaba nerviosa. Tenía ganas de encontrarme con Patrick a solas para ver si podíamos hablar de lo sucedido y no pillarle otra vez en un mal momento. Necesitaba saber qué opinaba y qué sentía, una charla que calmase mi inquietud. Cuando abrimos nuestro ordenador, todos teníamos un e-mail de Susana y Patrick convocándonos a una reunión urgente en media hora. ¿Qué narices nos querrían decir?

—¿Qué querrán ahora? —Luis estaba exasperado, no podía con la incertidumbre.

—Seguramente sea para contarnos a todos las nuevas ubicaciones —trató de tranquilizarle Pablo.

Tenía razón. Era probable que fuera eso.

—¡Madre mía, cómo viene la bicha hoy! —exclamó Isa de repente.

Susana pasó por delante de nosotros con un fuerte olor a perfume. Iba directa al despacho de Patrick, sin mirar a nadie. Se había puesto un vestido rojo ajustado, que marcaba sus curvas, llevaba el pelo suelto e iba perfectamente maquillada. Estaba especialmente guapa. Entró en el despacho y se encerró un buen rato con él.

—Oye, ¿soy yo o la bicha ha venido más guapa de la cuenta? Lo mismo es que está sacando sus armas de seducción con Patrick. —Isa seguía conjeturando.

Ese comentario me pellizcó el corazón, no pude evitarlo. Podía tener razón y que Susana quisiese conquistarlo. Enseguida lo borré de mi mente, no quería ni pensarlo.

Una vez transcurrió la media hora, fuimos todos a la sala de reuniones. Nos sentamos en las sillas que estaban libres. A los cinco minutos, entró Patrick por la puerta con la cabeza agachada seguido de Susana y Simón. No había duda de que había pasado algo. Simón tomó la palabra.

—Gracias a todos por venir. Os hemos reunido para contaros dos noticias muy importantes que van a cambiar el rumbo de *Voces* y de la familia Suarch.

Entonces Patrick se adelantó y nos habló a todos.

—Una nueva era llega para *Voces*. ¡Van a cambiar muchas cosas! Quizá la más importante es que queremos que esta revista sea para todos los públicos. No nos vamos a centrar en un grupo determinado de la población. Hemos apostado por una nueva línea editorial y nuevos departamentos. El más novedoso es el de eventos que estará dirigido por vuestra compañera Cata. Ella os comunicará más tarde las personas que la van a acompañar en esta nueva aventura.

Comenzó así su discurso y durante un buen rato nos explicó detalladamente cómo iba a ser esta nueva andadura y lo que esperaba de nosotros. Se abrió en canal y nos dijo los resultados que necesitaba para salvar la revista así como las metas a corto y a largo plazo que tenía en mente. Todos estábamos muy atentos a sus palabras. Se expresaba bien. Era un gran comunicador. El traje que llevaba le sentaba muy bien y de vez en cuando me venía una ráfaga de su perfume haciendo que mi cabeza regresara a aquel beso. Sus palabras estaban siendo muy motivadoras, porque nos alentaba para que diésemos lo mejor de nosotros. Nos necesitaba y hacía hincapié en que teníamos que volver a ser los número uno.

Patrick terminó la charla y Susana cogió el testigo.

—Como ha dicho Patrick, queremos que deis lo mejor de vosotros. En breve todos estos cambios se harán públicos. Pero antes quiero daros otra noticia importante.

¿Otra noticia más? Estábamos expectantes por lo que nos querría contar. Isa se había sentado a mi lado y me miró en plan: *What?* Le devolví la mirada diciéndole que no tenía ni idea de a qué se refería.

—Tengo el placer de comunicaros que me caso.

Un gran revuelo se produjo en la sala. Se escucharon frases del tipo «¡Enhorabuena!» y «¡Qué sorpresa!». El murmullo fue aumentando a medida que pasaban los segundos. Isa se acercó a mi oreja y me hizo un comentario:

—¿Perdona? Pero ¿tenía pareja?

La verdad es que estaba igual de sorprendida que el resto de mis compañeros. No tenía ni idea de quién sería el desafortunado, pobrecillo. No se me pasaba por la cabeza quién podría aguantarla. Dicen que siempre hay un roto para un descosido.

—Gracias, gracias a todos. Os estaréis preguntando quién es el afortunado que va a compartir su vida conmigo.

—¡Sí! —exclamaron todos.

—El afortunado es... ¡Patrick Suarch!

Literalmente se me cayó el mundo encima. No era verdad lo que acababa de escuchar. No, no... ¡No podía ser! La gente empezó a murmurar, pero yo me quedé congelada. No me entraba el aire por la nariz, se me cortó la respiración. Sentí como que el corazón se me paraba y no me salían las palabras. ¡Aquello no podía ser cierto!

—¡Ostras! Menuda bomba informativa —dijo Isa.

No podía hablar. Estaba KO. Esto sí que no me lo esperaba. Menuda broma del destino.

—¡Qué fuerte, tía! ¿Cata? Hola, ¿estás ahí?

Me tocó en el brazo.

—Amiga, reacciona...

Y mi reacción fue mirarlo a él. Pero no me buscaba, porque no quería cruzar la mirada conmigo.

—Gracias a todos por vuestras felicitaciones. Estamos muy felices, ¿verdad, Patrick?

—Sí.

Simón remató la reunión.

—Un poco de silencio. La noticia del compromiso la vamos a dar en *Voces* como primicia. Y vamos a aprovechar la coyuntura para contar el nuevo rumbo que vamos a tomar, aprovecharemos todo el tráfico que va a generar el anuncio. Vamos a lanzar la nota de prensa en menos de una hora. Necesitamos que todos os pongáis las pilas a partir de ahora.

—Eso es. Ya he hablado con cada uno de vosotros. Ya sabéis la función que tenéis y el enfoque que hay que dar a vuestras secciones. Los que todavía no tenéis asignado vuestro puesto, no os preocupéis, porque el responsable de cada departamento os lo comunicará. Afortunadamente, os hemos podido reubicar a todos. —Patrick seguía sin mirarme—. Gracias y ya sabéis que esperamos lo mejor de vosotros.

Y la gente se fue levantando. Yo también lo hice, aunque me costó bastante. Isa me cogió del brazo y salimos de allí junto a Luis y Pablo. No hacía falta ser muy listo para ver que algo me había pasado en esa reunión.

—Amiga, estás en shock. Sí que te ha afectado la noticia.

—No me encuentro bien, necesito ir al baño.

—¿Te acompaño?

—No, no…

Me fui al baño. Necesitaba encerrarme a solas en esas cuatro paredes. Quería asimilar lo que acababa de suceder. No me podía creer que Patrick me hubiese hecho eso. ¡Lo odiaba! Si estaba con Susana, ¿por qué narices me besó? Hijo de la gran... Me entró mucha rabia y lloré de la impotencia. Me sentía tan engañada. Ilusa de mí, creía que había visto una parte de él que nadie había visto, pero ¡me había engañado descaradamente! Había creído en él, menuda estúpida estaba hecha. Había defendido lo indefendible. Me sentí estafada y mal conmigo misma por haber caído en sus redes. ¡Maldita sea, joder! ¡Qué tonta había sido! ¡Con Susana! ¡Con la persona que más odiaba en este planeta! Y, sí, yo no soportaba odiar..., pero me estaba haciendo la vida imposible.

Me sequé las lágrimas y salí para echarme agua en la cara. Me miré al espejo y me dije a mí misma que no iba a mostrar ningún signo de debilidad, que no se lo merecía. Iba a actuar como él, como si no hubiese pasado nada entre nosotros. Para mí ese beso tampoco había existido y no había significado nada. Lo iba a borrar completamente de mi vida. Iba a ser fría como él. Borrón y cuenta nueva. Me iba a centrar en lo que verdaderamente me interesaba, mi nuevo puesto de trabajo. Iba a aprovechar todo lo que pudiese para brillar e intentar hacer esa entrevista que marcase un antes y un después. Era mi promesa, se lo debía a mi abuela Carmen. Salí de aquel lugar con la cabeza fría y dispuesta a cumplir mis objetivos.

La redacción estaba revolucionada, todo el mundo hablaba de la noticia y del comunicado que iban a dar. Patrick, Susana y Simón seguían en la sala de reuniones. Mis compañeros estaban nerviosos. Sí, aquello iba a tener bastante repercusión y probablemente iba a afectar positivamente a nuestra revista. Dos noticias en una. Aquello podía ser una gran revolución.

A los pocos minutos ya aparecía en nuestra web el siguiente titular: «Felices de compartir la gran noticia del compromiso de Patrick Suarch con Susana Rivas». La información iba acompañada de una foto de cada uno. Todavía no había ninguna de ellos juntos. Ningún posado oficial. Se hablaba de que en tres meses se produciría el enlace. Explicaban quién era ella y a qué se dedicaba para evitar especulaciones. Y se anunciaba la fiesta que se iba a organizar muy pronto para presentar a la futura marquesa de Suarch en sociedad. En el evento, ambos atenderían a la prensa. Sentía una presión en el pecho mientras leía.

Y en el mismo artículo contaban el nuevo rumbo que iba a tomar la revista. Al minuto de salir, todos los portales se hicieron eco de la buena nueva, estaba siendo la noticia del día, y no era de extrañar. Había todo tipo de titulares: «Patrick Suarch se casa con Susana Rivas, la que era mano derecha de su padre», «Tras el fallecimiento de su padre, Patrick Suarch se casa con la jefa de redacción de *Voces*», «Una alegría para la familia Suarch, los novios se casan en tres meses», «El soltero de oro, Patrick Suarch, se casa con Susana Rivas». La pregunta era por qué nadie sabía nada de este noviazgo. Todo el mundo deseaba saber quién era la futura marquesa de Suarch y cómo se conocieron. «Nuevos aires llegan a la familia Suarch, una boda y un nuevo rumbo».

—Estoy en shock. ¿Ya estás mejor? —Isa siempre cuidándome...

—Sí.

—Ya os lo decía que este tío no era trigo limpio. —Luis continuaba insistiendo en su teoría. Aunque todo eran buenas noticias para *Voces*, él intuía que aquello no era una buena noticia para mí—. Dios los cría y ellos se juntan; y tú, Cata, defendiéndolo.

—Pues sí, parece ser que tenías razón, Luis.

—Hombre, Cata, ¡por fin lo has visto!

—Para no verlo. Se va a casar con su enemiga número uno. Si ya lo dice el refrán: «Dos que duermen en el mismo colchón se vuelven de la misma condición» —apuntó Isa.

—No puedo estar más de acuerdo. —Pero quise dejar ya ahí el tema—. Vamos a lo importante, os voy a explicar cómo trabajaremos a partir de ahora. Lo reventaremos todo en este departamento. Los cuatro fantásticos van a hacer historia. Sí, vamos a trabajar mano a mano en el Departamento de Eventos y quiero que seamos el mejor equipo.

—¡Así me gusta, amiga! Venga, cuenta, estamos a tu disposición. —Isa se mostró entusiasmada enseguida.

Luis y Pablo respiraron tranquilos, la incertidumbre sobre qué sería de ellos en la empresa acababa de terminarse. Y les fui contando cómo íbamos a funcionar. Todos se sentían muy cómodos en sus nuevos puestos de trabajo. En realidad, hacían algo muy similar a lo de antes. A Isa le expliqué que se encargaría de la decoración de los eventos, Luis iba a estar trabajando mano a mano conmigo en busca de clientes, íbamos a hacer las entrevistas y escribiríamos sobre los artículos que se iban a presentar y Pablo llevaría todo el tema del catering, él se encargaría de la comida y las bebidas, teniendo siempre en cuenta la temática de cada fiesta. Todos estaban muy ilusionados y felices. Pero la magia que se formó entre nosotros se rompió una vez más por mi maldito móvil. Sonó un mensaje. Era de mi ex, Alberto.

16

La cena de fuego

PATRICK

Empecé el día firmando mi sentencia de muerte. Susana trajo a primera hora de la mañana el contrato para que lo firmásemos antes de que saliese la noticia de nuestro compromiso. La noche anterior lo estuve repasando para dejar todo atado, mirando con lupa la letra pequeña. Afortunadamente sabía gestionar contratos. Era algo que siempre se me había dado muy bien. Solo nosotros dos sabríamos de su existencia. No quise decir nada a Simón, yo ya no me fiaba de nadie, ni siquiera de él. Quería ser cauteloso. Era un tema demasiado delicado.

Susana y yo discutimos porque me pidió una cosa más, despedir a Cata. Y me negué rotundamente. Le dejé bien claro que yo sería quien manejaría *Voces*. Y ella ya no se metería en ningún asunto que tuviese que ver con dirección. Además no tenía sentido esta nueva exigencia, porque con su nueva reubicación Susana no la tenía ni que tratar. No entendía por qué la tenía tanta inquina. Decía que Cata no era competente, esa era su excusa barata. Le dejé claro que, si era competente o no, lo tenía que decidir yo. Al final tuvo que renunciar a esa cláusula. No era tonta. Su objetivo era la notoriedad y tener un título. Con estos dos ingredientes, ella sería noticia para siempre. Cata en su vida sería *peccata minuta*.

Después del anuncio en la empresa y de la publicación en la revista digital, estaba claro que su existencia había cambiado. Éramos la noticia del día. Los teléfonos de ambos no paraban de sonar. Nos felicitaban por todas partes, pero había cierto asombro, sobre todo en mi entorno, porque nadie sabía absolutamente nada de Susana. Me hacían comentarios del tipo: «Qué callado te lo tenías», «Pero ¿desde cuándo tenías novia?», «Nos la tienes que presentar», «¿Cuánto lleváis juntos?»... Harto de tanta farsa y de tanta felicitación, además teniendo que fingir que estaba contento e ilusionado cuando no lo estaba, decidí marcharme a casa.

Estaba sobrepasado. No sabía qué contestar a ciertas preguntas, no tenía ni idea de cómo nos habíamos conocido ni cuánto tiempo llevábamos juntos. Teníamos que crear «nuestra historia». Por eso le pedí a Susana que viniese a casa sobre las siete y media para hablar sobre ello y tener los dos la misma versión oficial y así saber qué contestar a los amigos, a los familiares, a los conocidos, a los periodistas... Después, cenaríamos con mi madre, quería hablar con nosotros para organizar la cena de presentación y la boda. Mi madre parecía que ya había asimilado mejor la noticia.

Cada vez que pensaba en ello, se me revolvía el cuerpo. Pensé que era buena idea que Simón también se uniese a dicha cena para tener todos claros los pasos que seguir. Y mientras estaba en mi despacho organizando cosas de la oficina el telefonillo de casa no paraba de sonar, la gente nos enviaba ramos de flores, bombones, vino, champán por nuestro compromiso. Y yo no paraba de pensar en Cata, me sentía fatal por ella. ¿Qué estaría pensando? Pobrecilla, no se lo merecía. Seguro que me odiaba, y con razón. No entendería nada y era para no hacerlo. Nos besamos en el baño y al día siguiente se anunciaba mi compromiso. Deseaba explicarme, contárselo todo... Pero no podía. ¡Es que no sabía ni qué decirle! ¡Se me caía la cara de vergüenza!

En la reunión de esta mañana, no la podía ni mirar a la cara. Lo que no sabía ella y nunca lo podría saber es que me moría por seguir. Qué ganas tenía de besarla, de invitarla a cenar y descubrirla del todo. Aquel beso fue distinto a otras veces, mirarla era como estar en casa, como dijo la señora del cementerio. Sentía que estaba en otro mundo y tenía tantas ganas de cuidarla..., pero tristemente ya no podía. Me sentía muy atraído físicamente. En mis fantasías deseaba hacerla el amor. En algún momento nos encontraríamos a solas... y no sabría qué decirle. Tal vez lo mejor sería obviar el tema o confesarle, para no hacernos más daño, que ella no había significado nada para mí. Ninguna de las dos opciones me agradaba, porque la realidad era bien distinta.

Mi madre irrumpió en el despacho. Se había puesto un traje de chaqueta azul marino, iba maquillada y recién peinada. Estaba muy guapa para la cena que íbamos a tener a continuación. Quería causar buena impresión a Susana.

—Hijo, es la noticia del día. Y la están acogiendo de una manera muy positiva. Ha sido buena idea lo de anunciar el compromiso junto a la nueva estrategia de *Voces*. Ha sido todo un éxito. La gente tiene muchas ganas de saber más sobre Susana. Quién es la chica que ha conseguido que Patrick asiente la cabeza. Por fin un poco de luz entre tanta oscuridad. Necesitábamos algo así para reflotar. Sabía que iba a ser positivo, son muchos años en este mundo lidiando con la prensa. Ha sido una jugada maestra. Nos va a dar un poco de tregua para que los inversores se lo piensen si estaban pensando en abandonar el barco. Esta noticia ha venido a dar estabilidad. Hemos puesto el foco en otro sitio. Estoy muy orgullosa de ti, hijo. Sé que estás haciendo un gran esfuerzo. Tu padre, allá donde esté, también se siente muy orgulloso de ti. Estás demostrando ser un Suarch, un digno sucesor de tu padre —me lo dijo con lágrimas en los ojos, porque todo lo que rodeaba a su vida dependía de ello—. ¿Te puedo preguntar una cosa...?

—Sí.

—¿Por qué Susana?

—Mamá, no me pidas que te conteste. Te lo pido, por favor. Ya tienes lo que querías, ¿no? Una boda...

Mi madre me miró con gesto serio. Me preguntaba si tendría algún tipo de remordimiento. Ella era consciente de que la boda era una farsa, pero parecía que no entendía por qué había elegido a esa candidata. Me parecía muy triste que diese por válido este matrimonio de conveniencia. Estaba cabreado también con ella. Había normalizado en su vida ciertas cosas que no eran naturales, como vivir todo el tiempo en una farsa. Es lo que había hecho con mi padre. Me preguntaba cómo serían sus momentos de soledad, porque los míos eran tremendamente duros. Me carcomía que la persona con la que me iba a casar hubiese sido la amante de mi padre. Esto daba para un guion de cine. Tenía ganas de vomitar. Observaba a mi madre mientras hablaba, ella pensaba que lo correcto en la vida era hacer lo que estaba haciendo y quizá lo único que le preocupaba era que no fuese alguien de nuestra misma clase social. Me daba pena.

—Está bien, hijo. Estás haciendo lo que debes hacer.

Y enseguida cambió de tema, porque sabía que no podía investigar más, que era mejor no tocar ciertos asuntos.

—Ya tenemos todo organizado para la cena de esta noche. Vamos a cenar marisco y una lubina a la sal que nuestro chef prepara especialmente bien. Espero que a Susana le guste el pescado. Te quiero.

No sabía qué contestarle, porque efectivamente no tenía ni idea de si le gustaba el pescado o no, si era vegetariana, si comía carne o tenía alguna intolerancia. ¡No sabía nada de esa mujer! Solo que era la peor persona que se había cruzado en mi vida, no podía dejar de repetírmelo. Dadas las circunstancias tenía que ser más práctico en esta guerra. Quería ponerme al día de ciertas cosas para no meter la pata públicamente. Cuando mi madre se estaba marchando, Juan, que también formaba parte del personal del servicio cuando no ejercía de chófer, nos indicó que Susana acababa de llegar. Le dije que la hiciese pasar. Mi madre se quedó a mi lado.

Susana apareció con un traje de chaqueta blanco, el pelo recogido con la raya en medio y con un maquillaje sutil. Venía más elegante de lo que solía acostumbrar. Parecía que se estaba mimetizando con su papel de marquesa. Se estaba comportando como una actriz que llevaba el vestuario acorde con su personaje. Era ridículo. Los vestidos ajustados, los que solía llevar, los había dejado guardados en su armario.

—Hola, Susana... —le saludó mi madre mientras le daba dos besos—. Nos conocemos hace mucho, pero ahora nos vamos a relacionar de otra manera. Vas a formar parte de esta familia. ¡Bienvenida!

—Gracias, Pilar.

—Bueno, os dejo que habléis de vuestras cosas, porque tendréis mucho que comentar. Hoy habéis tenido un día bastante movido.

Salió por la puerta y la cerró. Susana se sentó enfrente de mí.

—Hola, Patrick. Qué despacho más bonito tienes.

Tuve la sensación de que Susana tenía otra actitud. ¿Qué pretendía ahora? No sé si era el traje de chaqueta o qué demonios, pero me daba la sensación de que estaba diferente.

—Hemos de tener una versión oficial de cuándo nos conocimos y el tiempo que llevamos juntos.

—Vaya, ni siquiera me has saludado.

—Susana, no me toques las narices. Vamos a tomarnos esto como un trabajo. Quiero que tengas claro que nunca podré quererte y que tampoco me gustas. A mí también me gusta la claridad.

—Qué cosas más bonitas me dice mi futuro marido.

—No estoy para juegos, te lo digo en serio.

—Vaya, Patrick no está de humor... No me preocupa en absoluto, ya lo estarás. Por cierto, en algún momento me tendré que mudar aquí. Me gusta tu casa.

Tenía razón. No lo había pensado. Maldita sea. Tendría que dormir con ella para no levantar sospechas entre el personal de la casa. Ya pensaríamos cómo lo haríamos.

—Lo organizaremos más adelante, ahora lo más importante es inventarnos nuestra historia de amor. Que sea algo sencillo para que no dé pie a que nos equivoquemos o metamos la pata.

—¡Ya lo tengo! Nos conocimos hace un año en el cumpleaños de tu padre. A partir de ese momento, empezamos a quedar. Y enseguida nos dimos cuenta de que estábamos hechos el uno para el otro. Lo llevamos en secreto para no crear tensión por los dimes y diretes. Y, justo cuando decidimos dar un paso al frente, falleció Cristóbal. Por eso quisimos no retrasar más el anuncio y hacerlo público.

—Perfecto. Me parece bien.

—Por cierto, una cosa más, ¿te gusta el pescado y el marisco? Mi madre me lo ha preguntado y no sabía qué contestar. Hazme una lista de las cosas que te gustan y de las que no y yo haré exactamente lo mismo.

—Sí, sí me gusta. Y sí, haré el listado. Estoy deseando conocerte un poco más.

—Otra cuestión más, me gustaría saber si chantajeaste a mi padre también.

—Patrick, no corras. Vayamos por partes, no te das cuenta de que tenemos toda una vida por delante juntos.

Necesitaba encontrar respuestas ya y solo las tenía ella.

—¡Maldita sea, Susana! ¡Déjate ya de juegos!

—Todo a su debido tiempo. Relax.

Tocaron a la puerta del despacho para avisarnos de que Simón acababa de llegar y que nos esperaban en el salón para cenar. Mi madre había puesto la vajilla de los eventos importantes. Había decorado la mesa con velas y con flores. Era una buena anfitriona, la mejor. No faltaba detalle. Mi madre se dirigió a la nueva invitada.

—Susana, quiero que te sientas como en casa. Supongo que después de la boda te vendrás a vivir aquí. Habrá que organizar una habitación donde tengas tus vestidos y que también sea un sitio donde te puedas retirar tranquila, además de disfrutar del dormitorio conyugal. Lo bueno de esta casa es que es muy grande, tiene muchas habitaciones. No te preocupes por el espacio. Si necesitas igualmente un despacho, te habilitaríamos uno.

—Muchas gracias, Pilar. Eres un encanto.

Susana se estaba transformando, parecía otra. No sabía si llorar o reír. En la cena estaba sacando su versión amable, dulce y encantadora, pero yo sabía que ella no era así. A mi madre la podía engañar, a mí no.

—Esta familia es maravillosa, vas a estar encantada. Pilar será como tu segunda madre —le aseguró Simón.

Me estaba poniendo nervioso tanta falsedad.

—Simón, por favor, seguro que no hay nadie como su madre —le regañó mi progenitora.

—Serás como mi madre, Pilar. No tengo familia, soy huérfana.

—Vaya, ¿por qué no nos has dicho nada, Patrick?

Me hubiese gustado decirles que no tenía ni idea, que me estaba enterando en ese mismo instante como ellos, pero tuve que interpretar el papel y salir del paso como pude.

—Es algo tan personal que convenimos que, cuando ella se sintiese más a gusto, lo contase.

—Gracias, Patrick, por respetarme.

—Es el momento perfecto para hacer un brindis y hablar de la presentación en sociedad de Susana —propuso Simón.

Mi madre inmediatamente tomó la palabra.

—¡Un brindis por las buenas noticias que nos ha traído esta pareja! He estado pensando y estoy de acuerdo en que el mejor sitio para la fiesta es el jardín del palacio, la sede de *Voces*. Además, como los dos trabajáis ahí tiene todo el sentido del mundo. Haremos un cóctel. Tendremos música en directo y decoraremos todo con muchas flores blancas.

—Me gusta mucho la idea —señaló Susana, cada vez más entusiasmada.

—Vamos a necesitar ayuda, tiene que salir perfecto. Patrick, creo que es un buen momento para que el nuevo Departamento de Eventos de *Voces* se luzca. Si este acto lo bordan, será su carta de presentación al mundo.

Quería quitarle esa idea de la cabeza a mi madre, Susana y Cata no eran buena combinación.

—Mamá, no creo que sea buena idea. Estamos empezando.

—Hijo, hazme caso, que esto nos puede ayudar mucho. No todos los días se presentan oportunidades como estas. Contrataremos a más gente si hace falta, por eso no te preocupes. Además, tu padre confiaba mucho en Cata, igual que tú. Tengo ganas de conocerla mejor.

—Bueno, tal vez Susana tenga que decir algo al respecto.

Ya no sabía cómo cortarlo y estaba deseando que Susana tuviese una salida de tono y que mi madre desistiera de esa idea.

—Susana, tú déjate llevar. Confía en mí, que sé de lo que estoy hablando. Bastante tienes con pensar en los vestidos que vas a llevar y con todo el trabajo que tenéis que sacar adelante.

Miré a Susana, ella estaba sonriendo. Me sorprendió su reacción, era como si tuviese delante de mí a otra persona.

—Confío plenamente en ti, Pilar.

¿Quién era esa persona que estaba hablando...? No daba crédito a lo que estaba escuchando, pero si odiaba a Cata... ¡Qué falsa era! Menudo papelón estaba haciendo.

—Pues que no se hable más. Yo me encargo de todo. Mañana quiero hablar con el Departamento de Eventos. Estoy deseando organizarlo todo. —A mi madre le encantaban este tipo de actos y sabía muy bien cómo hacerlo.

Nos trajeron los postres, un surtido de frutas diferentes, distintos tipos de tarta, tiramisú, tarta de manzana... Mi madre no dejó de hablar y llevó todo el tiempo la voz cantante. No paraba de dar ideas. Estuvo muy atenta con Susana, le decía que para cualquier cosa que necesitase que contase con ella, que se aprovechase, porque ella era amiga de muchos diseñadores, maquilladores, peluqueros y joyeros. Le dio la mano y le aseguró que iba a ayudarla en todo lo que pudiese. Mientras, Simón exponía la estrategia que seguir...

—Es muy importante invitar a todos los medios de comunicación, a gente de la alta sociedad, a los inversores...

Él se encargaría de hacer la lista de invitados y de mandar la nota de prensa. No había tiempo que perder. Querían que todo esto estuviese en quince días. Yo lo veía demasiado ajustado, pero no querían que la noticia se enfriase.

—Me pongo en vuestras manos, vosotros estáis acostumbrados a manejar este tipo de actos. Yo soy una recién llegada —dejó escapar mi futura esposa.

—Gracias, Susana, por confiar.

Nos despedimos con todo bastante claro. Ya sabía la historia de cómo nos conocimos y dentro de quince días tendría lugar la presentación. No me podía quitar de la cabeza a Cata y su reacción cuando se enterase de que su primer evento iba a ser la presentación en sociedad de Susana Rivas.

17

Entre perdones, excusas y preparativos

CATA

Estaba teniendo unos días bastante convulsos. Justo cuando pensaba que caminaba hacia la felicidad, todo se derrumbó en segundos y se llenó de tristeza. No entendía nada. Y menos aún a qué venía ese mensaje de mi ex, Alberto.

¿Qué querría después de cuatro años? Yo ya había pasado página. ¿De qué querría hablar conmigo? Si ya estaba todo más que hablado entre nosotros. No sabía muy bien qué hacer, si contestar o no. Lo estuve comentando con los cuatro fantásticos. Estaban igual de alucinados que yo. Sin venir a cuento, aparecía de nuevo en mi vida. Resucitó de entre las cenizas.

—¿Por qué el muerto quiere resucitar? —preguntó curiosa Isa.

—Eso me gustaría saber a mí. No sé qué hacer, chicos, si contestar o no.

Necesitaba su consejo.

—Lo mismo quiere decirte algo importante, no sé. —Isa no dejaba de pensar posibilidades.

—Me extrañaría, llevamos cuatro años sin vernos y sin saber nada el uno del otro. Yo ya no formo parte de su vida.

—Quizá le pase algo grave. A lo mejor está enfermo y se va a morir. Solo quiere despedirse —apuntó trágico Luis.

Me quedé pensativa, porque jamás en la vida habría imaginado esa posibilidad. Podría ser una opción.

—¿Tú crees? ¿Por qué eres siempre tan catastrófico?

—Hombre, en esta vida todo es posible. A mí me parece muy raro el mensaje sin venir a cuento de «Hola, Cata, ¿cómo estás? Me gustaría hablar contigo».

Sí, había sido un mensaje escueto. Realmente estaba superintrigada.

—¿Qué vas a hacer? —me preguntó Isa.

—Eso me gustaría saber a mí. ¿Qué me aconsejáis, chicos? ¿Votaciones?

Por un lado, no quería verlo, pero tenía tanta curiosidad...

—Yo iría. Total, ese chico ya es ceniza. Incluso puede ser divertido, Cata. Estás en otro punto, en otra posición. Lo vuestro está más que superado. Eso sí, si quedas con él, me pondría divina de la muerte, ¡porque tú lo vales! Para que vea lo que se ha perdido el muy idiota... —Mi amiga siempre dándome buenos consejos.

—Estoy con Isa —la apoyó enseguida Luis.

—¡Y yo! —soltó Pablo, que siempre prudente se había mantenido callado hasta ese mismo momento.

Había unanimidad. Todos opinaban que debía quedar. Solo esperaba que la curiosidad que sentía no me trajese problemas. Le escribí para ver cuándo y dónde nos veíamos. No se hizo de rogar e inmediatamente contestó a mi mensaje. Quedamos a las nueve de la mañana a desayunar en The Bloond. Para mí el sitio era perfecto, estaba al lado de la ofi. Si en algún momento no me sentía cómoda, tenía una excusa para marcharme a trabajar antes de tiempo.

Me puse divina de la muerte, hice caso a Isa, y acudí a la cita especialmente arreglada. Me puse una minifalda negra, unas botas altas de tacón del mismo color y un jersey rojo que combinaba perfectamente con el pintalabios que usaba. Fui puntual, a las nueve estaba allí. Cuando entré, él todavía no había llegado. Cogí una mesa cerca de uno de los ventanales y, mientras le esperaba, me tomé un café. No miré la carta porque iba a desayunar lo de siempre. Cuando me estaba tomando un sorbo de café americano, apareció. He de reconocer que me puse un poco nerviosa al verlo. La situación no dejaba de ser extraña. Tenía frente a mí a la persona que me rompió el corazón y por el cual llevaba tiempo sin volver a enamorarme. Pero también descubrí que había cicatrizado las heridas que me había dejado. Los años habían pasado para ambos, lo vi mayor, pero estaba guapo. Alberto siempre había sido atractivo. Una cosa me llamó la atención, su olor era diferente. Había cambiado de perfume.

—¡Qué alegría verte!

—Gracias, Alberto. Yo también me alegro.

Y nos sentamos. Antes de ponernos a hablar, pedimos el desayuno. Así nos centrábamos ya en lo que me tenía que decir. Pidió lo mismo que yo. La situación era... muy rara, la verdad. Lo miraba y parecía que nunca habíamos estado juntos. ¿Cómo podía sentir tanta lejanía? Aquella intimidad que teníamos había desaparecido. En aquel momento era un desconocido para mí. El tiempo había borrado el dolor.

—Te estarás preguntando que por qué te he escrito y qué es lo que quiero hablar contigo después de cuatro años, ¿verdad?

—Sí, Alberto. Me tienes en vilo, lo reconozco.

—Te entiendo, es normal. Yo también lo estaría. Llevaba tiempo pensando en escribirte y el otro día me decidí. Esto tampoco es fácil para mí, Cata. Prefiero empezar por el principio. Solo quiero que me escuches antes de decir nada.

Tenía toda mi atención, era toda oídos.

—Sé que no me porté bien contigo. Cuando nosotros lo dejamos, yo ya estaba conociendo a otra chica, una compañera de la redacción. Aquella historia tampoco funcionó. A los ocho meses lo dejamos. Ella me dejó a mí. En esa relación tampoco hice las cosas bien. Desde que me despidieron del trabajo cuando estaba contigo, mi vida se desmoronó, ya lo sabes. No supe gestionar bien la situación. Para mí la vida dejó de tener sentido. Me levantaba sin motivación alguna. Mi autoestima se vio tocada.

Pensé que no me ofrecían trabajo en deportes porque no valía, porque no era bueno. Mi ego se vio herido y me llevó a un lugar oscuro del que me costó mucho salir. Y lo pagué contigo..., y luego con aquella chica. Tras dejarlo, entré en una depresión. Tuve que dejar de trabajar. Estuve de baja durante bastante tiempo. Mi cabeza se bloqueó, por explicártelo de alguna manera. Mis padres se preocuparon mucho al ver el rumbo que estaba tomando mi vida y mi madre, ya sabes cómo son las madres, vivió conmigo durante un mes hasta que me hizo efecto la medicación. Ellos me obligaron a ir al psiquiatra y estuve medicado para intentar controlar la depresión y las ganas de desaparecer del planeta. Paralelamente, estuve yendo a terapia con un psicólogo. Él me ayudó a enfrentarme a mis demonios. Fue una ardua batalla. El camino fue bastante complejo. En el trayecto descubrí que apenas sabía quién era y que tenía arraigadas ciertas creencias incorrectas. Siempre había pensado que, si no triunfaba en la vida, no sería nadie o que la gente solo me querría por lo que tenía, pero no por lo que era. Me desnudé. Y hoy quiero hacerlo delante de ti, porque has sido la persona más importante de mi vida. Así que, repito, hoy estoy aquí, Cata, porque me gustaría pedirte perdón. Necesito cerrar bien aquella etapa, donde fui un mezquino. No tuve piedad contigo. Tú no tenías la culpa de nada de lo que pasó. Solo intentaste cuidarme y ayudarme, pero no supe coger tu mano, porque ni siquiera la veía. Estaba perdido y atrapado en una identidad falsa que me había creado y que, a día de hoy, no me representa en absolutamente nada.

Me estaban emocionando sus palabras. Las estaba agradeciendo enormemente, porque durante mucho tiempo me sentí culpable de la situación y en su momento pensé que podría haber hecho mucho más de lo que hice. Lo cierto es que busqué soluciones para arreglar nuestra relación, pero la solución fue separarnos. En aquella época, él ya no estaba disponible ni para mí ni para nadie. Y sus palabras confirmaban las conclusiones a las que había llegado con mi terapeuta. El problema no fue mío, sino de él. Y, si había algún resquicio mínimo de culpabilidad y de sensación de responsabilidad sobre nuestra relación, se desvanecieron en ese encuentro. Se me humedecieron los ojos.

—Gracias, Alberto. Gracias por haberte tomado tu tiempo para explicármelo. No sabes lo mucho que te lo agradezco.

Y le conté que durante mucho tiempo había pensado que la culpa había sido mía por no estar a la altura y que tuve que ir al psicólogo. Le conté que desde entonces no había podido tener ninguna relación. Cuando me estaba desahogando con él, me cogió la mano.

—Cata, lo siento tanto. Yo fui el responsable de todo. No hubiese servido nada, porque yo no estaba bien. No dependía de ti, sino de mí. Ojalá puedas perdonarme todo el dolor que te he causado.

Sentí a un Alberto maduro, honesto, diferente. Estaba siendo responsable de sus emociones y el tiempo lo había puesto todo en su sitio. Y nuestra conversación transcurrió de una manera amena y tranquila. Tras escucharle, me relajé y volví a sentirme bien a su lado. Me quité unas cuantas corazas. Nos preguntamos por nuestras vidas, me contó que él tampoco tenía pareja en este momento y que profesionalmente estaba trabajando de reportero en un programa de actualidad. Le mandaban a cubrir noticias importantes. Comentamos la situación de *Voces*, la muerte de Cristóbal, la llegada de Patrick y su actual compromiso con Susana.

—Menudo marrón tiene ese chico, Patrick... No me gustaría verme en su piel.

—¿No le vas a criticar?

—Cata, después de lo que me ha pasado a mí, no soy quién para juzgar a nadie. Aquí cada uno lidiamos con nuestras batallas diarias como podemos.

Y tenía razón. Yo misma estaba lidiando una con mi jefe, con esos sentimientos que no dejaban de florecer. Cuando miré mi reloj, ya eran casi las diez. Me despedí de él con un gran abrazo.

—Gracias por esta conversación, Alberto.

—Gracias a ti, Cata, por haber accedido a quedar conmigo. Me encantaría seguir teniéndote en mi vida. Si algún día me necesitas o te apetece hablar, no dudes en llamarme. Estoy aquí y siempre estaré.

Me fui de la cafetería con buen sabor de boca, con el pasado colocado y con el estómago lleno.

Al llegar a la redacción mis compañeros estaban ansiosos por saber cómo había ido nuestro encuentro. Me hicieron toda clase de preguntas. Les expliqué que quería hablar conmigo porque necesitaba pedirme perdón por lo mal que se había portado en el pasado.

—¡Más vale tarde que nunca! ¿Qué has sentido al verlo? —me preguntó Isa, siempre curiosa.

—Pues al principio estaba algo nerviosa, pero luego todo empezó a fluir. La conversación que hemos tenido ha sido muy bonita. Ahora me doy cuenta de que la necesitaba. Me alegro mucho de haber quedado con él. Era una conversación pendiente.

—Hablando de todo un poco..., Patrick viene hacia aquí —me avisó Isa.

Y, efectivamente, estaba en lo cierto. Patrick se dirigía a nuestro nuevo departamento. Al verlo, me puse nerviosa y mi corazón se revolucionó. Latía más rápido de lo normal... ¡Se me iba a salir por la boca! ¡Maldita sea! Intenté disimular y tranquilizarme. Moderé mi respiración para que no se me notase nada.

—Hola, chicos, aquí tengo a los cuatro fantásticos, ¿verdad?

Mis compañeros me miraron en plan «¿cómo narices sabe nuestro apodo?».

—Supongo que Cata ya os habrá puesto al día del nuevo departamento. Espero que estéis contentos en este puesto de trabajo. Estoy convencido de que lo vais a hacer muy bien, formáis un buen equipo. Cata, me gustaría hablar contigo. En cuanto puedas, ¿puedes venir a mi despacho?

—Está bien, dame quince minutos y voy.

Y se marchó. Las preguntas sobrevolaron entonces como flechas:

—¿Soy yo o entre vosotros hay cierta confianza? ¿En qué momento le has contado lo de los cuatro fantásticos? Y ¿cómo que en quince minutos vas? Te estás haciendo la interesante, a mí no me engañas, no tienes nada más importante que hacer en este justo momento. ¡Estoy histérica! —Isa me miró fijamente esperando una respuesta.

Estaba claro que no se podía disimular esa cierta confianza que había entre nosotros. No quise levantar sospechas y les expliqué que, cuando me reuní con él para lo de mi nuevo puesto de trabajo, se me escapó lo de «los cuatros fantásticos». Y me excusé con lo de los quince minutos porque les dije que necesitaba asimilar la conversación con Alberto. Isa me miró de soslayo, su mirada era de «a mí no me mientas, que soy tu amiga».

Esos quince minutos eran para ganar tiempo, para concienciarme de que íbamos a estar a solas después de todo lo que había pasado entre nosotros. Solo de pensarlo, se me formaba un nudo en el estómago. ¿Querría reunirse conmigo para darme alguna explicación? La mañana no me estaba dando tregua. En el trayecto hacia su despacho, no paraba de repetirme mentalmente que no quería mostrarme débil ante él. Tenía que demostrarle que para mí no había supuesto nada nuestro encuentro. Y, con la cabeza fría y sabiendo muy bien lo que tenía que hacer, cogí aire y abrí la puerta. Estaba de espaldas mirando a través de la cristalera. Se giró. No pude mirarle a la cara.

—Siéntate, por favor. —Señaló el chéster marrón.

Esta vez no quiso que nos sentásemos en su mesa.

—¿Te apetece tomar algo?

—No, gracias.

No quería tomar nada, solo deseaba salir de allí cuanto antes. Estaba incómoda con la situación. Ambos lo estábamos. Para él tampoco estaba siendo fácil, lo presentía. Quizá tenía miedo a que le dijese algo a Susana de nuestro encuentro, pero sabía que yo con ella no me hablaba. No obstante, sentía curiosidad por lo que me iba a decir. Una vez nos sentamos, otra vez el silencio. Pero este fue distinto a los anteriores, porque esta vez éramos incapaces de mirarnos a la cara. Cuando empezó a hablar, su perfume caló otra vez dentro de mí como una bocanada de aire. No quería sentirlo ni que mi imaginación me transportase a aquel baño. Ese perfume creaba adicción, mi cuerpo se erizaba.

—Cata, lo primero de todo, quiero pedirte disculpas por lo del otro día. No estuvo bien. Lo siento mucho.

Sus palabras fueron puñales para mí, aunque lo normal era eso, que se disculpase.

—Nada, no te preocupes, por favor. Está más que olvidado. Fue una tontería. Y tranquilo que queda entre nosotros dos, puedes confiar en mí.

—Sé que puedo confiar en ti.

Traté de protegerme con esa respuesta, porque no quería perder mi dignidad delante de él. No me apetecía escuchar las típicas excusas: «Fue un error», «No significó nada para mí». No estaba preparada para escucharlo. Por eso me adelanté para quitarle importancia a lo ocurrido, aunque eso no fuese real. No le iba a pedir explicaciones ni abriría mi corazón para contarle que me había dolido, que me sentía completamente engañada. A veces había que saber recoger la dignidad y retirarse a tiempo. No hay mayor desprecio que no hacer aprecio.

—Está bien, entonces todo aclarado entre nosotros.

Y, a pesar de que me estaba doliendo la frialdad de la situación, me levanté para marcharme, sonriendo…

—Bueno, Patrick, todo aclarado. Me vuelvo a mi mesa, que tengo que empezar a buscar marcas para poner en marcha el departamento.

—No te vayas, Cata, que de eso precisamente tenemos que hablar.

Me inquietaron sus palabras, ¿habría pasado algo? ¿Quizá su futura mujer le había pedido que me echase?

—Soy toda oídos.

—Como ya sabes, me caso en tres meses. Pero antes vamos a realizar la presentación de Susana en sociedad. Este evento va a celebrarse en quince días. Simón y mi madre han tenido la brillante idea de que dicha presentación sea aquí en los jardines del edificio, porque ambos trabajamos en *Voces*.

—¡Me alegro! Buena idea, sí.

Estaba desconcertada, no sabía por qué me estaba contando eso a mí.

—Mi madre también opina que puede ser muy bueno para la empresa que nuestro nuevo Departamento de Eventos se encargue de ello. En realidad, sería una carta de presentación muy buena de cara al mundo.

Un momento, ¿estaba escuchando bien? ¿Me estaba pidiendo que yo, Cata, le organizase la fiesta de presentación en sociedad a Susana, mi mayor enemiga?

—Espera, Patrick, no te he entendido bien. ¿Me estás pidiendo que me encargue de vuestro evento?

—Sí. Eso es.

Aquello no podía ser verdad.

—¿Cómo me puedes pedir eso? Sabes que ella y yo no nos llevamos nada bien, que he estado a punto de dejar mi trabajo por la terrible relación que tenemos.

—Sé perfectamente cuál es tu situación, pero ella no se va a meter en nada. Mi madre y yo nos vamos a encargar de todo.

—¿Tu madre y tú? ¿Y ella no? No me lo creo. Es su fiesta de presentación, a ella le gusta controlar todo.

—Pues, créeme, así hemos quedado. Mi madre será la que esté pendiente de todos los preparativos. Susana no se va a meter.

—¿Y Susana lo va a permitir?

—Sí..., no hagas más preguntas, por favor. Confía en mí.

Me quedé pensando unos instantes, dudando en qué contestar. Tras meditarlo le di mi respuesta.

—Si no voy a tener que tratar con ella, perfecto. Soy una mandada, Patrick.

—Gracias, Cata. Te lo agradezco, sé lo que supone para ti y el esfuerzo que estás haciendo. Este evento es muy importante, necesito que no haya fallos, que todo salga perfecto, porque es la puerta para el futuro de *Voces*. ¿Lo entiendes, verdad?

—Saldrá todo perfecto, Patrick.

—Confío plenamente en ti. Mi madre quiere hablar hoy contigo y con todo tu equipo. Sobre las seis de la tarde, Juan, mi chófer, os llevará a la mansión. Es importante que vayáis todos a esta primera reunión con ella.

—Está bien, ahora mismo hablo con mis compañeros.

Y salí de aquel despacho sin apenas mirarlo. No podía hacerlo, porque me dolía. Me parecía todo surrealista, como un macabro juego del destino, parecía que se estaba mofando de mí. Yo iba a preparar la fiesta de presentación de mi mayor enemiga, la cual encima se iba a casar con el chico con el que me había besado un día antes de hacerse público su compromiso, sin que yo supiese que él estaba comprometido con ella. ¡Era de coña! ¡Era surrealista!

Me mentalicé a mí misma convenciéndome de que era una trabajadora y que tenía que dejar los sentimientos a un lado para hacer lo mejor posible mi labor. Y eso es lo que estaba dispuesta a hacer. Era la responsable de ese departamento y organizaríamos un buen evento. Era una gran oportunidad para seguir creciendo profesionalmente. Le había dado mi palabra a Cristóbal de que siempre daría lo mejor de mí mientras trabajase en *Voces* y estaba dispuesta a cumplirla. Si lo pensaba fríamente, Patrick y, sobre todo, su madre tenían razón, este evento podría ser un buen escaparate. Mientras no tuviese que lidiar con la bicha estaba tranquila. Me dirigí a mi equipo, con energía.

—Chicos, nos vamos de excursión a la mansión de los Suarch a las seis de la tarde. ¡Vamos a organizar el evento del año!

—¿Perdona? ¿Estás de coña?

Todos se quedaron ojipláticos. Sin reaccionar. Les conté lo sucedido en el despacho y todos estábamos de acuerdo, Pilar tenía razón, ese acto era un estupendo escaparate para demostrar al mundo las posibilidades del nuevo departamento.

A las seis bajamos a la calle y Juan ya estaba esperándonos con el coche.

—Hola, señorita Cata.

El chófer se dirigió a mí muy amablemente, sin querer me estaba convirtiendo en una habitual. Era un señor tan encantador y discreto que tuve ganas de achucharle.

Nos subimos los cuatro al automóvil y no pude evitar reírme de las caras que estaban poniendo mis compañeros. En realidad, todos estábamos muy nerviosos. Nos íbamos a reunir los cuatro con Pilar en la mansión de los Suarch. Ninguno habíamos estado allí y nos daba respeto. Teníamos unos ligeros nervios.

Quedamos en que en esta primera reunión fuese yo la que tomase la iniciativa, ellos tomarían notas. Escucharíamos si Pilar tenía alguna propuesta o si quería que nosotros la aconsejásemos. Rezaba por que me llevase bien con esa mujer. Facilitaría mucho las cosas. Por la televisión parecía agradable, si se había casado con Cristóbal estaba convencida de que lo era. Dicen que detrás de un buen hombre siempre hay una buena mujer. Era algo que iba a descubrir durante estos días.

Juan se bajó del coche para abrirnos las puertas una vez llegamos a la mansión. Al abrirlas, nos esperaba la gente del servicio totalmente uniformados para recibirnos muy amablemente. Nos quedamos muy cortados y a la vez impresionados.

—La señora les está esperando en el salón principal —nos indicó un mayordomo.

La casa era enorme, rodeada de un gran jardín con todo tipo de árboles y plantas, todo perfectamente cuidado. Nada más entrar me llamó mucho la atención la presencia del mármol. Había una escalera principal de ese material con una hermosa barandilla con dorados y negros que conducía a otra planta. Los techos de las habitaciones eran muy altos. Estaba impresionada, porque nunca había estado en una casa tan elegante y bonita.

—Madre mía, qué casoplón —me susurró Isa.

Mientras nos llevaban al salón se apreciaban los infinitos jarrones de flores que había por toda la casa. Olía especialmente bien, como a almizcle. Este olor me recordó a Cristóbal, su perfume olía parecido. Esbocé una sonrisa al recordarlo.

—Cata, estoy muy nerviosa —me dijo Isa al oído.

Me giré para ver a Pablo y Luis, ellos también estaban alucinando con todo lo que estaban viendo a su alrededor. Reparé en los cuadros que había en las paredes y estaba convencida de que eran auténticas obras de arte.

—¡Bienvenidos! Muchas gracias por desplazaros hasta mi casa. Creo que aquí estaremos más tranquilos. Tú eres Cata, ¿verdad? —la anfitriona se dirigió a mí muy educada.

—Sí, así es, doña Pilar.

—Tenía muchas ganas de conocerte. Mi marido siempre hablaba maravillas de ti.

—Era mutuo.

—Y sé que Patrick también confía mucho en ti.

—Gracias por sus palabras. Le voy a presentar a mi equipo. Ellos son Isa, Luis y Pablo. —Y fui señalando a cada uno.

—¡Perfecto! Encantada de conoceros. Vamos a sentarnos, que tenemos muchas cosas de las que hablar. Espero que no tengáis que hacer nada luego, porque la reunión va a ser bastante larga.

Nos trajeron diferentes infusiones, pastas y fruta mientras estábamos charlando e íbamos apuntando las ideas que iban surgiendo. Pilar era una mujer elegante, su manera de hablar también lo era y me gustaba porque sabía escuchar, prestaba atención a todo lo que se nos iba ocurriendo sobre la marcha. Tenía muy claro que quería muchas flores, velas y música en directo.

Cuando nos quisimos dar cuenta llevábamos allí más de tres horas. El tiempo voló en aquel salón gigantesco con piano de cola incluido. Me pregunté quién tocaría ese piano. La charla transcurrió de una manera bastante amena y distendida. Pilar parecía estar a gusto y mis compañeros también. Una vez finalizada la reunión nos despedimos y quedamos que en un par de días le haríamos una propuesta firme. Intercambiamos nuestros móviles.

—Tú y yo vamos a estar muy en contacto.

—Perfecto, Pilar. Cualquier cosa me dices.

Nos acompañó hasta la puerta, Juan nos estaba esperando para llevarnos de vuelta a la redacción.

—Juan, llévales a casa a cada uno de ellos, ¿os parece? Se nos ha hecho muy tarde y no tiene sentido que volváis a la oficina…

Los cuatro nos mostramos conformes, porque volver a *Voces* supondría tener que coger luego cada uno el metro o el autobús y llegar todavía más tarde a casa.

Isa, Luis y Pablo le dieron a Juan sus direcciones y pillaban más cerca de los Suarch. Los dejamos a ellos primero. Me quedé la última a solas con Juan. Mientras recorríamos la Castellana, sonó su móvil.

—Perdone, señorita Cata, es Patrick, tengo que cogerlo.

Escuché lo que le decía, porque tenía el manos libre.

—Juan, acabo de terminar, ya puedes pasar a por mí.

—Perfecto, señor. Estoy con la señorita Cata en el coche, doña Pilar me ha ordenado que los dejase a todos en sus casas. Solo me falta llevarla a ella.

—OK, ¿por dónde vais?

—Acabamos de pasar Nuevos Ministerios.

—¿Hacia dónde os dirigís?

—La señorita vive cerca del hotel Ritz.

—Perfecto. Yo estoy a mitad de camino, estoy en el hotel Villa Magna. Recógeme, por favor, y así no me quedo aquí esperando.

—No se preocupe, señor, voy a por usted.

Y eso fue lo que hicimos. Recogerle. Se sentó atrás conmigo. Parecía contento.

—¿Qué tal ha ido la reunión con mi madre?

—Bien, todo muy bien. Hemos quedado en que pronto le haremos una propuesta.

—Me alegro.

Y volvió a reinar el silencio. Hasta que Simón le llamó por teléfono.

—Simón, ha ido todo muy bien. Los he convencido y han decidido quedarse hasta que se celebre la boda. De momento, nadie abandona el barco. Hemos ganado un par de meses. Ahora solo falta que *Voces* vaya creciendo poco a poco. Mañana hablamos con tranquilidad.

Al mismo tiempo que colgó el teléfono el coche se detuvo.

—Ya hemos llegado, señorita Cata —me avisó Juan.

Cogí el bolso para salir del coche.

—Perfecto.

—¿Vives aquí? —Patrick señaló mi portal.

—Sí…

—¿Cuál es tu piso?

—El segundo. Ese que tiene las plantitas en la terraza. Hasta mañana, Patrick.

—Cata, gracias por todo.

Y el coche arrancó, quedándome sola frente al portal de mi casa. Cuando abrí la puerta de casa, corrí hasta el sofá y en soledad me puse a llorar. Ahí no tenía que fingir que no había pasado nada. Dudé en coger el móvil, pero lo hice. Y llamé.

—Hola, Alberto.

18

A años luz

PATRICK

Desde que anunciamos nuestro compromiso se había formado mucho revuelo a nuestro alrededor, pero con tintes más positivos. Las noticias estaban más centradas en quién era la mujer que ocupaba mi corazón, dónde nos habíamos conocido, cuánto llevábamos juntos, su edad, su trayectoria profesional. No obstante algún medio comentó que posiblemente nuestro enlace hubiese sido una estrategia para poner el foco en otro lado. Y razón no les faltaba.

Pero estos chismes me ayudaron a trabajar un poco más tranquilo. Me centré en lo que realmente me importaba y era sacar adelante *Voces*. El aprovechar la noticia de nuestro enlace para contar nuestra nueva etapa estaba dando resultados. Las estadísticas estaban siendo favorables. La noticia de nuestra boda había creado mucho tráfico a nuestra web y, como habíamos incorporado toda la información sobre la nueva dirección de la revista, logramos crear mucha expectación y curiosidad.

Había sido una muy buena estrategia. Todo el personal estaba rindiendo al máximo. En la redacción todo el mundo trabajaba sin parar. Buscando esa nueva línea editorial para que nuestra revista se convirtiese en la de todos. Y al parecer estaba gustando, los datos estaban siendo realmente buenos. Ahora solo hacía falta que la línea siguiese ascendiendo. Los reportes de la gente que llevaba nuestras redes sociales eran muy positivos, al parecer los seguidores aprobaban dichos cambios. Íbamos por buen camino, ahora hacía falta que no perdiésemos el pulso para ir ganando fidelidad.

Y esta buena racha me venía muy bien para poder lidiar con nuestros accionistas. La reunión que tuve con tres de ellos en el hotel Villa Magna días atrás me sirvió para poder coger una bocanada de aire. Sabía que, si los convencía a ellos, el resto se quedaría. Fue una reunión *off the record*. Simón se enteró cuando estaba de camino a ella. Quería que fuese algo más informal, más cercana. Necesitaba explicarme de una manera tranquila para que me entendiesen, me diesen tiempo, y quería que lo viviesen como un favor personal. Y lo logré. Accedieron a mantenerse en *Voces*, porque apreciaban mucho a mi padre y durante todos los años que llevaban con nosotros habían ganado mucho dinero. Es cierto que estábamos en pérdidas, pero les expliqué que había encontrado la fórmula para empezar a funcionar bien. Los números estaban siendo buenos. Solo hacía falta un poco de paciencia y trabajar duro para encontrar el camino. Me dieron de plazo hasta mi boda. Tenía tres meses por delante para demostrar que *Voces* estaba remontando y que la senda que habíamos trazado era la correcta.

Iba contrarreloj, pero algo dentro de mí me decía que podía lograrlo. Estaba viendo un poco de luz entre tanta oscuridad. Esa misma mañana, Simón quería verme. Necesitaba comentarme algo importante. Cuando entró a mi despacho, vino acompañado de Susana. En aquellos días había visto un cambio de actitud en ella. Estaba de otra manera, más tranquila, un tanto cariñosa, y me intrigaba bastante ese comportamiento, porque en realidad esperaba que estuviese muy nerviosa por todo lo que se le venía encima: su presentación, la boda… Apenas hablábamos entre nosotros, solo lo justo y necesario, pero estaba deseando encontrar el momento para volver a insistir en mi interrogatorio y encontrar respuestas que solo tenía ella. Me temía que tendría que esperar un tiempo. Desde la noticia de nuestro enlace había notado un cambio considerable en su forma de vestir, ahora solía ponerse trajes de chaqueta. Apareció con una camisa blanca y un traje azul marino. Los invité a que se sentasen. Era todo oídos. Estaba expectante ante lo que me querían contar.

—Contadme, ¿qué ha pasado?

—Hace unas semanas se puso en contacto con nosotros el grupo editorial Yes Magazine. Quieren tener una reunión urgente contigo.

—¿Quiénes son?

—Es un grupo editorial chino que quiere abrirse mercado en Europa. Ha elegido España como su primera sede editorial europea.

—¿El motivo de la reunión?

—Pues parece ser que están interesándose en absorber *Voces*.

—¿Absorber *Voces*?

—Sí, creo que sería interesante escucharlos.

—Estoy de acuerdo —le apoyó Susana.

Me hubiese gustado decirle a Susana que quién le había dado vela en este entierro, pero delante de Simón no podía hacerlo. Aunque entendí que él no era tonto y sabía que había algo raro en nuestra relación. Si hilaba un poco, el primer día que tuvimos la reunión con todos los empleados de *Voces*, ella y yo discutimos porque la quería echar. Por lo tanto, era consciente de que nuestra relación se había forjado recientemente. Y que, dadas las circunstancias de la necesidad de comprometerme, todo se habría precipitado entre nosotros. En ese sentido Simón no preguntaba, era bastante discreto, no estaba para opinar de mi vida personal, sino para ayudarme profesionalmente.

—¿Por qué se han puesto en contacto con vosotros y no conmigo?

Susana y Simón se miraron. Estaba deseando escuchar su respuesta.

—Bueno..., en realidad, se pusieron en contacto antes de que tú estuvieses al mando —me informó Simón.

—¿Cuando mi padre estaba vivo?

—Sí —confirmó Susana.

—¿Mi padre se enteró de esta propuesta?

—No se la pudimos llegar a plantear —me explicó Simón.

No sé cómo ponerlo en palabras, pero hubo algo que despertó mi desconfianza, ¿por qué dudaba de ellos? ¿Y si me estaban mintiendo? ¿Y si se lo plantearon, pero él se negó a aceptar esa propuesta? Y en ese instante supe que quería escucharlos.

—Está bien, organicemos la reunión ya. Cuanto antes. Si puede ser hoy mismo, mejor.

—Está bien. Hablo con ellos. ¿Dónde? —me preguntó Simón, siempre resolutivo.

—Aquí. En la sala de reuniones.

—Perfecto, me pongo a ello. Enseguida te cuento.

Simón se marchó del despacho, pero Susana no se movió del sitio.

—¿Qué quieres, Susana? ¿Por qué no te marchas tú también?

—Me apetece hablar con mi fututo marido. Haces bien en escucharlos porque puede ser una solución a todas las deudas que acumuláis.

—Susana, ya te dije en una ocasión que las decisiones en *Voces* las tomo yo.

—Pero puedo dar mi opinión. Siento que te debo aconsejar.

—No te he pedido opinión ni consejo.

—Está bien. Vas a tener que cambiar un poco tu actitud conmigo, es mejor que nos llevemos bien.

—Ya te he dicho lo que opino de ti...

—Está bien, no sigas. Repito, por el bien de todos es mejor que nos llevemos bien. Piénsalo. Por cierto, ¿cómo va el evento de la presentación?

—Todo controlado. No te preocupes.

—Espero que Cata esté a la altura de las circunstancias. Si falla algo, luego no me digas que no te avisé.

—No te preocupes que está todo controlado. ¿Algo más?

—Sí. Ya tengo mi listado de las cosas que me gustan y las que no. Ahora te lo paso por e-mail. ¿Y tu listado?

—Luego me pongo con ello.

Y antes de desaparecer de mi vista entró otra vez Simón para confirmarnos que a las siete de la tarde tendríamos la reunión. Y ambos se marcharon.

En ningún momento barajé la posibilidad de vender, Susana tenía razón, vender era poner solución a nuestras deudas, pero también era poner fin a todo lo que había construido mi familia. Sentía curiosidad por saber qué era exactamente lo que ofrecían. Antes de reunirme decidí buscar información sobre este grupo editorial. Me puse a rastrear por la red para saber quiénes eran. La sede principal estaba en Shanghái. *Yes Magazine* era la revista digital de moda más leída en el continente asiático, por lo tanto era un grupo muy fuerte. La pregunta era: ¿por qué *Voces* y no otra revista? La respuesta tenía su enjundia.

Si lo analizaba bien y alguien quisiese comprar un grupo editorial, se fijarían más en aquellas que estuviesen en pérdidas, porque lo normal era que su precio fuese menor. Pero la nuestra era una empresa con mucho potencial porque ya había estado en lo alto. Aunque la realidad era que *Voces* no valía ya lo mismo que hacía dos años tras la crisis que nos acechaba. Pero contábamos con activos valiosos, como la propiedad intelectual, derechos de autor, marcas reconocidas, una base de lectores leales y conocíamos además el mercado español. Ahora mi pregunta era si su interés estaba en absorbernos o en fusionarse. Si querían absorbernos, la nueva empresa tomaría el control total y *Voces* dejaría de existir. Esta sería la opción más rápida de crecimiento para ellos y la eliminación de cierta competencia. Y la fusión implicaba la combinación de las dos para formar una nueva identidad. Con esta estrategia normalmente se buscaban sinergias, compartir recursos para crear un negocio más fuerte y competitivo. De cualquier forma, si tomaba alguna de estas dos opciones, dejaba de tener el control y se lo pasaba al nuevo grupo editorial. Y eso no me gustaba. Estaba deseando conocerlos y saber qué era lo que realmente querían.

A las siete menos diez de la tarde, vinieron a nuestras oficinas cinco personas de origen asiático. Me senté con ellos acompañado de Simón. Estaba el CEO del grupo Yes Magazine, Xiao Chen. Fueron muy claros conmigo. Se querían expandir a nivel europeo y su primera sede querían que fuese España. Querían convertirse en la mejor web europea y conquistar también este mercado. Después de España, le seguía Italia, Francia y así poco a poco hasta convertirse en los mejores. En tres años querían conseguirlo. Habían estudiado arduamente nuestra empresa y su intención era absorbernos.

Les pregunté cuánto dinero habían pensado en ofrecerme y pusieron sobre la mesa una cantidad, cincuenta millones de euros. Con ese dinero podría pagar todas las deudas que teníamos acumuladas, pero consideraba que no era una buena venta. Porque en las épocas buenas la empresa anualmente llegó a facturar sesenta millones de euros. Y si éramos capaces de aguantar un poco hasta ver qué pasaba con los nuevos cambios estaba seguro de que podríamos alcanzar esos datos. Existía la posibilidad de que no funcionase y nos hundiésemos más todavía. Y que, si en los tres meses que me habían dado de plazo los accionistas los resultados no mejoraban, abandonaban el barco. Xiao Chen me dijo que me lo pensase y que en unos días hablábamos. En cuanto abandonaron el despacho, me quedé a solas con Simón.

—¿Qué te ha parecido la oferta? La deberías considerar —me aconsejó Simón.

—Simón, los dos sabemos que se queda corta. Pagaría las deudas, pero ¿luego qué?

—Tenéis un gran patrimonio familiar, muchos inmuebles como este palacio repartidos por diferentes lugares. Acumuláis una gran fortuna independiente de *Voces*.

—Sí, pero *Voces* es nuestro gran activo. Mis abuelos y mi padre se dejaron la vida construyéndolo. ¡No puedo malvenderla! Me gustaría más que resurgiera de sus cenizas. Lograr que *Voces* se expanda internacionalmente. ¡Ese era el sueño de mi padre!

—Pero con Yes Magazine vas a lograr expandirte.

—Simón, una vez que nos absorban yo ya no tengo el control de absolutamente nada. Estaremos bajo su batuta. Eso es lo que ocurriría además de la venta, del negocio y de las acciones. Pero ya no sería *Voces*, ya no tendría nuestro espíritu. Y por no hablar de la incertidumbre para todos nuestros empleados, ya que pueden ser despedidos.

—Pero eso lo podemos negociar con ellos, incluso que la sede siga siendo aquí en el palacio. Cobrarías un alquiler por ello.

—Simón, necesito pensarlo bien.

—Perfecto, consúltalo con la cama, con Pilar si quieres y volvemos a hablar.

Se marchó y me quedé allí pensando en todo lo acontecido. Simón me estaba incitando por sus palabras a que vendiese, pero ¿por qué tendría tanto interés? Yo no lo veía una buena operación a largo plazo. Si se lo consultaba a mi madre, opinaría lo mismo que yo. Acababa de aterrizar, se estaban implantando las nuevas directrices y parecía que estaban funcionando. Pero tenía mis dudas, lo mismo era una bomba de humo y en unos meses estábamos igual o peor, o también podía pasar que hubiese dado con la tecla y mejorásemos a largo plazo los resultados de antaño. Todo tenía un riesgo. Sentía que, si vendía, estaba fallando a mi padre y todo lo que había significado *Voces* en nuestras vidas. Mi cabeza me iba a estallar. A todos los frentes que tenía abiertos se había añadido un ingrediente más.

Cuando salí de aquel despacho, con la cabeza llena de información, en la redacción solo quedaba una persona trabajando, Cata. Todo el mundo se había marchado ya y era normal, porque eran casi las nueve. Allí estaba frente al ordenador, sin parar de teclear. Me quise acercar por deferencia.

—¿Qué haces todavía aquí? Son casi las nueve de la noche.

—¿En serio? Se me ha pasado el tiempo volando. Llevo todo el día con el evento y cuando me he dado cuenta no tenía hecho el post para subirlo al blog mañana.

Su manera de hablar conmigo era distante. Le costaba mirarme. Normal, después de lo que había pasado. Me moría de ganas por contarle la verdad. Y mientras la miraba me daba cuenta de que tenía ganas de conocerla cada día más. Era inteligente, atractiva, segura de sí misma, me resultaba realmente atractiva. No me quería ir de su lado. Me gustaba su presencia, sentirla cerca.

—¿Sobre qué vas a escribir?

Me acomodé encima de la mesa mientras intercambiábamos palabras.

—Sobre si es bueno dar una segunda oportunidad en las relaciones...

—Interesante reflexión. Y ¿tú qué opinas? ¿En qué bando estás?

—Pues tengo el corazón dividido. Si alguien te falla de tal manera que causa una ruptura..., ¿qué te hace pensar que no se vaya a repetir lo mismo? Por eso no sé si vale la pena intentar reconstruir lo que un día se rompió. Somos humanos y todos podemos cometer errores. El amor, a veces, necesita un poco de tiempo para sanar y poder entender lo que realmente había entre esas personas..., pero, por otro lado, pienso que si no funcionó para qué volver a intentarlo. ¿Tú qué opinas?

—Que a veces las circunstancias externas de cada uno pueden llevarte a cerrar puertas, sin que ello signifique la ausencia de amor.

Mis palabras llamaron la atención de Cata, me miró a los ojos por primera vez en ese instante. Quizá no había barajado esa posibilidad dentro de las relaciones. Pensé que ojalá me estuviera leyendo entre líneas. Quería decirle a la cara que me moría de ganas por volver a besarla, por sentirla dentro de mí, por acariciar su piel... Ojalá pudiese leer todo eso en mi mirada. Y otra vez reinó entre nosotros uno de nuestros habituales silencios. Conectamos. Y contemplándonos cara a cara no pude evitar mirarle los labios.

—Cata..., yo...

—¿Nos vamos, cariño?

Susana apareció de la nada, su voz interrumpió nuestro mutismo. ¿De dónde había salido? Pensaba que ya se había marchado. Rompió en un instante toda la magia.

—Juan nos está esperando.

No estaba entendiendo la situación. No tenía constancia de que me estuviese esperando ni de que me fuese con ella en el coche. Además, era la primera vez que me llamaba cariño y lo hacía delante de Cata. Me resultaba curioso, ¿estaría marcando claramente su terreno? Si fuese así, me parecía absurdo, se iba a casar conmigo, ¿qué más quería?

—Vale, Susana, ya voy.

Quise marcharme cuanto antes, sabía que Cata estaba incómoda y yo también. Recogí mis cosas y me marché de *Voces* junto a Susana.

Una vez en el coche no pude reprimirme y preguntarle.

—Susana, ¿en qué momento habíamos quedado en marcharnos juntos?

—Improvisé sobre la marcha, pero no te enfades, que soy tu prometida. ¿De qué hablabas con Cata?

—¿Me puedes explicar por qué la odias tanto?

—¿Y tú por qué la defiendes tanto?

—Porque es una gran trabajadora, lista, culta, educada…, y sé que puedo confiar en ella.

—También en mí.

—Estáis a años luz.

—Uy, ¿no te estarás enamorando de ella? Que te vas a casar…

—Estás peor de lo que me imaginaba.

19

Un ritmo frenético

Cata

Quedaban tan solo dos días para el gran evento. El tiempo había volado. Llegaba a casa como a las diez de la noche. Aquel día estaba tan agotada que dejé el abrigo y el bolso tirados en una silla y me fui directa a la nevera a abrirme una botella de vino tinto. Necesitaba una copa y desconectar un poco del ritmo tan frenético al que estaba sometida. No tenía ni fuerzas para cocinar, para sacar una sartén y hacerme un huevo. O pedía algo, o no cenaba. El ruido de mis tripas tomó la iniciativa y me decanté por pedir comida oriental en Glovo: arroz tres delicias, unos rollitos de primavera, algas *wakame* y pollo con anacardos.

Encendí la tele y me senté en el sofá. Estaban hablando en un programa sobre ellos, de Patrick y Susana. Los tenía hasta en la sopa. Me quité los zapatos y me puse cómoda. Necesitaba un poco de hogar para cargar pilas, un refugio para volver a ser. Y mientras me bebía un sorbo de vino sentí que mi cabeza hacía una llamada de SOS en forma de «¡Necesito urgentemente unas vacaciones!». Y ese pensamiento me llevó a mandar todo al carajo e irme a Bali a descansar una larga temporada, a vivir la vida, ¡qué fantasía más maravillosa! Era la manera que tenía de escapar de tanta presión. Pensar en ese viaje me daba tranquilidad en esos momentos de histerismo en los que me encontraba. Me imaginaba nadar en esas playas cristalinas observando la belleza del paisaje sin pensar en absolutamente nada, solo en mantenerme a flote. Eso quería hacer mientras me tomaba mi copa de vino, ¡no pensar en absolutamente nada! Mi cuerpo me estaba pidiendo a gritos parar. Menos mal que me quedaba el último esfuerzo.

El ritmo de trabajo de estas dos últimas semanas estaba siendo frenético. Coordinar todo estaba resultando bastante más complicado de lo que yo me había imaginado. Eran demasiados detalles de los que había que estar pendiente. No podía fallar absolutamente nada y eso me llevaba a cargar con mucha presión sobre mis espaldas, ya que todo tenía que salir perfecto. Era consciente de la importancia de este evento para Patrick, su familia y para *Voces*, pues marcaría un antes y un después. Era el pistoletazo de salida para empezar a tener más ingresos por esta vía. Debía dar la talla, y eso suponía una gran responsabilidad, tenía que estar a la altura por la confianza que habían depositado en mí.

Y no podía fallar, no me lo perdonaría por nada del mundo. Me comprometí y tenía que dar lo mejor, aunque no durmiese, aunque no tuviese tiempo ni para vivir durante unas semanas u obviase totalmente lo que había sucedido entre nosotros, entre Patrick y yo. Ahora no era lo importante, intenté controlar mis emociones, aunque a veces me resultase difícil, sobre todo cuando lo veía.

Aquel tenía que ser el evento del año, del que luego todo el mundo hablase; era mi manera de demostrar que podía manejar perfectamente el nuevo departamento y poner en evidencia a Susana, que siempre se le había llenado la boca diciendo que era una incompetente. Pues la incompetente a tan solo dos días de «su gran evento» había logrado organizar absolutamente todo a la velocidad de la luz. Me quedaban cuarenta y ocho horas para perfilar los últimos detalles que todavía tenía que encajar. Rezaba por encontrar un poco más de claridad mental y colocar correctamente todas las piezas del puzle. La falta de sueño me estaba pasando factura, estaba durmiendo una media de cinco horas al día, las ojeras me llegaban al suelo, menos mal que las podía cubrir con maquillaje. Físicamente me sentía agotada, pero mi cabeza estaba más que revolucionada y aturullada con que si esto, que si lo otro, que si no he hecho tal cosa…, y con semejante estrés neuronal era imposible descansar. No era la única que estaba así, el resto de mis compañeros estaban exactamente igual que yo, Isa, Pablo y Luis estaban trabajando muy duro. Estaba muy contenta con ellos, habíamos creado un gran equipo. Todos éramos conscientes de que teníamos entre manos algo muy importante y el buen funcionamiento de este departamento dependía de ello. Sabíamos manejarnos bien con la presión. No era fácil estar en nuestras circunstancias, formábamos parte de un departamento recién estrenado y todavía no habíamos rodado lo suficiente, pero la buena coordinación, la entrega y el amor a nuestro trabajo estaban haciendo que todo saliese como era debido.

Pilar estaba jugando un papel muy importante, porque tras un par de reuniones enseguida tuvimos la dirección y el camino que íbamos a trazar. Sabíamos qué hacer y cómo hacerlo. Esa señora me gustaba, tenía fuerza, verdad, era franca, y lo mejor de todo es que sabía claramente lo que quería. Estaba muy involucrada en el evento, le gustaba estar encima de todo, nuestra comunicación era constante y al final del día le pasaba un reporte de los avances. Me estaba gustando trabajar con ella, se notaba que estaba acostumbrada a hacer eventos de este estilo, y eso nos facilitaba mucho las cosas. Durante estos días estaba aprendiendo mucho de Pilar y ella de nosotros también, porque prestaba atención a todas las ideas que le presentábamos. Nos escuchaba atentamente y nos consideraba. Me recordaba en ese sentido a Cristóbal.

Desde el minuto uno, todos tuvimos claro que el evento tenía que respirar elegancia y mucha clase, ya que era el sello de la familia Suarch. El jardín se iba a llenar de candelabros elegantes de color blanco combinado con luces de cadena y guirnaldas perfectamente colocadas en los árboles y en las plantas. Las velas también iban a tener mucha presencia, las ubicaríamos en mesas y en el suelo, envueltas con recipientes de vidrio para dar un toque más romántico al lugar. Las mesas y sillas iban a ser de madera estilo rústico decoradas con unos manteles de lino. Las flores también iban a ser las protagonistas; elegimos tonos pasteles como rosa, lila, blanco y verde para crear un ambiente suave.

Con respecto a la comida, Pablo había elaborado un menú bastante interesante siguiendo las indicaciones de Pilar. De entrantes se había seleccionado una gran cantidad de canapés diferentes como tartaletas de foie gras con frutos rojos, caviar con blinis, queso brie con mermelada de higos y tablas de embutidos. Después se servirían platos de sushi, ostras, brochetas gourmet de gambas a la plancha, ternera con reducción de vino tinto y, para endulzar la noche, diferentes tartas de chocolate, tiramisú, frutas, bombones y *macarons*... Todo maridado con excelentes vinos y champán para brindar por el futuro matrimonio.

No podía faltar de nada, esa era la gran premisa. Para amenizar la velada, eligieron a un grupo de jazz suave que tocaría en directo. Tanto la madre como el hijo pensaban que era la música perfecta para crear un ambiente adecuado y agradable para todo el mundo. También habíamos encargado habilitar una zona en el jardín para poner un gran *photocall* negro perfectamente iluminado con unas letras grandes blancas con el nombre de la revista. Era el espacio para que la pareja pudiese dar sus declaraciones. El dichoso *photocall* me estaba dando quebraderos de cabeza, ya que la gran mayoría de imprentas no se comprometían a tenerlo listo para el evento, porque contábamos con muy poco tiempo. Afortunadamente encontré una que me confirmó que sí llegaban al gran día, pero a dos días del evento todavía no estaba. Eso me tenía bastante preocupada, de los nervios. Era otra de las cosas que no me estaba dejando dormir. No podía fallar, tenía que estar sí o sí.

Patrick quería aprovechar el evento para potenciar *Voces*. A mí me parecía bien, aquellas declaraciones iban a dar la vuelta al mundo, iban a salir en todos los medios de comunicación, era una manera encubierta de hacer publicidad. En cambio, Pilar tenía sus dudas, le daba miedo que alguien criticase esa medida. No veía muy bien que detrás de las declaraciones en un día tan importante apareciese en el *photocall* la palabra «Voces». Temía que alguien dijese que se estaba utilizando la fiesta para publicitarse y consideraba que no era el día. No era una medida elegante. Patrick no quiso escuchar la recomendación de su madre. El razonamiento que daba es que el evento se estaba realizando en el jardín del palacio donde se encontraban las oficinas, por lo tanto, no sería tan raro la presencia de la cabecera. Yo estaba de acuerdo con él, pero las malditas letras impresas en el *photocall* no estaba resultando fácil incrustarlas según nos comentaban en la imprenta. Enviamos también las invitaciones diseñadas en tiempo récord entre Luis y yo y ya nos habían confirmado casi trescientas personas. No me quería ni imaginar la de gente que asistiría a la boda.

Aquellos días Luis y yo estábamos trabajando mano a mano, andábamos pegados al ordenador y al teléfono buscando diferentes proveedores, coordinándonos junto con Isa y Pablo para que estuviese todo lo que se iba necesitando. Pilar nos dio la orden de invitar a todos los medios de comunicación sin rechazar a ninguno. Y todos nos habían confirmado. Habíamos acreditado a más de ciento cincuenta medios. Pilar cuidaba mucho esos detalles. Teníamos que encajar tantas cosas que nos faltaban horas al día. Me sentía orgullosa del equipo y, como me prometió Patrick, Susana nos había dejado tranquilos, no asomó su hocico ni una sola vez, y menos mal. Me daba mucha rabia que todo el esfuerzo que estábamos haciendo fuese para que ella brillase esa noche. No se lo merecía en absoluto. Era mala persona. Pero a veces en la vida tenemos que hacer cosas que no se entienden. Y como no era una variable que pudiésemos cambiar, para llevarlo un poco mejor tiré de imaginación y me inventé en mi cabeza que Susana era otra persona. Me carcomía menos por dentro. Así podía trabajar mejor. Porque era superior a mis fuerzas, no la soportaba.

Me puse otra copa de vino y mientras me servía me acordé del momento en que la bicha interrumpió mi conversación con él con un «¿Nos vamos, cariño?». No entendía qué había visto Patrick en ella. No entendía a los tíos y mi corazón tampoco. Estaba cabreada con Patrick, desencantada, porque si era honesta conmigo me había hecho ilusiones. La culpa era mía porque me había creado en mi cabeza un Patrick que no existía, que no tenía nada que ver con el que veía el resto. Y me había equivocado completamente con él. Me daba rabia por mí. Cómo había podido caer en sus redes, malditas expectativas que lo teñían todo.

Por ellas se sufre tanto, porque cuando no se cumplen resulta complicado gestionarlo, es como ver que la realidad que tú te habías creado no existe. Y es ahí cuando aparece la decepción. Y duele.

Y a mí me estaba doliendo, aunque estaba intentando hacer de tripas corazón y separar lo personal de lo profesional. No me iba a engañar, verlo a diario no me ayudaba a pasar página. Todos los días me acordaba de lo que pudo ser y no fue. Tenía la cabeza hecha un auténtico lío. ¡Por eso necesitaba unas vacaciones! Y a ese lío se le añadía, para más inri, mi ex Alberto. Cuestión del destino. La vida había querido que me reencontrase con mi pasado en este momento, después de cuatro años, y justo cuando había decidido dar el paso para conocer a alguien. Me preguntaba qué significaba su presencia, su perdón..., el porqué la vida había querido que nuestros caminos se volviesen a cruzar. Quizá era una señal que todavía no estaba descifrándola bien, estaba bastante perdida.

Lo mismo su cometido era ayudarme a olvidar a Patrick. Quizá había venido a eso. Menuda película me estaba haciendo, lo mismo el vino estaba empezando a hacer efecto en mi cerebro. Lo que tenía claro es que, si le contaba a mi terapeuta que durante una noche de vulnerabilidad llamé a Alberto llorando a mares, no daría crédito. Yo tampoco sabía muy bien cómo me había armado de valor para volver a trazar ese puente. La magia del perdón que lo envolvía todo con un halo de nostalgia. No sentía remordimiento por ello, todo lo contrario.

Alberto esa noche se portó muy bien conmigo. Tras la llamada, y hasta que tocó el timbre de mi casa, no pasó más de media hora. Tardó menos que la cena que me estaba pidiendo. Cuando apareció en casa, se lo agradecí. Aquella noche no me encontraba nada bien. Lo de la boda, lo de encargarme del evento..., no me estaba viniendo bien tanta emoción, tanto acontecimiento junto y sin poder desahogarme con nadie. Menuda prueba me había puesto la vida, era para nota. Necesitaba un abrazo. Sentir calor humano. Probablemente había llamado al número erróneo y tendría que haber tirado de Isa, o de Luis, o de Pablo..., pero había una parte de mí que, desde que lo vi esa mañana, tenía ganas de él, echaba de menos su contacto físico.

Aquella noche, hablamos más profundamente sobre todo lo que nos sucedió cuando estuvimos juntos, pero de una manera tranquila, sosegada, con el poso que da el paso del tiempo. Me preguntó a qué se debía mi bajón, le respondí que estaba sobrepasada de trabajo y que preparar el evento de la presentación de Susana, a la cual odiaba porque me había hecho *bullying*, se me estaba haciendo bola. Me entendió porque no era fácil lidiar con mi situación. Él sabía lo mucho que me gustaba mi trabajo y lo difícil que me estaría resultando sortear los obstáculos.

Pero en el fondo mi bajón no era preparar la fiesta, sino que estaba mal por lo sucedido con Patrick. Nuestro beso quedó olvidado en aquel baño, me sentía utilizada, engañada, desubicada, rabiosa, celosa... Una mezcla de emociones que me carcomían por dentro y que no podía compartir con nadie. Las sufría en silencio, y este silencio, no me gustaba.

Alberto me abrazó un par de veces, abrazos que me supieron a hogar y me reconfortaron el llanto que sentía por dentro. Llevaba cuatro años sin escuchar sus latidos. Me tranquilizaron. Me acariciaba la cara y el pelo. Y aquella noche tuve la sensación de que nuestra relación había pasado a otro estadio, no sabría cómo definirlo, pero me sentó bien volver a sentirle cerca de mí.

Y desde aquel momento volvió otra vez a mi vida. Me escribía todos los días dándome los buenos días, me llamaba preocupándose por mí, preguntándome cómo me había ido en el trabajo. Estaba supercariñoso, volvió a ser la persona que yo había conocido hacía unos años mejorada..., y yo, sinceramente, me dejaba querer. A nadie le amarga un dulce y más en estos momentos en los que me sentía tan vulnerable. A mis amigos no les hacía nada de gracia que hubiese retomado la relación con él. Sobre todo a Isa, que intentaba protegerme. No se fiaba de sus intenciones. Ella me decía que detrás de los mensajes y de las llamadas había algo más, que deseaba volver a conquistarme. Que lo olía a lo lejos. No quería creerla. Le decía que eso era imposible, que solo éramos amigos.

El telefonillo de mi casa sonó... Por fin, mi cena había llegado. Mis tripas estaban a punto de ponerse en huelga, pero cuál fue mi sorpresa que al abrir la puerta no me encontré al repartidor, sino a mi ex.

—Alberto, ¿qué haces aquí?

Y de repente se acercó a mí, sin darme tiempo a reaccionar, y me besó.

20

Maldito *photocall*

Patrick

Desde mi reunión con Xiao Chen, Simón no paraba de insistirme en que vendiese *Voces*. Los chinos habían subido la oferta a cincuenta y cinco millones de euros, pero aun así no lo veía. Mi madre también se había reunido con él. La estaba intentando convencer de que vendiésemos, de que era lo mejor para la familia. Si la convencía a ella, tenía un aliado más para luego convencerme a mí. Él tenía muy claro que la solución a todos nuestros problemas era la venta. Su razonamiento era que la otra opción de mantenernos a flote no era segura, porque podía salir mal. Y tenía razón. Trabajaba contrarreloj, tenía tres meses para demostrar a los inversores que merecía la pena seguir apostando por nuestra revista.

—Patrick, no todos los días llegan oportunidades como estas. No deberías dejarla pasar.

—Simón, lo sé, pero siento que, si lo hago, estaría fallando a mi padre. No he ocupado su puesto para vender la empresa y convertirla en un frankenstein. Me muero de pena solo de pensarlo. Mi padre sacrificó toda su vida por *Voces*. ¡Tú no lo entiendes!

—Te doy un consejo, esto es un negocio, Patrick, deja de lado las emociones.

—Necesito ganar tiempo. Hoy es el evento, en cuanto pase, tomaré una decisión.

Necesitaba reposar un poco más, meditar, analizar con tranquilidad los pros y los contras. De momento, nuestra curva de audiencia no paraba de ascender. Íbamos muy bien. Toda la redacción estaba trabajando sin cesar. Estaba muy orgulloso del equipo que tenía, todos se estaban dejando la piel. Y qué decir de Cata. Todo estaba perfectamente organizado para esta noche. Mi madre estaba muy contenta con ella, decía que era una chica muy válida, con muchas cualidades y que ahora entendía por qué mi padre siempre hablaba de ella maravillas. Si seguíamos en esta línea, lo podíamos conseguir, pero no era un camino seguro.

Estaba un poco nervioso por la celebración. Tenía miedo de que, en algún momento, se notase que entre Susana y yo no había absolutamente nada. Me había estudiado la lista de las cosas que le gustaban y de las que no…, pero me asustaba que algo no saliese bien y nos pillasen. Su comportamiento había cambiado mucho, notaba que se estaba intentando acercar a mí de una manera cariñosa, pero yo tenía puestas todas las barreras. Se encontraba siempre con un muro. Me espantaba cualquier muestra de afecto que forzaba. Me lo había tomado como un trabajo. Así sufría menos. Y el trabajo de esta noche era interpretar a una persona que estaba enamorada. Solo de pensarlo se me revolvía el cuerpo. Si hoy estaba así, no quería pensar en el día de la boda.

El evento comenzaba a las ocho de la noche. A esa hora todo el mundo estaba citado. Nosotros apareceríamos sobre las ocho y media. Habíamos hablado de que lo mejor era que ambos nos vistiésemos en mi casa y de ahí saldríamos juntos. Y eso es lo que íbamos a hacer. Susana ya se encontraba allí, había llevado su vestido y el séquito de maquilladores y peluqueros que a su vez también arreglarían a mi madre.

Estaba siendo un día de lo más movido. Desde primera hora de la mañana estaban descargando los camiones toda la decoración, el catering... Había mucho trasiego en el jardín. Al asomarme a la ventana de mi despacho, vi a Cata con sus pantalones vaqueros, sus Converse y su rebeca roja dirigiendo todo el cotarro y a la par hablando por teléfono. Qué gran profesional era, cómo estaba lidiando con todo. Era muy consciente de que para ella este evento no estaba resultando fácil. Había sido un acierto haberla puesto al mando del nuevo departamento. Quise bajar para ver cómo iba todo y solo entonces me marcharía a casa para arreglarme.

—Cata..., ¿todo controlado?

Cuando se giró, la vi estresada, estaba a mil cosas, pero pude comprobar una vez más lo guapa que era.

—Más o menos.

—¿Cómo que más o menos?

—Sí, tenemos problemas con el *photocall*…

—Si hay algo que no puede fallar es eso, Cata. Es lo que va a salir en todos los sitios.

—Ya…

—Soluciónalo, me voy a casa a arreglarme.

Me marché de allí preocupado, si algo no podía fallar era eso. Por lo menos sacarle provecho a la farsa de evento. Tenía que usar la fiesta para dar publicidad, quería que por narices *Voces* saliese por todos los lados. Ya había hablado con Susana para decirle que no íbamos a hacer ninguna declaración fuera del *photocall*. Todas nuestras declaraciones tenían que ser ahí. Para mí era un negocio aquel evento. Ese era mi objetivo principal.

Cuando llegué a mi casa, había mucho movimiento de gente. Mi madre estaba nerviosa, me contó que también había hablado con Cata y que teníamos problemas con el *photocall*.

—Hijo, si no está a tiempo, tendremos que buscar un plan B.

—Mamá, me niego a pensar en ese plan B. Tiene que estar.

Y me fui directo a mi habitación. Allí se había instalado Susana. Cuando llegué, la estaban maquillando y peinando. No entendía por qué narices la habían colocado allí. Podían haber utilizado otra habitación.

—¿Qué tal, cariño? —me saludó ya en su papel de marquesa.

Todos los que estaban a su alrededor se giraron.

—Mira qué guapa está, es que es guapísima y tiene un pelazo —comentó uno de los chicos que estaban con ella.

Y yo no sabía qué contestar.

—Sí, sí..., está muy guapa. Me voy a coger mi ropa y me voy a arreglar a la otra habitación y así os dejo tranquilos.

Qué situación más incómoda acababa de vivir, no me acababa de acostumbrar a tener que fingir.

Me marché de allí, me duché y me arreglé en la habitación de al lado. Y mientras lo hacía solo pensaba en que pasase todo lo más rápido posible. Que deseaba que ya fuese mañana. Mi sastre me había hecho un traje azul marino para la ocasión. La verdad es que me quedaba como un guante. Las medidas eran perfectas. Al vestirme me bajé a esperar a Susana. Mi madre ya estaba totalmente lista. Llevaba un vestido color champán muy bonito, estaba muy guapa. Y a los diez minutos apareció Susana con un vestido negro palabra de honor, ajustado y con una minicola. El pelo lo llevaba suelto y en el cuello lucía una gargantilla espectacular. Estaba guapa y elegante, muy acorde con lo que iba a acontecer.

—Susana, qué guapa estás —la elogió mi madre.

—¿Nos vamos? Ya llegamos tarde —apunté algo nervioso.

—Hijo, no le dices nada, no te parece que está guapa —me llamó la atención mi madre.

—Sí, sí lo está…

—Susana, no le hagas caso, está nervioso.

Y ella sonrió. Nos metimos en el coche y Juan nos llevó rumbo a *Voces*.

—¿No estoy guapa, Patrick?

—Susana…, sí, sí lo estás.

Cómo me incomodaba que me lo estuviesen preguntando cada dos por tres. Yo no había elegido estar al lado de esa mujer…, por muy guapa que estuviese. Me daba igual. Era un trámite que quería pasar cuanto antes.

—Tú también. No te lo he dicho nunca, pero me encanta cómo hueles.

La miré de soslayo. No entendía qué pretendía Susana comportándose de esa manera cariñosa, estaba actuando como si no pasase nada; eso o estaba totalmente metida en el papel.

Cuando llegamos, ya nos estaban esperando los fotógrafos. Al bajarnos del coche, no paraban de hacernos fotos. Los flashes nos deslumbraban. Decidimos ir directamente al *photocall*. Y quitarnos lo más engorroso cuanto antes. A lo lejos vi a Cata que nos estaba esperando, llevaba un vestido rojo largo de seda. Estaba muy guapa y a la vez sexy. Nos acercamos hasta ella. Simón también había llegado ya.

—Qué guapa estás, Susana —apreció Simón—. Bueno, y tú también, Patrick.

Cata se acercó a mi lado para decirme algo.

—Patrick, lo siento mucho, pero las letras para el *photocall* al final no han llegado.

—¿Cómo que no? No me digas eso, Cata, era lo único que no podía fallar.

—Ya te dije que era una incompetente, pero no me hiciste caso. —Susana no pudo evitar meter el dedo en la llaga.

A Cata se le humedecieron los ojos.

—Lo siento mucho. La prensa ya está esperando. Hemos armado un plan B y creo que va a estar bien.

Y nos llevaron a la zona del jardín más bonita, donde estaba la fuente. En el agua flotaban flores de loto. El sitio era especial. Y delante de esa fuente había una marabunta de periodistas esperando. Nos colocamos delante de ellos y no pararon de hacernos fotos y de hacernos preguntas ante la atenta mirada de Cata, de Luis y de Simón.

—Bueno, qué guapos estáis, menuda pareja tan bonita que hacéis.

—Gracias...

—Patrick, qué tiene Susana para que sea la mujer con la que quieras pasar el resto de tu vida...

La primera en la frente, no me había dado tiempo a calentar y ya tenía que empezar con mi gran actuación. Respiré y empecé a hablar:

—Es una mujer increíble, trabajadora y buena persona.

No quería mirar a Cata, sabía que estas palabras estarían siendo dolorosas para ella. Estaba convencido, por la manera de besarnos en el baño, de que nuestro beso también había significado algo para ella. Lo sentí en la manera de comernos la boca. Por eso no nos podíamos mirar a los ojos y lo evitábamos, porque sabíamos que ante ellos no podíamos fingir.

—Y, Susana, ¿qué te enamoró de Patrick?

—Es un hombre maravilloso y cariñoso. Le admiro mucho.

Estuvimos cuarenta minutos atendiendo a la prensa y todas las preguntas las estábamos respondiendo bien. Se interesaron mucho en saber cuándo empezó nuestra relación, me preguntaron también que qué hubiese opinado mi padre si estuviese aquí…, y luego me interrogaron sobre *Voces* y si trabajar juntos era un impedimento.

—Susana, ¿qué sientes siendo la futura marquesa de Suarch?

—Me siento muy afortunada y a la vez tengo una gran responsabilidad. Doña Pilar me ha dejado el listón muy alto y espero estar a la altura.

—Un beso para la prensa. ¡Venga, pareja! —corearon.

—No, no, chicos…, ya está bien. —No sabía cómo evitar ese beso.

Pero empezaron todos al unísono:

—¡Que se besen! ¡Que se besen!

Susana no lo dudó, se acercó a mí y me besó. Me sentía realmente mal. Se me estaba revolviendo el cuerpo. Solo pensaba en Cata y en lo cruel que estaba resultando todo.

Terminamos con la prensa y fuimos a atender a todos los invitados, había mucha gente, y me impresionó lo bonito que estaba el jardín. Probablemente fue la fiesta más espectacular a la que había asistido y ya es mucho decir, porque si de algo sabía yo era de fiestas. No faltaba el más mínimo detalle, se respiraba elegancia y clase que era el sello de los Suarch. No había nadie que no nos felicitase por lo espectacular y bien organizado que estaba todo. El departamento que lideraba Cata había entrado por la puerta grande. La gente quería saber quién estaba detrás de todo aquello. Quería acercarme a ella y decírselo, porque sabía que se había quedado con mal sabor de boca por el momento del *photocall*.

Las mesas estaban decoradas con flores naturales, todo estaba lleno de velas, de candelabros, y la música en directo fue todo un acierto. Yo comí muy poco, tenía el estómago cerrado, pero el catering tenía una pinta fantástica. Por lo menos eso era lo que decía la gente. Y mientras hablaba con unos y con otros intenté buscar con la mirada un par de veces a Cata… La vi a lo lejos con su vestido rojo de seda que le acariciaba la piel de una manera muy sutil marcando su bonita figura. Hablaba muy cariñosamente con uno de los periodistas que había cubierto el *photocall*. ¿De qué se conocían? Me intrigó y a la vez me inquietó. Observé al chico de arriba abajo, era bastante apuesto y atractivo. Mientras conversaban vi como le apartó el pelo de la cara muy sigilosamente. Ella le miraba y él le hablaba con cariño. Sus gestos hablaban, estaba coqueteando con ella. Se fundieron en un abrazo. Sentí mucho miedo a perderla.

—¿A quién buscas? —me preguntó Susana, que no se le escapaba ni una.

—A nadie.

—Espero que no estés buscando a la incompetente.

—Sabía dónde hacer daño.

Enseguida nos interrumpió Simón, toda la noche estuvo muy pendiente de nosotros, sobre todo de Susana.

—¿Cómo vais, pareja? Tengo muy buenas noticias. He estado mirando por redes y os habéis convertido en la noticia del día. Todos los digitales abren con la foto de vuestro beso y con el titular de «Susana es una mujer increíble, buena persona y trabajadora».

—Perfecto, Simón —le dije.

Susana esbozó una gran sonrisa al escuchar las palabras de Simón, estaba encantada. Era su noche. Era la protagonista del día y parecía realmente que había nacido para ello. Mi madre se acercó para hablar un rato conmigo.

—Hijo, parece que todo está saliendo muy bien. Estoy muy contenta. Por fin las cosas empiezan a fluir. Por fin respiramos.

—Sí, buen trabajo, mamá.

—Cata es muy trabajadora y se ha dejado la piel. No tengas en cuenta lo del *photocall*. Las cosas pasan por algo y por alguna razón no tenía que estar hoy.

—Ya, mamá.

Se alargó la fiesta hasta las doce de la noche. La gente se lo estaba pasando tan bien que no se quería marchar. Cuando ya se estaba empezando a recoger todo, mi madre se acercó a los cuatro fantásticos para felicitarlos por el trabajo hecho y para indicarles que ya podían irse a casa, que se lo merecían. Y eso fue lo que hicieron. No tuve tiempo de acercarme a ellos ni de despedirme de

Cata antes de que se fuesen, porque seguía con Susana despidiéndome de los últimos invitados.

Al terminar nos subimos al coche y nos fuimos rumbo a mi casa. Susana se iba a quedar esa noche allí. Una vez el coche estaba en la puerta, Susana se bajó, pero yo me quedé dentro.

—¿No entras?

—No. Necesito que me dé el aire. Me voy a dar una vuelta.

—OK, te espero en la cama.

Cerró la puerta y se marchó.

—Señor, ¿adónde vamos?

Juan siempre atento quería saber adónde llevarme.

—Necesito que me lleves a donde vive Cata, ¿te acuerdas?

—Sí.

21

La intimidad

Cata

No podía parar de llorar, me sentía fatal por todo lo sucedido. No podía más, estaba totalmente agotada y a la vez decepcionada conmigo misma. La había cagado. Había fallado. Maldita sea, me dolía y mucho. Me daba rabia. Tenía una fuerte presión en el pecho. Tenía el corazón hecho trizas. Había fallado en lo más importante, en el maldito *photocall*. Las malditas letras no habían llegado a tiempo. Y la explicación que me dieron era que habían tenido un problema con una de las máquinas. Se me cayó el mundo encima, porque sabía lo que suponía. Vi el problema a lo lejos. La futura marquesa me había hecho jaque mate. Y probablemente Patrick había perdido la confianza en mí. No cumplí con mis responsabilidades adecuadamente.

Tuve que llamar inmediatamente a Pilar para contarle la situación y buscar *ipso facto* un plan B. Enseguida me tranquilizó, incluso parecía aliviada, porque lo de aparecer ellos con «Voces» detrás no lo acababa de ver. Lo solucionamos inmediatamente, el mejor sitio para que se situasen Patrick y Susana y toda la prensa era la zona de la fuente que había en el jardín. Y eso es lo que hicimos deprisa y corriendo, colocando nenúfares, luces, velas, etcétera.

A las ocho estaba citado todo el mundo y a menos veinte ya estábamos terminando de colocar todo. En tan solo veinte minutos me cambié de ropa para vestirme acorde al evento que se iba a realizar. Estaba desolada, sentía que había fallado a Patrick y, por muy extraño que pareciese, también a Cristóbal. Era la responsable y no había hecho bien mi trabajo. Y las palabras de Susana me acabaron de rematar. Mi cerebro no paraba de repetirlas: «Ya te dije que era una incompetente...». Se le llenó la boca al decirlo, porque estaba deseando que algo saliera mal y Patrick no dijo nada al escucharlo, se calló. Eso me dolió. Entiendo que tampoco era el momento de hacer ni decir nada. Pero me sentí pisoteada y me quedé sin argumentos.

Susana supo jugar bien sus cartas, aprovechó mi momento de debilidad para atacarme y meterme la estocada delante de él, para desacreditarme y hacerle ver que ella tenía razón cuando hacía esos comentarios sobre mí. Y, por otro lado, qué mala persona, cómo podía decir Patrick que se había enamorado de ella porque era una mujer increíble, buena persona y trabajadora, no daba crédito... ¿Buena persona? Aquello parecía el mundo al revés. Me dolió escuchar esas palabras de su boca. El malestar cada vez se hacía más presente con todos estos recuerdos en mi cabeza. Cómo pudo Patrick besarla. No pude evitar ponerme a llorar. Todo me parecía tan injusto. Me sentía frágil y sola. Tenía que aceptar que se iba a casar con ella. Mis heridas se activaron.

El timbre de casa me sacó de los infiernos durante unos segundos. ¿Quién sería ahora? No esperaba a nadie. Lo mismo era otra vez Alberto, tal vez estaba preocupado por mí. Había cubierto la noticia del evento para el programa en el que trabajaba. Y nos vimos en el jardín. Mientras estaba trabajando de vez en cuando sentía que me miraba, él era consciente de que algo me pasaba. Me conocía muy bien y mi cara era un poema. Estaba disgustada y no podía disimular. Durante la noche me estuvo buscando un par de veces y consiguió acercarse y preguntarme si estaba bien. No pude contestarle, no me salían las palabras. Pero mis ojos hablaban. Sabía lo que suponía aquel evento para mí dadas mis circunstancias con Susana, pero no sabía toda la verdad.

El día que apareció en mi casa y me besó, le aparté, porque no estaba preparada para ello. Él lógicamente se disculpó. Se excusó de su arrebato y me confesó que seguía enamorado de mí. Que no podía borrar sus sentimientos. Quería volver a intentarlo, conseguir volver a nuestros primeros meses que fuimos tan felices. Mi amiga Isa tenía razón, detrás de tantos mensajes y llamadas había una intención. Le pedí tiempo, porque no estaba preparada para empezar una relación con él. Ni siquiera me lo había planteado. Acababa de aparecer en mi vida después de cuatro años, yo había sufrido mucho por él y ahora mismo estaba muy confundida. Solo le podía ofrecer amistad. Él aceptó, prefería ser mi amigo a no volver a tener contacto conmigo.

Pero cuando abrí la puerta me encontré a Patrick.

—Patrick..., ¿qué haces aquí?

—No puedo más, Cata...

Me miró a los ojos y volvió a reinar el silencio por unos segundos hasta que de repente se abalanzó sobre mí y me besó apasionadamente. Y nos volvimos a fundir. No quería quitarle ni que parase. Deseaba sentir sus labios húmedos, la lengua en mi boca... Esos besos. Poco a poco iba subiendo la intensidad de nuestras caricias y nuestros cuerpos respondían a ellas, estaban fuera de control, todo era una sinergia perfecta. Sus manos me acariciaban suavemente, con delicadeza.

—Patrick...

—Cata, tengo que hablar contigo. Quiero contarte la verdad... No puedo más..., esto es una tortura... No puedo más, no te quiero perder.

Me quitó la ropa, me bajó la cremallera del vestido rojo y acto seguido le quité la americana y le fui desabrochando su camisa. Por primera vez, pude tocar su piel, le acaricié el torso mientras le desabrochaba el botón del pantalón. Nos dejamos caer en la cama. Le deseaba con todas mis fuerzas, quería sentirle dentro de mí. Era incapaz de parar la situación. Era adicta a su olor. La pasión podía más que el raciocinio. Su olor me excitaba. Me lamió el pecho. Y me hizo el amor. Mi cuerpo se retorcía de placer, ambos gemíamos sin parar. Se paró el mundo y se creó el universo. Se acabaron los problemas. En aquella habitación estábamos él y yo, sintiéndonos, fundiéndonos el uno con el otro, piel con piel, besándonos, disfrutándonos, amándonos hasta que ambos llegamos al orgasmo. Toqué el cielo durante unos segundos junto a él. Y cuando volví a la realidad fui consciente de la locura que acabábamos de cometer.

—Dios mío, Patrick, ¿qué hemos hecho?

—Escúchame, Cata. Tengo que hablar contigo. Necesito contarte algo muy importante. Sé que puedo confiar en ti, me lo has demostrado, eres una mujer de palabra. Prométeme que lo que te cuente nunca jamás puede salir de aquí, pase lo que pase.

—Patrick, te lo prometo.

Y cuando me empezó a contar la película de terror que estaba viviendo con Susana no me lo podía creer y empecé a entender todo.

—O sea que has montado todo este paripé de la boda porque Susana te ha extorsionado con unos vídeos de tu padre.

—Así es. No puedo permitir que salgan a la luz pública. Destrozaría la vida de mi familia y a nivel empresarial sería devastador, sin contar lo que afectaría a la imagen de mi padre, que además no está aquí para defenderse. Sería el final para nuestra familia.

—Cómo puede haber gente así. Sabía que era mala, pero no hasta este extremo. Entonces ¿era la amante de tu padre?

—Estoy intentando averiguar si fue una relación esporádica o tal vez llevaban más tiempo juntos. No lo sé y ella tampoco me dice nada. Lo descubriré tarde o temprano, estoy convencido de que es una cuestión de tiempo.

—Cristóbal con Susana... Jamás lo hubiese pensado. Tu madre no sabe nada, ¿verdad?

—Eso es, Cata, esta información no puede salir de aquí. Ni siquiera lo sabe Simón. Solo lo sabemos tú, yo y Susana. Por favor, no me falles.

—Tranquilo, Patrick, puedes confiar plenamente en mí. No había hablado con nadie de nuestro beso ni tampoco lo haré sobre esto. Este secreto se irá a la tumba conmigo. Te lo prometo, pase lo que pase. Soy una mujer de palabra.

—Gracias, Cata. No sabes lo mal que lo he estado pasando estos días, pensando en ti y en qué estarías pensando de mí. El día que nos besamos en el baño, yo tenía una reunión con Susana importante, ¿te acuerdas?

—Sí, lo sé.

—Pues ese fue el día donde me dijo que quería ser la marquesa de Suarch y, si no cumplía sus peticiones, los vídeos verían la luz. Lo tenía todo planificado. Jamás pensé que hubiese alguien tan enferma de poder.

—¿Y qué puedes hacer?

—Nada. Lo he analizado desde todos los puntos de vista y no tengo alternativa: o me caso, o destroza a mi familia y a nuestra empresa. Cata, la odio con todas mis fuerzas. Tú no sabes lo difícil que está siendo para mí tener que fingir que la quiero y que estoy enamorado de ella.

—Me imagino, Patrick. Tiene que ser duro tener que llevar una vida que no es la real.

—Estoy en un callejón sin salida. Me siento prisionero de unas circunstancias que no son mías, que me han salpicado de rebote. Estoy desesperado. Cabreado con el mundo, con mi padre. Y encima estoy en otra encrucijada, quieren comprar *Voces*, pero no quiero venderla a pesar de las recomendaciones de Simón. Él está convencido cien por cien de que es lo mejor para nuestra familia, porque pagaríamos nuestras deudas de una vez por todas. Pero me puede más la memoria de mi padre, sé lo importante que era para él esta empresa, por eso quiero seguir manteniéndola. No quiero vender, pero si sigo adelante tengo hasta el día de mi boda para lograr una gran mejora en *Voces.* Es el tiempo que he ganado de cara a los inversores. Si decido seguir adelante con la revista, necesito que me ayudes.

Me cogió de las manos y mirándome a los ojos continuó hablándome.

—Confío plenamente en ti. Mi padre me dejó una nota antes de fallecer y ahí me decía que la única persona de la que me podía fiar era de ti.

Me emocionaron esas palabras, me gustó saber que Cristóbal me estimaba. Era un gran hombre y yo también había confiado mucho en él.

—Me alegra que tu padre pensase eso de mí, era mutuo.

Nunca me cansaba de repetirlo. También era una manera de recordarle. Las personas que se van dejan una huella. Y Cristóbal la había dejado; por eso, siempre se le nombraba.

—Cata, necesito reflotar esta revista. Siento que tu departamento es la clave. El evento de hoy ha sido brillante. Estaba perfectamente organizado. Todo el mundo lo comentaba. Eso es muy bueno. Ya sabes cómo funciona el boca a boca.

—Pero he fallado en lo realmente importante, en lo que tú necesitabas, y me siento fatal.

—Por eso no te preocupes, como dice mi madre, las cosas al final pasan por algo. No tenía que estar. Y ese detalle no puede eclipsar el resto de las cosas que estaban de diez.

—Gracias, Patrick. Necesitaba escucharlo.

Y me volvió a besar y sentí sus labios húmedos.

—Eres preciosa, Cata.

Teníamos la necesidad de seguir descubriéndonos y fueron pasando las horas sin que fuésemos conscientes de la velocidad del tiempo. Cuando miramos, ya eran las cinco de la madrugada.

—Me tengo que ir a casa, es muy tarde.

Le ayudé a recoger su ropa que estaba esparcida por todo el salón de mi casa por el fervor de la noche. Se vistió, le acompañé hasta la puerta y nos despedimos con un beso. Nuestra intimidad había sido muy bonita.

—Cata, quiero y necesito seguir conociéndote. Me encantas. Nos vemos mañana.

—Sí, hasta mañana.

Y nos volvimos a besar. Éramos como dos imanes que no nos podíamos separar. Cuando cerró la puerta, me quedé en soledad. Todo a mi alrededor era incertidumbre e incógnita.

22

No está en venta

Patrick

Cuando salí del portal de la casa de Cata, fui más consciente de mi terrible realidad. Juan me estaba esperando, me monté en el coche y me llevó de nuevo al infierno. Durante el trayecto me quedé en silencio mirando hacia la oscuridad de la noche mientras intentaba asimilar todo lo que mi cuerpo acababa de experimentar. Me estaba enamorando de esa chica. Me gustaba compartir mi tiempo con ella, me sentía bien a su lado, era mi bálsamo. Y mientras pensaba en lo sucedido no podía dejar de sonreír. Por mi cabeza pasaban infinidad de fotogramas de su cuerpo, de nuestros besos, de su cara mientras gemía. Me sentía escuchado y comprendido.

Me gustaba su manera de ser, los valores que tenía me llamaban mucho la atención, quizá porque la gente que me rodeaba últimamente carecía de ellos. Además, su profesionalidad era intachable. Y no voy a mentir, tenía un buen físico, tan atractiva. Era pensar en ella y sentir que me excitaba. Aunque también me invadían mis miedos, porque no sabía muy bien cómo iba a gestionar todo esto. Solo tenía claro un pensamiento, quería estar con ella y seguir conociéndola.

—Señor, ya hemos llegado a casa. Que descanse.

Juan era un profesional intachable y me maravillaba su fidelidad hacia la familia. Quedaban pocas personas así. Sabía que podía confiar en él, que sabía guardar secretos.

—Gracias, Juan. Igualmente. Gracias por esperarme.

—Es mi obligación, señor.

—Que descanse.

Cuando abrí la puerta de casa, todo estaba a oscuras. Intenté hacer el menor ruido posible. De repente, recordé cuando salía de fiesta y llegaba borracho, hacía esfuerzos por no tropezarme con nada para no despertar a mi padre. El Patrick aquel ya quedaba muy lejos. Echaba de menos algunas cosas de esa época, pero sobre todo a mi padre, su presencia, sus consejos, sus risas. Estaba convencido de que era un gran hombre, aunque hubiese cometido un grave error. Si él hubiese sabido en el follón que nos había metido a todos, no habría hecho absolutamente nada, porque para él su familia lo era todo, pero quien esté libre de culpa que tire la primera piedra. Estaba intentando comprender que las personas no somos perfectas y nos podíamos equivocar. Sí, quería a mi padre muchísimo y todavía durante esos días me venía la furia, porque su irresponsabilidad me había condenado a una cárcel, pero hubiese hecho cualquier cosa por él, como él siempre hizo por mí. Era mi padre.

Subí las escaleras cuidadosamente para dirigirme al dormitorio y mientras las subía me acordé de que Susana se había quedado a dormir esta noche. Ojalá no se hubiese apoderado de mi cama. Pero cuando abrí la puerta estaba despierta, sentada, con el teléfono en la mano y la luz de la mesita de noche encendida.

—No son horas de venir, Patrick.

Me asustó verla así, me resultó raro. Eran casi las seis de la madrugada, a esa hora la gente normal estaba durmiendo, ¿me estaba esperando despierta?

—Susana, ¿qué haces despierta a estas horas?

—No podía dormir. ¿De dónde vienes?

—No tienes derecho a pedirme explicaciones ni yo tengo por qué dártelas. Voy a coger el pijama y dormiré en la habitación de al lado. Como comprenderás, no vamos a dormir juntos.

—Patrick, no me toques las narices. —Volví a ver a la Susana desafiante y cabreada.

—Susana, creo que no eres consciente de la situación. Tú y yo no somos nada. No tengo que darte explicaciones de mi vida.

—Eres peor que tu padre.

—Ahora que lo nombras, no entiendo qué narices vio en ti y cómo pudo cometer el error de acostarse contigo.

—No me subestimes, tu padre no pudo resistirse a mis encantos. Tú ahora no los ves, pero todo a su debido tiempo.

—No sé qué pretendes, estoy harto de «todo a su debido tiempo». Yo solo veo en ti un corazón que está podrido y no hay nada menos atractivo que eso. No sé cómo no pudo verlo mi padre, con lo inteligente y listo que era. El problema es que confió en ti pensando que eras de una manera determinada y luego resultó que no. Conociéndolo, tuvo que ser doloroso darse cuenta de que no eras quien él creía.

No tenía ganas de seguir discutiendo con ella.

—Buenas noches.

Me fui directo al armario, cogí el pijama y me fui a la habitación de al lado, la de invitados, y me sumergí en un profundo sueño.

Los mensajes del móvil me despertaron. Otra vez había soñado con mi padre. Entraba a mi despacho, encendía la luz y la silla estaba otra vez girada. Avancé hacia ella y al girarla me encontré otra vez de nuevo con él, pero esta vez me decía:

—Hijo, aguanta.

¿Qué me querría decir ese sueño? ¿Por qué soñaba con él? ¿A qué se refería con lo de que aguantase? Lo mismo se refería a que aguantase y no vendiese la empresa y era la señal para saber que estaba en el camino. Cuando miré el reloj, eran las nueve de la mañana. Estaba agotado y era normal porque apenas había dormido tres horas. Me puse a leer los mensajes que me habían mandado, eran de Simón. Me estaba enviando todos los enlaces con las noticias que habían salido sobre la fiesta de presentación.

La foto que había en todos los portales era la de los dos besándonos. No me gustaba nada. Me entristecía. Los titulares variaban un poco unos de otros: «Susana es una mujer increíble, buena persona y trabajadora», «Patrick Suarch, más enamorado que nunca», «Susana Rivas, la mujer increíble que ha robado el corazón a Patrick Suarch». Me estaban entrando ganas de vomitar solo con leerlos. Si la prensa supiera... Afortunadamente todas las crónicas eran buenas. Hablaban del éxito del evento, de lo bien organizado que había estado todo y de que nos habíamos mantenido fieles al estilo y la elegancia de nuestra familia. Comentaban los looks elegidos para la ocasión.

Pero lo mejor de esas crónicas es que hablaban de la remodelación de *Voces* y reconocían que tras una época complicada parecía que por fin estábamos viendo la luz con esta nueva etapa y que eso se respiraba en el ambiente. Para mí esta era la noticia, de cara a los inversores proporcionaría confianza hacia el nuevo proyecto. Además, tanto para nuestros lectores como para los futuros clientes que se hablase así de bien del proyecto era muy positivo. Tras la ristra de mensajes con los enlaces de las noticias, Simón me pedía que nos viésemos esa misma mañana para hablar sobre la venta o no de la empresa. Estaba pesado. Me levanté, me duché y me vestí para dirigirme cuanto antes hacia *Voces* y mantener una reunión con él. Tenía muy clara cuál iba a ser mi decisión.

Cuando bajé a tomarme un café y a desayunar mi madre y Susana estaban hablando en la cocina. Se me erizaron los pelos, la presencia de esa chica me ponía mal cuerpo. Estaban comentando todas las noticias que habían salido y todos los mensajes que estaban recibiendo para darles la enhorabuena.

—Patrick, ayer lo hicisteis muy bien, el evento ha sido todo un éxito. Lo estaba comentando con Susana. Además, salís guapísimos en todas las fotos. Esta mañana en el telediario matutino también han sacado imágenes y han tratado muy bien la noticia, también han comentado que hacíais muy buena pareja.

—Están en lo cierto, hacemos buena pareja —apuntó Susana mientras observaba mis movimientos—. Por cierto, Patrick, ¡qué guapo estás!

Obvié el comentario, hice como que no la había escuchado. No entendía qué pretendía diciendo esas cosas delante de mi madre. De nuevo apareció la otra cara de Susana. Sentí que mi progenitora me miraba obligándome a contestarle.

—Gracias, Susana.

Me costaba tanto dirigirme a ella, no lo podía evitar, pero, si mi madre hubiese sido consciente de que en aquella cocina estaba la amante de mi padre, no la hubiese tratado así.

—Tenemos apenas tres meses para organizar la boda. No hay tiempo que perder. Desde hoy nos tenemos que poner con ello. Hay que organizarlo muy bien. ¡Va a ser el evento del año!

—Estoy deseando que llegue el día —dijo Susana, como si realmente estuviese emocionada.

—Tienes que empezar ya a preparar el vestido de novia y luego los otros dos del convite. Hoy voy a llamar al padre Ángel, os tiene que casar. Es el cura de la familia y bautizó a Patrick.

No quería seguir escuchándolas, no me apetecía saber nada sobre la boda.

—Bueno, me voy a la oficina, que he quedado con Simón.

—Vale, hijo. Es para ver qué hacemos con *Voces*, ¿no?

—Eso es.

—Hijo, con todo lo del evento no lo hemos hablado detenidamente, pero a estas alturas confío plenamente en ti, en tu criterio.

—Gracias, madre, esta noche te cuento cuál ha sido mi decisión.

—Entonces te espero para cenar.

—Me voy a la oficina.

—Espera, que me voy contigo —me pidió Susana.

No me apetecía absolutamente nada ir con ella, pero no lo pude evitar. Cogió su bolso, nos montamos en el coche y nos fuimos rumbo a la redacción.

—¿Qué decisión has tomado con respecto a *Voces*?

—Ahora te enterarás.

—Hombre, siendo tu futura mujer quizá debería tener ciertos privilegios.

—Eso es, deberías, pero no los tienes.

—No te sienta bien no dormir, cariño.

No tenía ganas de seguir hablando con ella, cogí el móvil y me puse a contestar los mensajes que tenía pendientes para que el trayecto se me hiciese más ameno. Por fin llegamos al palacio. Al entrar, seguían en el jardín recogiendo cosas de la noche anterior. Subimos la escalera y entramos a la redacción. Estaba todo el mundo sin parar de trabajar, concentrados en todos sus quehaceres.

A lo lejos la vi a ella, a Cata, estaba delante de su ordenador sin parar de teclear. La pobre tenía que estar agotada, porque había dormido lo mismo que yo, poco. Estaba deseando verla y cruzar nuestras miradas después de la noche que habíamos compartido.

Susana y yo separamos nuestros caminos solo durante un rato para mi desgracia, ella se marchó a su despacho y yo me dirigí al mío. Para ir a él tenía que pasar por delante de los cuatro fantásticos. Me apetecía hablar con ellos y felicitarlos.

—Hola, chicos, buenos días. Me gustaría daros la enhorabuena a todos por el evento de ayer, salió de diez. Todo el mundo lo ha comentado. Estoy muy orgulloso del trabajo que habéis realizado, y en tiempo récord.

—Gracias —me contestaron todos, se les notaba orgullosos.

—Cata, me gustaría hablar contigo. Cuando puedas, vente a mi despacho.

—Vale, perfecto. Estoy terminando el blog, en cuanto lo acabe me acerco.

—¿Cuál es el tema que has elegido?

—El amor. Dadas las circunstancias y con el evento que vivimos ayer, creo que puede ser un buen complemento.

—Me parece muy buena idea. Entonces ahora lo hablamos.

Y me marché al despacho. Tenía ganas de volver a besarla, de sentirme dentro de ella. Necesitaba más de ella. Me senté en la silla del despacho, encendí el ordenador y respondí los millones de e-mails que tenía en mi bandeja de entrada.

A los diez minutos, apareció Cata.

—Pasa, cierra la puerta y siéntate. Tenía ganas de verte, ¿has podido dormir algo?

—Nada, muy poco, dos horas. Imagino que como tú.

—Sí, eso es. ¿Cómo estás?

—Pufff..., con la cabeza que me va a estallar. Tengo la sensación de que en las últimas horas ha pasado un tsunami por mi vida.

—Normal, te entiendo.

—Todavía no doy crédito a todo lo que pasó anoche. Lo que ocurrió entre nosotros y todo lo que me contaste. Lo tengo que digerir todavía, Patrick.

—Lo sé, es mucha información.

—Te vas a casar... y...

—Hablaremos de eso en otro momento, cuando estemos solos en nuestra intimidad. Quiero verte, Cata. Necesito más de ti.

—Ya...

De pronto, la puerta del despacho se abrió. Era Susana. Se nos quedó mirando en silencio.

—¿Qué quieres, Susana?

Se quedó en silencio sin contestar, solo nos miraba a los dos. Su silencio me estaba poniendo nervioso, porque no sabía qué significaba. ¿Quizá habría escuchado algo? De reojo miré a Cata y la vi superincómoda. Quería acabar con esta situación surrealista inmediatamente.

—Susana…, ¿dime?

—Simón ya está aquí.

—Perfecto. Termino enseguida con Cata y le aviso para que venga.

Cerró la puerta y se fue.

—Dime que no ha podido escuchar nada —me soltó Cata, preocupada.

—Es imposible, nadie se queda fuera pegando la oreja para escuchar. Todo el mundo lo hubiese visto. No haría eso. Ya sabes cómo es, lo ha hecho para fastidiar, para intentar intimidar. Estate tranquila. Oye, antes de que te vayas…

—Dime.

—Me parece interesante el tema que vas a tocar en el blog. Es buen post para hoy. Además, ya he visto que a primera hora se han subido a la web todos las fotos exclusivas de la fiesta de ayer; la decoración, el catering, todas las celebridades que nos acompañaron…

—Sí, eso es. Estoy convencida de que hoy se va a generar mucho tráfico.

—Sí, yo también lo creo, por eso me gusta que *A solas conmigo* hable del amor. Estoy desando leerlo.

—Voy a acabarlo.

—Cata, me gustaría reunirme con todo tu equipo, ¿te parece bien? Le voy a comunicar a Simón que la empresa no está en venta. Y ahora más que nunca necesito que *Voces* funcione, os necesito al mil por mil.

—No te preocupes. Organizamos esa reunión cuando lo creas conveniente y así entre todos podemos hacer tormenta de ideas.

—Perfecto, luego te escribo.

Y cuando Cata salió por la puerta avisé a Simón de que ya estaba listo para la reunión. Apenas pasaron cinco minutos cuando aparecieron Simón y Susana por la puerta.

—¿Tú también quieres estar presente, Susana?

—Debo estar, Patrick. Los dos vinimos a informarte de lo de Yes Magazine. Ambos llevamos tiempo detrás de esta operación.

—OK.

—Bueno, antes de entrar en materia. El éxito de ayer ha sido apoteósico. Esto es muy bueno de cara a la venta. Es demostrarles a los chinos que la empresa no está muerta. Está más que viva, a pesar del desastre de estos dos años anteriores. —Simón empezó fuerte con su discurso.

—Efectivamente, como tú dices, está más que viva. No voy a vender.

—Patrick, creo que no lo has pensado bien. La mejor opción es la venta. De la otra manera te arriesgas a caer totalmente en picado. —A Simón se le estaba cambiando la cara.

—Ahora mismo estamos cogiendo buen ritmo y hemos encontrado el camino.

—No es la realidad y lo sabes. Todo está inflado por la noticia de vuestro compromiso. Una vez que exprimamos la boda, ya no tendremos nada que nos siga impulsando. Y podemos caer de forma estrepitosa. Te estás suicidando empresarialmente.

—No necesitaremos nada que nos impulse. En cuanto la gente descubra la nueva andadura de *Voces*, se van a quedar con nosotros. Nuestro contenido es bueno. Confío plenamente en que estamos creando fidelidad entre la gente que nos visita, cada vez más.

—¡No sabes lo que dices! Patrick, estáis envueltos en una gran deuda millonaria. La venta de *Voces* os ayudaría a rebajarla.

Simón no se cansaba de intentar convencerme; es más, le estaba sintiendo demasiado insistente, como si la vida se le fuese en ello.

—Simón, mi padre ha luchado mucho por este negocio. Tú mejor que nadie lo sabe. No lo pienso vender.

—Patrick, debes pensarlo mejor y escuchar las cosas que te está diciendo Simón. —Susana echó un capote a Simón.

—No tengo que pensar nada más. La decisión está tomada. *Voces* no está en venta.

—Negociemos con ellos, ¿qué quieres? ¿Acciones? ¿Un sueldo?

—No quiero nada, solo seguir trabajando aquí y sacar adelante esta revista.

—No me hago responsable de lo que pueda pasar, que quede constancia.

—Tranquilo, que el único responsable soy yo. Si no os importa, quiero seguir trabajando.

—Está bien. —Noté a Simón realmente enfadado.

—Patrick, por favor, piénsalo bien —insistió Susana.

—Lo he dejado claro.

No entendía el ansia que tenía Simón por vender. Además, el tono que había empleado en la conversación no me había gustado ni un pelo. Quizá para él la mejor opción era vender, pero para mí no. Quizá me tenía que hacer más preguntas como ¿qué ganaba él con la venta? ¿Realmente estaba mirando por mi familia? ¿O había algo más? Estaba claro que tenía que descubrirlo.

23

Una vida sin ti

Cata

Estaba terminando de encender un par de velas que tenía distribuidas por mi casa. Estaba preparando el salmón al papillote para que cuando me avisara Patrick de que ya estaba cerca poder meterlo directamente en el horno. Estaba nerviosa, necesitaba hablar con él. Llevaba unos días rara y él lo había notado. Durante estos dos meses y medio habíamos estado prácticamente todo el día juntos. En la redacción manteníamos muchas reuniones para seguir avanzando con el nuevo departamento, estábamos contentos porque habíamos logrado que creciese muchísimo en poco tiempo. Desde el gran evento, las marcas habían confiado en nosotros y no parábamos de organizar fiestas de presentación de productos, con temáticas muy originales. Los clientes se quedaban encantados y Patrick también, porque por fin estaba entrando bastante dinero. Estábamos organizando dos o tres eventos a la semana. Isa, Pablo y Luis estaban trabajando duro, porque se comprometieron con él y valoraron mucho la sinceridad de Patrick. Quiso ser honesto desde el primer momento y en aquella primera reunión de equipo nos dijo que nos necesitaba para sacar adelante *Voces*, nos hizo partícipes de los problemas que tenía la empresa y todos nos comprometimos a ayudarle. Yo sabía que mis tres amigos, pero sobre todo Luis y Pablo, estaban cambiando su opinión de Patrick, le estaban viendo un tipo trabajador, sincero y con ganas realmente de que *Voces* saliese adelante. Ahora, conociéndolo un poquito más, lo que no les cuadraba era que se fuera a casar con la bicha. No entendían qué había visto en ella. Y cada día que pasaba los problemas eran menos problemas, porque con los resultados que estábamos obteniendo nos sentíamos más que satisfechos, y lo mejor es que estábamos disfrutando de nuestro trabajo. Éramos una piña. Todos teníamos el mismo objetivo y me encantaba la implicación que estábamos teniendo.

Y, cuando terminábamos nuestra jornada laboral y siempre que la agenda de Patrick se lo permitía, nos veíamos a solas en mi casa, a escondidas. Ese era nuestro momento. Nuestra relación se estaba afianzando cada día más, nuestros encuentros cada vez eran más especiales, nuestra conexión era cada vez mayor. Patrick me gustaba realmente, estaba enamorada de él, y eso me aterraba, porque sabía que las circunstancias eran complejas, que no era un lugar realmente seguro para mí emocionalmente hablando. Mi cabeza se encontraba dividida, estaba la Cata asustada, porque sabía que me estaba metiendo en la boca del lobo, pero luego estaba la Cata que quería seguir experimentando y viviendo intensamente nuestra relación, porque a su lado me sentía realmente bien. Lo quería y sentía que había encontrado al amor de mi vida. Nunca había experimentado nada igual con nadie, ni siquiera con Alberto, que era mucho decir. Ahora mi ex se había convertido en un confidente y se había dado cuenta de que tenía derecho a rehacer mi vida, aunque obviamente no le había contado nada de Patrick. En este tiempo tendría que descubrir si él podía encajar que nuestra relación solo se basase en la amistad.

Pero desgraciadamente mi amor con Patrick tenía un precio. En nuestros encuentros, sobre todo cuando estábamos solos, intentaba sacar el tema de nuestra situación. No podía evitar que los miedos aflorasen dentro de mí, era todo tan complejo. Él siempre me decía que me quería, que deseaba estar conmigo, que no se imaginaba su vida sin mí, que nunca había sentido nada igual, y eso me tranquilizaba. Sabía que lo que me decía era cierto, sus palabras tenían verdad, sus ojos no mentían.

No se dedicaba a soltarme lo que yo quería escuchar. Era muy consciente de que la situación era compleja, pero creía que el amor que nos teníamos era tan intenso que merecía la pena. Soñaba con ser libres. Los astros se habían alineado para que nos encontrásemos y esa era la parte más difícil. Ahora que nos teníamos, había que luchar por ello. Yo estaba de acuerdo en que encajar con alguien era bastante complicado, pero cada día que pasaba me pesaba más vivir en la clandestinidad y, sobre todo, el no tener el lugar que me merecía. Necesitaba comunicárselo.

Estaba nerviosa, porque sabía que la única opción que existía para solucionar el problema era que parase la boda, con todo lo que conllevaba esa decisión. Era como lanzarme al precipicio, pero algo dentro de mí me decía que tenía que hacerlo, que era el momento de parar antes de que fuese peor. A la larga, si continuaba en esta situación, me iba a pasar factura, sabía que no iba a ser feliz cien por cien, porque había una parte de mí que se estaba sacrificando y no quería renunciar a ello. Se me encogía el corazón solo de pensar que en unas semanas se iba a casar con Susana. Me dolía, aunque supiese que era una relación inexistente, que no había absolutamente nada, que todo era postureo, pero ella sería su mujer y yo la amante. Era difícil de encajar. Necesitaba urgentemente hablar con él. Quería explicarle cómo me sentía y cómo me pesaba esta situación. Había llegado el momento de tomar una decisión.

El timbre de mi casa sonó, era él. Cuando entró estaba hablando por teléfono, estaba discutiendo. Me dio la sensación de que al otro lado del teléfono estaba el abogado de la familia. Aproveché para meter el salmón en el horno y para abrir una botella de vino. Efectivamente, no me había equivocado.

—Simón, que me da igual. Los inversores están contentos. De verdad, no sé qué te pasa últimamente. Mira, voy a colgar. Te dejo, que me meto en otra reunión, mañana hablamos. —Y colgó el teléfono.

—¡Qué guapa estás! ¿Te he dicho hoy que te quiero?

Y me besó intensamente.

—No sabes cómo necesito estos momentos contigo.

Me abrazó y se puso a hablar tranquilamente conmigo, yo estaba tensa porque quería buscar el momento para sacar el tema sobre el que deseaba conversar con él.

—¡Qué pesado está Simón! Desde que le dije que no vendía *Voces*, está rarísimo, no sé cómo decirte. Está cabreado todo el día. A todo le saca pegas, todo lo ve mal. No le sirve que le diga que los inversores están contentos, que los resultados de estos meses están siendo realmente buenos, ¡los números no mienten! Parece que no se alegra de que por fin respiremos un poco. Él dice que los números no son reales, que una vez pase la boda me toparé con la realidad, que todo ha sido una bomba de humo. Pero yo no lo creo, estamos fidelizando, Cata. Siento que hemos encontrado el camino y esto me da fuerza para convencer a los inversores de que sigan apostando por la empresa. ¿Lo ves como yo?

—Sí, lo veo como tú. *Voces* está remontando, todos los contenidos en la web están resultando de interés para nuestros lectores, cada vez tenemos más tráfico. Hacía mucho tiempo que no teníamos este *engagement*. La decisión de enfocar los artículos que escribimos para todo el mundo ha sido todo un acierto.

—¡Fue tu idea! Mi chica tiene una mente privilegiada.

—Gracias, y tú supiste escucharla.

—Eso es cierto... Oye, huele muy bien, ¿qué estás cocinando?

—Estoy preparando un salmón al papillote. Algo sano pero rico.

—Y encima cocinas estupendamente. Te quiero, Cata.

Le sonreí, cada vez me estaba poniendo más nerviosa, tenía un nudo en la garganta, necesitaba decírselo ya. Y mientras se hacía el pescado Patrick me ayudó a poner la mesa. Pusimos un poco de música y nos serví unos vinos.

—¡Un brindis! ¡Por nosotros! Estos momentos me dan la vida, cariño. —Entonces me miró fijamente—. Algo te pasa, Cata, te siento rara, como nerviosa, te conozco ahora mismo mejor que nadie.

Bebí un trago de vino y me armé de valor. Era el momento. Me lanzó el guante y se lo cogí.

—Patrick, estoy asustada. En menos de quince días te casas. Mis sentimientos hacia ti son cada vez mayores..., pero sé que estoy renunciando a una parte de la vida que me cuesta aceptar. ¿Vamos a vivir eternamente en la clandestinidad? ¿No vamos a poder irnos de viaje a ningún lugar? ¿Ni pasear por la calle de la mano? ¿Ni tener hijos? Estaremos siempre asustados por si nos sacan una foto y se arma un escándalo. ¡No le puedo contar a nadie que estamos juntos, ni a Isa ni a mi padre...! Me pregunto si voy a tener que vivir así siempre. Te amo, pero no sé si aguantaré esta situación. Siento que el camino puede ser muy duro.

Patrick me miró en silencio, su mirada se volvió triste. Sabía que lo que le estaba diciendo era una realidad y que había que enfrentarse a ella.

—Lo sé, tienes razón. Sé que la situación es realmente difícil. Pero no puedo hacer nada, Cata. Solo sé que te amo con todas mis fuerzas, que jamás he sentido nada igual por nadie. Que pagaría todo el dinero del mundo para que la persona que estuviese en el altar dentro de quince días fueses tú. Pero ¡no puedo hacer nada! Estoy condenado a esta maldita vida. ¡No le puedo hacer esto a mi familia! ¡No puedo!

—Te entiendo, Patrick, pero necesito pensar. Necesito parar esto.

No sabía muy bien de dónde estaba sacando la fuerza para decirle que lo dejásemos. Probablemente la que estaba hablando por mí era mi dignidad; si algo había aprendido durante estos años era a quererme y, aunque estaba cegada por el amor que sentía por él, la voz de mi conciencia fue la que pronunció lo de «necesito parar esto». Sentía que me merecía vivir mi cuento completo.

A Patrick se le humedecieron los ojos.

—Te entiendo, Cata, entiendo lo que sientes. ¡Maldita sea mi vida! Yo te quiero, daría lo que fuese por poder cambiar las circunstancias, pero tengo unas responsabilidades con mi familia. Lo sabías y lo sabes. No puedo hacer nada, créeme.

No pude dormir en toda la noche, no paraba de llorar. Tras nuestra conversación Patrick se marchó de casa, ninguno pudo cenar nada. Todo era complicado porque estábamos enamorados. Sabía que le acababa de cerrar la puerta al amor de mi vida. Lo amaba con todas mis fuerzas, pero más me amaba a mí y sabía que a la larga esta situación me iba a pasar factura. Merecía mi sitio, merecía vivir el amor plenamente, y era el momento de parar porque quizá luego iba a ser demasiado tarde. Preferí estar sola que seguir construyendo un futuro en secreto con él. Me pesaba demasiado. Mi concepto de amar era vivir en libertad.

Al día siguiente, entré a la redacción con los ojos hinchados. Los fantásticos se dieron cuenta de que no estaba bien.

—Amiga, ¿estás bien? ¡Vaya ojos tienes! —me preguntó Isa, directa.

—He tenido una mala noche. He dormido mal.

—Se te nota, tienes mala cara, pero ¿te encuentras mal? ¿Quizá has cogido algún virus?

Me daban ganas de decirle que sí era un virus, el del amor. Pero no podía, vivía en la clandestinidad.

—¡Ya te digo! Sí tienes mala cara —señaló también Luis, y Pablo le dio un codazo.

Intenté ponerme a trabajar para distraerme, pero me estaba costando la vida. No podía dejar de pensar en Patrick y no estaba controlando mis ganas de llorar. Tenía una pena enorme dentro de mí. En cualquier momento se me iban a saltar las lágrimas, no podía estar en la redacción así. Aquel sitio me dolía. Me levanté para ir al baño, porque necesitaba urgentemente lavarme la cara. Me lo encontré de bruces. Salía del baño de los chicos. Él también tenía mala cara.

—¿Cómo estás, Cata?

—Mal, Patrick, mal... ¿Y tú?

—No he podido dormir en toda la noche pensando en nosotros. No puedo imaginarme una vida sin ti. Te amo. Sabes que no me quiero casar con ella, la odio, me parece un ser repugnante. Sabes que te amo a ti, Cata, te amo con todas mis fuerzas.

—Patrick, no te cases. Huyamos. Empecemos una nueva vida en otro sitio.

—No me digas eso, Cata, sabes que no puedo hacerlo.

Y en ese momento ambos sentimos que del baño de chicas salía alguien. Era Susana.

—¡Qué bonito! No sé si hasta aplaudir. ¡Qué ridículos sois! ¡Me dan ganas de vomitar! Qué pena, tengo malas noticias para ambos…, pero sobre todo para ti, Cata. Patrick se va a casar conmigo. No intentes ocupar un sitio que no te corresponde. En apenas unos días seré yo la marquesa de Suarch.

Y se fue de allí indignada y cabreada, incluso diría que noté que estaba a punto de echarse a llorar de la rabia. Y, de repente, sentí una fuerte opresión en el pecho.

—Nos ha descubierto.

Me rompí.

24

El gran día

PATRICK

Estaba terminando de ponerme el chaqué. En una hora tenía que salir de casa para dirigirme a la iglesia de San Jerónimo. Ya había llegado el maldito día, el que se suponía que tenía que ser el más feliz de mi vida iba a ser el más nefasto. Me casaba con una persona a la que detestaba y sentía que me iba a unir con el mismísimo diablo.

Desde que Susana nos pilló se había complicado todo más de la cuenta. Le sentó muy mal lo que escuchó aquel día y, desde entonces, andaba a la gresca conmigo, buscando conflicto continuamente. Cuando nos encontrábamos a solas, me reprochaba que no entendía qué había visto en Cata. Me repetía hasta la saciedad que ella no era la persona que aparentaba. Le tenía mucha inquina. Ahora entendía los comentarios de Cata sobre el *bullying* que le hacía y la urgencia de que se la reubicara en otro lugar dentro de la empresa. Estaba obsesionada con ella.

Ante tanta queja y habladuría, yo tenía una respuesta clara, lo que yo hiciese con mi vida a ella le tenía que dar igual y mucho menos tenía la obligación de darle ninguna explicación. No éramos nada. No tenía nada con ella. En realidad, estaba rabiosa por el hecho de que me hubiese fijado en Cata, incluso celosa, unos celos que no tenían sentido, porque me hacía sentir en ocasiones como si estuviera siéndole infiel. No entendía a esta mujer, era impredecible con mil caras.

La realidad entre nosotros no tenía nada que ver con la ficción que habíamos montado de cara al exterior. Yo sabía las reglas, que tenía que ser discreto, que cada paso que diese tenía que quedar en la más estricta intimidad para no perjudicar a la futura marquesa de Suarch, en eso consistía nuestro contrato. Mientras no me sacasen fotos con nadie en una actitud comprometida, a ella no le debería importar lo que yo hiciese. Era mi vida, igual que ella podía hacer con la suya lo que le diese la real gana, a mí no me tenía que dar ninguna explicación; es más, deseaba que se enamorase de alguien para que me dejase en paz.

—Patrick, no paro de darle vueltas..., ¿con ella? ¿Con Cata? ¿Cómo has podido enamorarte de esa chica? No sé cómo lo hace, engañó a tu padre y ahora a ti.

—No eres la persona más adecuada para hablar de engaños. Te recuerdo que fuiste tú quien le traicionó de mala manera grabando unos vídeos mientras estabais manteniendo relaciones sexuales.

Este era nuestro nivel de conversación cuando estábamos juntos; por eso, durante estos días previos a la ceremonia, la intentaba esquivar a toda costa. Me ponía mal cuerpo su presencia, como la ausencia de ella, de Cata. Para mi desgracia, Cata, después de que Susana descubriese lo que había entre nosotros, desapareció de mi vida abruptamente. Aquella mañana, tras el disgusto de ser descubierta, se marchó a casa. No pudo volver a sentarse en su puesto de trabajo, le dio ansiedad y un llanto que no cesaba. Necesitaba irse a casa, y obviamente me fui con ella. No la podía dejar así, se me partía el alma al verla sufrir tanto. Entendía lo que suponía para ella que Susana nos hubiese descubierto. Y ya en su casa no paraba de repetirme una y otra vez que no se sentía con fuerzas para seguir trabajando en *Voces*. No quería volver más. No podía mentalmente soportar más tiempo esta situación.

—No puedo, Patrick. Lo siento mucho. El mundo se me ha caído encima. He tocado fondo. Estoy superada por los acontecimientos, ahora mismo me quiero morir. Necesito olvidarme de todo y pasar página.

—Cata, no me digas eso. Estoy enamorado de ti. Maldita sea esta situación. Odio a esa mujer. Prendería fuego a toda mi vida.

—Lo siento, Patrick. No puedo seguir con esto más. Necesito irme de tu lado, de *Voces*. Necesito desaparecer para recomponerme. Estoy fatal. Me necesito ahora mismo. Estoy perdida, desorientada. Quiero tener una vida donde no me tenga que esconder por miedo a que me pillen. Hoy es Susana, pero mañana puede que nos pillen en algún lugar y me pongan la etiqueta de amante pasando a ser la mala de la película y encima convirtiéndola a ella en víctima. ¡No quiero esconderme! ¡No me lo merezco! Tengo que cortar esto de raíz por mucho que me duela y por mucho que te quiera.

Y cumplió su palabra, desapareció de mi vida y de *Voces* de la noche a la mañana. Cogió la baja y se marchó. Y ya no supe nada más sobre ella. Me bloqueó en el móvil, supongo que para evitar la tentación de llamarme o que yo la llamase. Mi vida se quedó completamente vacía, oscura y más llena de dolor. Su ausencia me pesaba mucho. Había dejado un gran vacío. Tuve que hablar con sus compañeros de departamento y decidí poner a Luis en su puesto, después otra chica se incorporó al equipo para que los ayudase porque no paraban de entrar nuevos clientes y no daban abasto. Entendía a Cata, no le faltaba razón. Estar a mi lado era tener que sacrificar una parte de su vida, y no se lo merecía. La quería demasiado y no podía ser egoísta, se merecía vivir plenamente y no con condiciones. Y conmigo le esperaba una vida llena de limitaciones. El amor no podía con todo, había matices que no se podían pasar por alto. La echaría mucho de menos. La necesitaba. La tenía todo el tiempo en mi cabeza y mi corazón echaba de menos latir cuando estaba ella.

Bajé por las escaleras para firmar un amor inexistente, de película de terror, mi contrato al infierno. Al bajar, mi madre me estaba esperando en el hall. Iba muy elegante, como siempre, con un vestido azul turquesa que le sentaba de maravilla. Estaba especialmente guapa.

—Hijo, estás guapísimo.

—Y tú, mamá.

—Por fin, ha llegado el gran día. Mientras me estaban maquillando y peinando, tenía puesta la tele de fondo. Ya sabes que hoy en todos los programas van a hacer un especial de vuestra boda, hay reporteros narrando el minuto a minuto, cariño. Los alrededores de la iglesia ya están repletos de gente esperando vuestra llegada. ¿Estás nervioso?

—Para nada, mamá. Quiero que pase esto cuanto antes.

Me daban igual sus palabras. Me daba igual todo. Estaba abatido y triste, porque mi vida sin Cata carecía de sentido. Me sentía culpable por hacerla daño, por no tener el coraje de mandar todo al carajo, a mi familia, a *Voces* y pensar en mí y en mi vida con ella. Ojalá pudiese. En mi interior resonaba el vacío con el eco de la rabia por haber perdido a la mujer de mi vida por esa maldita boda.

—Hijo, ¿estás bien?

—No, mamá. No lo estoy. ¡No puedo más!

—Tranquilo, cariño. No es un día para estar así. Te doy un consejo, respira y toma aire. Hoy te vas a casar. Hoy será un antes y un después en nuestra familia, hoy se va a proclamar la nueva marquesa de Suarch.

—Precisamente por eso.

Mi madre me miró desconcertada, o quizá por una vez se iba a quitar la venda de los ojos para hablar con sinceridad. Jamás me había preguntado si esa era la boda que yo deseaba. Y me temo que nunca lo iba a hacer.

—¿Me he perdido algo que me quieras contar?

—Mamá, mejor no preguntes. Como tú dices, hoy no es el día. Corramos un tupido velo —corté cualquier tipo de conversación, no estaba para tener unas palabras serias con mi madre, la verdad.

Nos montamos en el coche y Juan nos llevó rumbo a la iglesia. Sentí una presión en el pecho. Al llegar corroboré las palabras de mi madre, estaban los alrededores llenos de gente, no cabía ni un alfiler. Todos querían vernos. La llegada de nuestro coche causó un gran revuelo, la gente gritaba de alegría, los periodistas, los reporteros y las cámaras de televisión se acercaron corriendo hacia nosotros. Nadie se quería perder ni un solo detalle.

—Patrick, hoy es el gran día. Suponemos que estás deseando ver a tu futura esposa vestida de blanco, ¿estás nervioso? ¡Estás guapísimo! ¿Qué se siente en el día más importante de tu vida?

No me quería parar a responder. No podía. Me estaba resultando duro fingir. Solo tenía en mi cabeza a la que sí era el amor de mi vida, solo pensaba en dónde estaría Cata y en si vería algo de esto por televisión. Me moría por poder escuchar su voz y poder mirarla a los ojos una vez más y revivir nuestros silencios.

Me fui directo a la iglesia sin hacer ningún tipo de declaración. Cuando entré, la iglesia estaba preciosa, llena de flores y abarrotada por un montón de invitados que nos esperaban luciendo sus mejores galas. Los fui saludando rápidamente de camino al altar para unirme con la peor persona que me había topado en mi vida. Dios iba a ser testigo de este terrible enlace, estaba sin salida. Mi madre no me quitaba ojo, ella me conocía y sabía que no estaba bien, antes había podido disimular mejor, pero ese día ya era imposible ocultarle mis sentimientos. Si el karma existía, lo estaba enfrentando con creces. Tras quince minutos esperando a esa maldita mujer rodeado de todas aquellas personas, sonó la música en la iglesia para avisarnos de que la novia estaba a punto de entrar, aunque los gritos de revuelo ya nos habían informado de su llegada.

Quien la acompañaba al altar era Simón. Al no tener familia, decidió que él era el mejor para llevarla del brazo. Ellos se llevaban muy bien, no me sorprendió su decisión. Todo el mundo se puso en pie para recibirla. El vestido era bonito, arrastraba una enorme cola, y, como marcaba la tradición, con la cara totalmente tapada por un velo blanco. Una vez a mi lado le levanté el velo. Al hacerlo la miré y ella me sonrió, pero yo no pude. No me salía. A los cinco minutos de empezar la ceremonia, me puse malo, no sé si era por la situación que estaba viviendo o porque me estaba dando un bajón de azúcar, pero en la cara del sacerdote solo veía estrellitas. El cura paró la ceremonia y se dirigió a mí.

—Patrick, ¿te encuentras bien?

—No, la verdad. Estoy mareado. Si me podéis traer un poco de agua o un poco de azúcar, os lo agradecería.

—Tranquilos, a veces suele pasar, son los nervios de la situación, que todos los días uno no se casa ante Dios. Pero no os preocupéis que yo me encargo de que esta pareja estupenda salga casada por esta puerta. —El cura se dirigió a todos los asistentes para comentarles la situación.

Me senté un momento en el banco a esperar a que alguien me trajese un poco de agua. Mientras esperaba, tuve la tentación de huir, de salir corriendo e ir en busca de Cata y cambiar el destino de mi vida. Así, sin pensarlo más. Y, cuando estaba decidido y convencido de salir corriendo para cambiar el rumbo de mi vida, Simón apareció ante mí con una Coca-Cola. Me la tomé mientras todos me observaban en silencio. Miré a Susana, tenía la cara desencajada. Por un instante vio peligrar su destino. Tan solo fue capaz de articular:

—¿Cariño, estás bien?

Qué falsa era, ya estaba otra vez en su papel de buena, le daba igual cómo estuviese, solo le preocupaba no ser la marquesa de Suarch. Pero a mí no me iba a engañar.

—Dadme un momento.

En cuanto pude me levanté para terminar cuanto antes esa tortura a la que me estaba sometiendo. El cura prosiguió la ceremonia. Y tras cuarenta minutos…

—Yo os declaro marido y mujer. Ya puedes besar a la novia.

Y eso fue lo que hice, besarla, pero fue el beso más vacío de sentimientos de la historia, como cuando los actores tienen que besar por requerimientos del guion, seguro que ahí hay más entusiasmo aunque sea.

—Te quiero —soltó Susana por su boca.

Me quedé atónito. Me daba la sensación de que esta chica se había metido demasiado en el personaje, se le estaba yendo de los manos. Qué poca vergüenza tenía, ¡Que me quería! Me entraron más ganas de vomitar y de huir. No tenía ni idea de lo que era querer. Querer era lo que yo sentía por Cata, pero no podía estar con ella por tener que proteger a mi familia. Y la maldita culpabilidad me acompañaba por el pasillo mientras devolvíamos los «gracias» ante las felicitaciones de los invitados. No estaba donde tenía que estar, mi cabeza lidiaba una batalla con lo que mi corazón me dictaba.

A la salida de la iglesia nos lanzaron una lluvia de pétalos de rosas que cayeron sobre nosotros. Estábamos rodeados de paparazis y de cámaras de televisión que trataban de inmortalizar el momento.

—¡Enhorabuena, pareja! Menudo susto nos has dado, Patrick. ¿Habrán sido los nervios, verdad?

Yo no sabía ni quién me hablaba.

—Sí, sí, los nervios.

—Ahora sí, ya eres oficialmente la marquesa de Suarch, se te ve radiante. —Los medios se dirigieron a ella.

—Sí, sí, soy muy feliz.

—Supongo que te has preocupado por que Patrick no se encontrase muy bien durante la ceremonia.

—Sí. Afortunadamente todo quedó en un susto.

Nos metimos en el coche como pudimos. No quería seguir contestando ninguna pregunta más, deseaba irme a casa y meterme en la cama a que pasasen los días. Nos dirigimos hacia la finca donde se iba a celebrar el banquete. Al llegar allí habían habilitado una zona para hacernos un reportaje de fotos, luego se publicarían oficialmente en nuestra web. Nos hicimos las fotos mientras esperábamos a todos los invitados.

—Patrick, no estés tan serio, que te acabas de casar..., sonríe un poco más —me pidió el fotógrafo.

Susana se estaba sintiendo incómoda ante mi actitud.

—Nos das un momento, tengo que ir al baño. ¿Patrick, me acompañas?

No me quedó más remedio que hacerlo. Nos fuimos al baño que estaba en una de las habitaciones que nos habían dejado en la finca. Habilitaron la habitación principal para que ella durante el convite se pudiese cambiar de ropa. Al llegar a la habitación, Susana se acercó a mí mientras me miraba a los ojos.

—Patrick, te pido, por favor, que cambies de actitud. Todo el mundo se va a dar cuenta de que algo pasa entre nosotros. No es normal que el día de tu boda estés así de serio, joder. Te pido que hagas el esfuerzo de disimular.

—Estoy harto de fingir. Estoy harto de aparentar que todo está bien cuando no lo está. Te odio, Susana.

Se lo dije con toda la rabia y el dolor de mi corazón. Al instante, ante mi sorpresa, se le humedecieron los ojos.

—¿Qué puedo hacer para que me quieras?

—No me hagas reír. Nunca te amaré y lo sabes.

—Porque la quieres a ella...

—Sí, estoy enamorado de ella. Tú nunca vas a saber lo que es querer de verdad a alguien porque solo te quieres a ti misma. Eres egoísta. Mala persona. Contéstame a esta pregunta, ¿alguna vez te has enamorado?

Asintió con la cabeza mientras lloraba. Era la primera vez que la veía mostrar cierta vulnerabilidad.

—Sí, me he enamorado.

—Venga, no me hagas reír. Tú de lo único que estás enamorada es de tu miserable ambición.

—Créeme que no.

—Tú no tienes corazón para saber qué es querer ni qué es amar. Te pido, por favor, que no me vuelvas a decir delante de nadie que me quieres. No ensucies esa frase. No me ofendas más con tus palabras vacías.

—No lo están, Patrick.

—¿Cómo que no lo están? —Y en ese instante entró Simón por la puerta de la habitación.

—Lo siento, pareja, pero tenéis que bajar. La gente no para de preguntar por vosotros.

Susana se secó las lágrimas como pudo. A mí, sinceramente, me importaba muy poco lo que pensase o no Simón.

—Ya bajamos, Simón.

Susana se metió en el baño a recomponerse y bajamos. El salón donde se celebraba el convite estaba repleto de gente. Todo estaba precioso. Habían hecho muy buen trabajo las *wedding planners* junto a mi madre. No faltaba ningún detalle. En la mesa presidencial no cabían más flores ni más velas.

—Hijo, ¿dónde estabais? Todo el mundo estaba preguntando por vosotros. ¿Está todo bien? —Ella seguía con la mosca detrás de la oreja.

—Mamá, no preguntes.

—Hijo, solo te pido que recuerdes que eres un Suarch.

Mi madre me decía eso para que me comportase. Sabía que no podía fallar en nada más durante ese día. Al día siguiente los titulares en la prensa hablarían del incidente de la iglesia. Así que decidí correr un tupido velo durante unas horas. Total, ya estaba casado, ya era marquesa de Suarch. Y eso fue lo que hice. Y entre tanto brindis cayeron unas cuantas copas de vino. Decidí refugiarme en el alcohol, hacía que mi situación fuese más llevadera. Comimos muchísimo. La gente no paraba de darnos la enhorabuena por la boda y por lo bonito que estaba todo. Tras los postres, tocaba el vals. Susana se había ido a la habitación a cambiarse de vestido. Pero estaba tardando demasiado. Mi madre me pidió que fuese a por ella.

Me fui directo a la habitación principal y cuando estaba llegando escuché las voces de Susana y Simón, que hablaban bastante bajo. Me acerqué sigilosamente por si podía escucharlos.

—Susana, me puedes explicar qué narices te pasa. No estoy entendiendo nada. ¡Escuché la conversación con Patrick! ¿Qué querías decir con que tus palabras no estaban vacías? ¿Lo quieres? No te quedes callada y háblame. No sé qué está ocurriendo. Llevas semanas muy rara, intentándome esquivar. Algo pasa, te conozco muy bien.

—Simón…, no sé cómo decirte esto, lo siento mucho…, pero… creo que me estoy enamorando de Patrick.

—¿Cómo? ¿Qué me quieres decir con esto?

—Necesito tiempo, no sé qué me está pasando…

—¿Tiempo? ¿Me estás dejando, Susana?

—Sí.

Me quedé perplejo con lo que acababa de escuchar, ¿qué más podía pasar?

25
El duelo

Cata

Llevaba unas semanas levantándome rodeada de olivos. Habitaba en la tranquilidad del silencio más absoluto y solo convivía con los ruidos que había en mi mente. El día después de que Susana nos pillase, llamé a mi padre para contarle todo lo que me estaba sucediendo. Yo sola no podía más con todo lo que estaba ocurriendo. Estaba totalmente desbordada. Necesitaba compartirlo con alguien de confianza.

Mi padre no tardó mucho en venir a Madrid a visitarme y estuvo conmigo unos días. Él habló con María Luisa y ella le animó a que era mejor que estuviésemos solos, y cómo se lo agradecí. Y su presencia me vino realmente bien, porque por fin pude desahogarme con alguien. Con mis amigos de la redacción, Isa, Luis y Pablo, no pude hacerlo, tenía que seguir protegiendo a Patrick. Nadie cercano a él podía saber la terrible realidad a la que estaba sometido.

No pude darles muchas explicaciones de mi salida de *Voces.* No me entendieron y mi partida los pilló por sorpresa, como a toda la plantilla. La excusa que les di fue que, aunque me habían cambiado de departamento, no estaba gestionando bien al acoso que sentía por parte de Susana y que había decidido marcharme, porque a pesar de mis esfuerzos no conseguía ser feliz. Les expliqué que llevaba tiempo levantándome todas las mañanas con mucha ansiedad y que ya no podía más, necesitaba parar. No entendían que a estas alturas estuviese todavía así, se sorprendieron porque pensaban que ese episodio de *bullying* lo tenía más que superado y que ya me encontraba totalmente recuperada. Y sobre todo les dolió que no les hubiese comentado nada. Y, aunque les sonó raro, les pedí también que no intensasen contactar conmigo, porque ellos me recordaban a *Voces* y necesitaba tomar distancia, puesto que no pensaba volver nunca más. No daban crédito. Se quedaron a cuadros, incluso con lágrimas en los ojos. Pero les insistí en que no se preocupasen por mí, que en cuanto estuviera bien me pondría en contacto con ellos y nos volveríamos a reencontrar.

Necesitaba cerrar todas las puertas de lo que había sido mi vida con Patrick, desaparecer de aquella redacción y alejarme de todo lo que me recordase a ella. Mi padre me apoyó en mi drástica decisión, quizá porque nunca me había visto así de mal, ni siquiera con la separación de Alberto. Por cierto, también decidí dejar de escribirle y llamarle, porque me estaba dando cuenta de que no íbamos a ninguna parte. Si realmente seguía enamorado de mí como decía, no era una relación sana, había un interés detrás de su acercamiento, aunque lo disfrazase de amistad. Tenía que enterrar una parte de mí que todavía seguía viva y la única manera que se me ocurría era marchándome lejos. Poner distancia.

Tras varios días de charlas con mi padre, decidimos que me vendría bien que me fuese a su casa de Hellín una temporada hasta que cogiese fuerzas y me tranquilizara. Estaba convencido de que ahí encontraría el silencio que necesitaba para poner en orden mis pensamientos y sentimientos. Esa casa le ayudó a él cuando mi madre falleció, en aquel lugar curó las heridas y sabía cien por cien que ese sitio era idóneo para sanar. Según me decía, aquella casa tenía algo especial, su energía era peculiar y se respiraba paz. Necesitaba mucho de eso.

Y allí estaba desde hacía semanas. Preparé una maleta con lo más básico y me vine al pueblo para vivir en la más absoluta soledad e intimidad. Quería mirar al dolor de frente. En el pueblo no conocía a nadie, apenas tenía vecinos alrededor y los que había eran muy mayores. Era perfecto para pasar una temporada a solas conmigo.

Había adquirido una rutina. Me levantaba temprano, me iba a caminar por el campo a primera hora a respirar la tranquilidad que me daba ver el amanecer y conectaba con la energía de los primeros rayos de sol. Luego llegaba a casa y en el porche extendía mi esterilla y hacía un poco de yoga acompañada de una meditación de veinte minutos. Había veces que mientras lo hacía me entraba una especie de llantina sin explicación, probablemente era mi cuerpo expresando las emociones que se habían quedado atrapadas en él, me dejaba fluir sin ningún tipo de juicio. Me dejaba ser. Tras el ejercicio matutino, me daba una ducha y me tomaba un café que me sabía a gloria en la mesa del salón acompañada de una libreta y un boli.

Estaba escribiendo un diario titulado también *A solas conmigo*, como mi blog; paradojas de la vida, el título más que nunca cobraba sentido en estos momentos. A veces no resultaba nada fácil convivir con una misma, sobre todo en estas circunstancias de vulnerabilidad donde tenía que colocar las cosas en el lugar adecuado para soltar aquellas que ya no quería que formasen parte de mí. Soltar era lo que más me estaba costando, soltarle a él. Mi cabeza hacía trampas intentando aferrarse a cualquier mínima cosa que me conectase con mi vida pasada en forma de pensamientos con posibles soluciones a nuestra relación…, y para evitarme más confusión decidí bloquearle, atajar el problema de raíz, para ponérmelo más difícil en el caso de que tuviese ganas de escribirle. Además, tampoco quería estar pendiente del teléfono mirándolo como una yonki para ver si él me escribía. Quería cerrar todas las puertas que accedían a Patrick. No quería alimentar mis tentaciones.

Aquel día me estaba resultando realmente difícil llevarlo a cabo. Era el gran día del enlace. El día que se iban a casar. Estuve dudando toda la mañana si buscar o no información sobre la boda, analicé los pros y los contras, pero me pudo más la curiosidad, aun sabiendo que luego me iba a quedar más revuelta. La tentación me pudo y abrí el portátil para buscar información sobre la ceremonia. Y encontré no una noticia, sino muchas con titulares que me llamaron la atención: «A punto de no casarse tras la indisposición de Patrick en el altar». «El cura tuvo que parar la boda tras el mareo de Patrick»... Todas las noticias hablaban de que se había mareado antes de decir el sí quiero. Además, comentaban que desde primera hora había llegado a la iglesia con gesto serio, que probablemente ya se encontraba mal. Me daba pena leer aquello por Patrick, seguro que lo estaba pasando realmente mal.

Quería llamarle para preguntarle qué tal estaba, pero sabía que no debía hacerlo por mi bien y por el suyo. No debía cruzar esa línea. Me daba rabia que acabásemos separados, pero el motivo no fue falta de amor, sino unas circunstancias ajenas a nosotros que dictaban unas condiciones que yo no estaba dispuesta a aceptar. Por mi bien no debía aceptarlas.

Durante aquellos días estuve haciendo un gran esfuerzo por entender que a veces amar también consistía en soltar, y por encima de ese amor estaba uno más grande, el mío propio. Si algo tenía claro es que yo no me merecía vivir en esa clandestinidad. Ni mucho menos sentir que estaba haciendo las cosas mal. No quería una vida condenada a la escasez, porque a la larga me iba a pesar demasiado. Si algo había aprendido estos años es que me debía lealtad a mí misma. La rabia, la pena y la indignación que me invadieron las sostuvieron estoicamente las paredes de ese hogar en el que se había criado mi padre. Sentía su fuerza sosteniéndome, aunque no estaba presente. Y entre esos cimientos buscaba rincones seguros para poder mimarme mientras me atravesaban lanzas en forma de un inmenso dolor. Y con mucha paciencia y compasión escribí sobre mi nueva vida. Empecé a rellenar las hojas en blanco donde las palabras danzaban a sus anchas, con tinta de esperanza, sombras de miedo y entre líneas suspiros eternos.

Y antes de empezar a tomar decisiones de cómo encarar esta nueva etapa, decidí pasar unos días más rodeada de aquellos olivos, cargarme de su energía y de sus maravillosos amaneceres mientras navegaba por mis pensamientos. Y al hacerlo me vino Bali a la cabeza. De repente, sentí que había llegado el momento de hacer este viaje soñado. Y eso fue lo que hice. El impulso provocado por la emoción de verme allí me llevó a la búsqueda de billetes y de un hotel para visitar aquel archipiélago de Indonesia. Y con la ilusión de descubrir ese rincón del mundo me organicé el viaje que me enganchó a la vida.

Me fui a Madrid con ganas de vivir mi nueva aventura. Antes pasé por casa para deshacer y hacer una nueva maleta. Solo estuve un par de horas y me marché al aeropuerto para coger el vuelo que me iba a llevar al paraíso. Tras dieciséis horas de viaje, con escalas incluidas, pisé Bali, y al hacerlo me di cuenta de que estas vacaciones iban a cambiar mi vida. Siempre supe que este destino iba a significar mucho para mí. Sentí la isla como un hogar, como si ya hubiese estado allí en alguna ocasión, muy místico todo. No paraba de sonreír. De camino al hotel aluciné con la belleza de sus paisajes, mirase donde mirase todo era hermoso. Sonreía más y más dejando en el olvido esas lágrimas que habían nublado mis ojos. Estaba empezando a habitar una nueva yo.

Durante esa estancia me marqué un objetivo claro: vivir el aquí y el ahora y no pensar en nada más que no fuera estar ahí. Me repetía: «Cata, solo existe este momento». Y eso es lo que experimenté; estar presente mientras saboreaba la comida tan variada que había: desde pescados frescos hasta *nasi goreng*, que era arroz frito con verduras, huevo y carne o marisco que estaba delicioso, o las frutas tropicales.

El mar que rodeaba la isla llamaba mucho la atención por sus aguas cristalinas y su rica biodiversidad marina. Era como estar en el cielo. Uno de mis mayores placeres era caminar por la playa, pisar esa arena era un orgasmo para mis pies y disfrutar de los primeros rayos de sol en mi piel. También descubrí la isla paseando en bicicleta y mimé mi cuerpo a través de los masajes balineses que mezclaban la técnica tradicional con acupresión, estiramientos y movimientos suaves para relajar el cuerpo y la mente. Sentía mi cuerpo lleno de energía y necesitaba compartir esta maravillosa experiencia con la única persona que me anclaba a mi vida anterior, mi padre. Por eso al llegar a la habitación conecté el teléfono al wifi y le llamé.

—¿Cómo estás, hija?

—Superbién, estoy feliz, alucinando con esta isla, es todo tan bonito. Estoy muy integrada entre los isleños. Si pudiese, me quedaría más tiempo. Está superando todas mis expectativas.

—No sabes cuánto me alegra escucharte tan feliz.

—Gracias, ¿qué tal por ahí? ¿Todo bien?

—Todo bien…

Se quedó callado. Ese silencio hablaba.

—Papá, ¿pasa algo?

—Supongo que no te has enterado de la noticia.

—¿De qué noticia, de qué me tengo que enterar?

—Hija…, lo de Patrick…

Y, de repente, me dio un vuelco el corazón, me asusté.

—¿Le ha pasado algo?

—Ha salido todo a la luz pública.

—¿Qué es todo?

—No paran de hablar en la tele de los vídeos de Cristóbal manteniendo relaciones sexuales con Susana… Está siendo todo un escándalo en España.

No daba crédito a lo que me estaba contando mi padre. ¿Por qué se estaban emitiendo los vídeos?

26

Una carta reveladora

Patrick

Estaba totalmente destrozado, llevaba dos días sin poder dormir. No tenía ni idea de dónde estaba Susana. Mi mundo se había desintegrado, fragmentado y reducido a pedazos. Mi peor pesadilla se había hecho realidad. Me estaba enfrentando cara a cara a mi miedo más absoluto, a la destrucción de la familia. No era el único que estaba así. Mi madre estaba desolada —no era capaz de asimilar toda la información que se había destapado— por el qué dirán, por la posición en que la dejaba a ella. Le pesaba demasiado y tuvo que ser atendida por los médicos por una crisis de ansiedad. No quería levantarse de la cama, no quería vivir. Yo no sabía dónde meterme. No sabía qué hacer. La imagen de mi padre estaba totalmente destruida. Me sentía impotente porque no podía defender lo indefendible, todo el mundo se estaba enterando de que mi padre y Susana, la nueva marquesa de Suarch, habían mantenido relaciones íntimas en el pasado, porque habían visto las pruebas.

¡Era un auténtico escándalo! Me preguntaba cómo habían llegado los vídeos a los medios de comunicación. Susana y yo habíamos firmado un acuerdo, pero ¿por qué se había roto? ¿Qué había pasado? ¡Cómo era posible! No lo lograba entender, ya tenía su parte, ¡hacía diez días que nos habíamos casado! ¿Por qué esto ahora? Pensé que quizá tenía algo que ver la discusión de los tres el día de la boda.

Aquel día entré en la habitación al escuchar la conversación. Al verme, no supieron cómo reaccionar.

—¡Qué sorpresa! Esto sí que no me lo esperaba…

—Patrick…

—De ella me lo podía esperar todo, pero ¿de ti, Simón? La vida nunca deja de sorprenderme. Eres una serpiente con la piel de cordero. ¡Eres un sinvergüenza! ¡Das asco! Vete de mi vida inmediatamente. ¡No te quiero volver a ver!

Y eso fue lo que hizo. Desde ese momento, se había marchado de mi vida por la puerta de atrás, sin decirme ni una palabra, sin verbalizar ni siquiera un perdón. Era un cobarde. Susana, en cambio, trató de explicarse.

—Patrick, sé que te da igual, pero necesito que me escuches para que lo entiendas. Simón y yo éramos amigos con derecho a roce. Solo eso. Cuando salió la noticia de nuestro compromiso hace tres meses, no lo encajó bien y no parábamos de discutir. Nosotros no nos debíamos ninguna lealtad, podíamos hacer lo que quisiéramos con nuestra vida. Él quería que siguiéramos juntos incluso cuando nos casásemos, pero a mí ya no me apetecía estar con él…

Le contesté que a mí me daba igual lo que hiciera con su vida, porque no me tenía que dar ninguna explicación. Pero lo que no me daba igual era la actitud de Simón, que hablaba por sí sola. No quería a mi lado a gente capaz de saltarse ciertos códigos. Simón no era un empleado cualquiera, era mi asesor en los negocios, mi confidente, mi mano derecha, mi abogado, y, si era capaz de mirarme a la cara como si nada cuando por detrás estaba manteniendo relaciones sexuales con la persona que se iba a convertir en mi mujer…, me estaba traicionando. Era una falta de fidelidad en toda regla. Y no quería gente así en mi vida. Le pregunté si él era conocedor de los vídeos y del acuerdo que teníamos, pero Susana me lo negó rotundamente, me dijo que no lo sabía absolutamente nadie por su parte y, en cambio, me reprochó que por la mía lo debía de saber Cata. Obvié su comentario, no quería entrar al trapo.

Tenía que localizarla como fuese, necesitaba explicaciones. Cuando saltó todo el escándalo de los vídeos, ella desapareció rápido. No entendía nada. Estaba indignado con Simón, me había decepcionado muchísimo, pero, a pesar de nuestra relación inexistente desde hacía días, decidí llamarle por si sabía dónde estaba Susana. Necesitaba hablar con ella y que me explicase qué narices había pasado. Pero no me lo cogió. ¿Qué más podía hacer?

Me puse a dar vueltas por toda la casa, me estaba volviendo loco intentando buscar soluciones una vez más. Pero estaba en un callejón sin salida, no encontraba alternativas.

Al día siguiente del revuelo, le pedí a Juan que preparase el coche temprano, porque necesitaba ir al cementerio urgentemente para hablar con mi padre. A las ocho de la mañana en punto ya me encontraba allí. Juan fue de los pocos que no nos abandonó a nuestra suerte. Una vez me situé delante de la tumba de mi padre, le supliqué con todas mis fuerzas que me ayudase desde donde estuviera. Estaba desesperado.

—Papá, por favor, ayúdame. ¡Estoy perdido y no sé cómo actuar! Mamá está destrozada, se le ha derrumbado el mundo por el cual llevaba años de sacrificio y lucha. Tú mejor que nadie sabes lo que esa mujer ha luchado para mantener la imagen idílica que tenía toda la familia. ¡Todo se ha ido al traste, maldita sea! Y tu imagen, papá, está por los suelos. Me siento impotente, porque no puedo hacer nada, ¡nada! No te puedo defender. ¡Maldita sea, dime algo! Están las dichosas pruebas que todo el mundo ha visto. Siento una profunda angustia, porque tampoco sé qué hacer con *Voces*, porque tras la noticia los inversores han decidido salirse, y eso ha provocado una crisis sin precedentes, ¡estamos hundidos! ¡No puedo reflotarlo, papá! ¡No tengo apoyo de nadie! Todos nos han dado de lado, hasta tus amigos. ¡Todo esto es terrible! Con todo el dolor de mi corazón, no me queda más remedio que vender al mejor postor… ¿Qué puedo hacer si no? ¡Dime! No sé cómo empezar de nuevo ni por dónde. He pensado que, para la tranquilidad de todos, lo mejor va a ser vender ciertas propiedades... ¡Necesito que me ayudes, papá! ¡Te lo pido por favor! Muéstrame el camino, ¡dame una señal...! ¡Joder!

Me desahogué frente a su tumba, le arrojé todo mi miedo y mi rabia porque no podía hablar con nadie de la familia. Necesitaba deshacer el nudo que tenía en mi garganta. Mi único apoyo era mi madre, y estaba hundida. Y con el corazón destrozado me fui de allí. Quería pensar que mi padre me mandaría una señal desde el más allá para mostrarme el camino, era mi única esperanza; quería confiar que entre tanta oscuridad en algún momento vería un halo de luz.

Cuando llegué a mi casa, una persona del servicio me dijo que había llegado una carta certificada para mí. Me dirigí al despacho y estaba encima de la mesa. No tenía ni idea de qué podía ser. Cuando la abrí, me sorprendió ver que era de Susana. Empecé a leerla.

Hola, Patrick:

Siento no poder darte una explicación mirándote a la cara, pero no tengo fuerzas. No puedo. Estoy totalmente devastada, créeme. Cuando leas esta carta, estaré volando muy lejos. He decidido marcharme donde nadie me conozca ni me puedan encontrar. Créeme que estoy realmente superada por los acontecimientos. Jugué con fuego durante mucho tiempo y me quemé. Me siento francamente mal. Totalmente hundida. Y, aunque no lo creas, siento mucho todo lo que está pasando, no os lo merecéis ni tú ni tu familia. Te puedo asegurar que jamás pensé que esto fuera a acabar así ni que los vídeos llegasen a emitirse públicamente. He incumplido nuestro contrato. Se me ha ido absolutamente de las manos. Me merezco todo lo que me está pasando y sentir este dolor tan intenso porque no he hecho las cosas bien. Tenías razón, soy un ser deplorable, me odio a mí misma. Si existe el karma, ya lo estoy pagando con creces. Ha llegado el momento de que conozcas toda la verdad.

Cuando nos pillaste a Simón y a mí el día de nuestra boda, en mi afán de protegerme y de que no descubrieses la realidad, te mentí contándote que éramos solo amigos con derecho a roce. Era tan solo una mentira más. Un año después de entrar en *Voces*, Simón fue detrás de mí. Me conquistó y empezamos a salir. Siempre me decía que el día que me vio supo que íbamos a acabar siendo pareja. Y eso fue lo que pasó. Nadie sabía que estábamos juntos, ni nadie lo sabría, era nuestro pacto y nos divertía mantenernos en la clandestinidad, le daba un punto morboso. Entre nosotros todo iba perfectamente. Con el día a día descubrimos que nos parecíamos mucho. El único «pero» que había es que él siempre se quejaba de que yo lo quería menos, que él estaba más enamorado de mí..., y tenía razón. Ahora lo entenderás.

Todo cambió hace más o menos dos años cuando Yes Magazine se puso en contacto con él por primera vez. Mantuvieron una reunión en secreto, donde le trasladaron que querían comprar *Voces*, ya que era la mejor revista que había en el mercado español y deseaban entrar en España por la puerta grande. Pero obviamente se encontraron con que el valor de compra en ese momento era un suicidio, ya que la empresa gozaba de buena salud.

Simón les dio una cantidad aproximada de lo que podía valer la revista en aquel momento, su venta era excesivamente elevada y los chinos no estaban dispuestos a pagar semejante fortuna. Además, se encontraron con otro problema, y es que, al trasladarle Simón las intenciones de los asiáticos a tu padre, este se negó rotundamente a su venta. Era absurdo. ¿Cómo iba a vender? La empresa estaba dando grandes beneficios y había encima de la mesa proyectos para una expansión internacional.

Pero, lejos de abandonar el empeño de comprarla, los asiáticos pensaron en una estrategia. Conocían el potencial de *Voces*. Contaron para ese juego sucio con Simón. Y clandestinamente volvieron a reunirse con él para trasladársela. Necesitaban que la revista entrase en crisis para que su precio se devaluase, comprarla y luego hacerla resurgir. Y para ello iban a necesitar aliados. Y esos aliados tendrían una gran recompensa. Cuando Simón me contó la idea, al principio nos pareció descabellada porque era traicionar a tu padre, pero, una vez analizada en profundidad, cobró sentido para nosotros. Estábamos dispuestos a jugárnosla.

Para llevar a cabo esa estrategia los dos éramos fundamentales, enseguida entenderás el porqué. Yo tenía el cargo de redactora jefa, manejaba los contenidos y la revista dependía de ellos. La manera de poner la revista contra la espada y la pared era subir contenidos más insulsos, con poco interés para perder poco a poco lectores. Ya lo sabes bien, si pierdes audiencia, cada vez tienes menos tráfico en la web. Y, si no hay usuarios, la revista entra en declive.

Éramos conscientes de que las cosas no se podían hacer de la noche a la mañana, podrían saltar todas las alarmas. Lo teníamos que hacer de manera sigilosa para que tu padre no se diese cuenta. Y eso es lo que hicimos. Les pedimos a los chinos que para llevar a cabo su plan necesitaríamos un plazo de dos años. Estaban dispuestos a esperar. Queríamos tiempo. Y nos lo dieron. Te preguntarás que qué ganábamos nosotros con este acuerdo; pues bien, a cambio nos iban a ingresar una gran cantidad de dinero por los servicios prestados y, una vez que *Voces* fuese absorbida por Yes Magazine, ambos tendríamos el puesto de director y de directora de la nueva revista para siempre.

Era un caramelo difícil de rechazar para dos personas tremendamente ambiciosas. Por fin nos íbamos a sentir poderosos. En *Voces* no dejábamos de ser unos empleados más, con buenos cargos, pero no teníamos más proyección. Me encantaba pensar en la idea de dirigir una revista y no ser una trabajadora más. En cuanto lográsemos que la revista estuviese en sus horas más bajas, Simón se encargaría de convencer a tu padre de la venta, alegando que era lo mejor para toda la familia y que subsanaría las pérdidas que se estaban ocasionando.

Seguro que esto te suena, ¿verdad? El plan era perfecto. Y eso es lo que hicimos durante dos años. Ambos nos aliamos para llevar a *Voces* poco a poco a una situación insostenible. Insisto, nos motivaba mucho la recompensa. Era un sueño hecho realidad, íbamos a tener dinero e íbamos a dirigir la mejor revista de España. Poder, poder y más poder. Fantaseábamos con ello y esta situación como pareja nos unió más. Ambos luchábamos por un mismo objetivo siendo cómplices de un secreto que nadie podía saber. Empezamos a coquetear con el peligro, nos sumergimos en una rutina llena de adrenalina por hacer lo incorrecto.

Y como pudiste comprobar a tu llegada, pasado el tiempo, logramos nuestro cometido, lo hicimos muy bien, llevamos a *Voces* a la quiebra, pero nos encontramos con un problema y era que, a pesar de las circunstancias, de la situación tan crítica en la que se encontraba la revista, tu padre no la quería vender. Era tozudo. Simón no era capaz de convencerlo. Prefería morir en la batalla porque estaba convencido de que en algún momento encontraría una solución a los problemas. Y nuestro sueño se estaba desmoronando por culpa de Cristóbal. Simón se puso muy nervioso, no sabíamos cómo hacerle cambiar de opinión. Estábamos en un callejón sin salida. Llevábamos dos años luchando por ello y llegados a este punto yo me negaba rotundamente a dejar pasar la oportunidad, estábamos demasiado cerca de lograrlo. Teníamos que hacer todo lo posible para conseguirlo, y es aquí cuando las cosas se complicaron demasiado.

Mi ambición desbordada no me puso freno y decidí ir a por todas. Y cuando digo a por todas era a por todas. En mi desesperación, le propuse a Simón que había que buscar una manera de poder chantajearle para que diese el paso y vendiese. Esto ya eran palabras mayores, pero estaba dispuesta a lo que fuese. Repito, llevábamos dos años luchando por ello. Él conocía muy bien a tu padre y sabía cuál era la única manera de poner en jaque mate el imperio Suarch.

Y es cuando le propuse tener relaciones sexuales con él, grabarlo en vídeo y amenazarle con que, si no vendía, saldrían esas imágenes a la luz pública y eso llevaría a la destrucción de su imperio. Era la solución. Al principio Simón se echó las manos a la cabeza, me dijo que me había vuelto completamente loca, que no podía hacer eso. Pero luego se dio cuenta de que era la única salida que teníamos. La única, Patrick. Ya una vez metidos en el ajo a mí me daba igual dar un paso más allá, porque tenía claro cuál era mi objetivo. Tu padre era el obstáculo para ello y había que tumbarlo. Ponerle en jaque mate. O él, o nosotros. Si le chantajeábamos con el vídeo, accedería a la venta y tendríamos lo que siempre habíamos soñado. Era un plan perfecto. En la vida todo tiene un precio. Y a estas alturas yo estaba dispuesta a todo.

Durante un tiempo estuve coqueteando con tu padre. La verdad es que me lo puso realmente difícil, pero al final lo conseguí —en ese sentido ningún hombre se me ha resistido, menos tú— y un día nos acostamos. Y grabamos el encuentro. Simón lo pasó realmente mal. Él estaba enamorado de mí y ver aquello fue duro. Le dije que pensase que era un mero trámite, yo lo veía así. Le dejé claro que solo lo quería a él y que estaba luchando por nuestro futuro. Le convencí, me lo llevé a mi terreno con cierta manipulación. Al día siguiente, Cristóbal habló conmigo y me dijo que nuestro encuentro había sido un grave error, que estaba arrepentido. Fue ahí cuando le dije que ya era demasiado tarde. Que había errores que se pagaban toda la vida. Y él lo iba a pagar. Y le extorsioné. No me tembló el pulso. Solo tenía en mi mente mi objetivo. Le dije que, si no vendía la empresa, los vídeos se iban a emitir en todas las cadenas y en todas las páginas webs.

Tu padre no daba crédito a lo que estaba escuchando. Se quedó en shock. Me dijo que si me había vuelto loca. Me preguntó qué me estaba pasando. Me advirtió de que estaba cometiendo un delito. Pero a mí me daba igual que lo fuese, le amenacé con que me denunciase, pero que antes todo el mundo sabría quién era realmente Cristóbal Suarch. Le dio un ataque de pánico en ese momento. Se quedó blanco. Me quedé impasible, me daba igual, solo veía que él era el impedimento a lo que yo quería lograr. Me preguntó que cómo había sido capaz de hacerle algo así. Era una puñalada, pues siempre había confiado en mí. No se me ablandó el corazón. Estaba en un callejón sin salida y nosotros muy cerca de nuestra meta. Esa noche celebramos nuestro golpe maestro. Le dejamos KO. Simón y yo estábamos felices, por fin le habíamos acorralado. Pero, para nuestra sorpresa, al día siguiente tu padre falleció. Siempre pensé que su corazón no pudo soportarlo.

Pensamos que tras su muerte la familia vendería *Voces* para subsanar las cuentas, era lo lógico. Pero en el caso de que tomases las riendas teníamos el vídeo que era la puerta a nuestro futuro. Si tú no querías vender como tu padre, te lo íbamos a enseñar. Pero de momento optamos por intentar convencerte de que vender era la mejor opción. Pero todo cambió cuando pisaste *Voces* para decirnos que tú serías el sucesor, que ibas a coger las riendas del negocio y que ibas a intentar reflotarlo. Justo esa misma mañana mientras me dirigía en mi coche a la oficina puse la radio. Estaban hablando de que, al fallecer tu padre, tu madre ya no era la marquesa de Suarch, sino que ese puesto sería para la persona que ocupase tu corazón, ya que oficialmente tú eras ahora el nuevo marqués de Suarch. Hablaban de que no se te conocía pareja alguna, pero que cuando la tuvieses sería una afortunada, porque adquiriría un título nobiliario con todo lo que conllevaba.

Y fue ahí donde me vino a la cabeza otra brillante idea. ¿Por qué no podría adquirir yo el título? Lo vi claro en ese momento. Me fascinó el hecho de convertirme en alguien importante y en ser de la nobleza para que todo el mundo me respetase. Estábamos hablando de palabras mayores. Esto ya era jugar en otra liga. Tener un título nobiliario me llevaría a otro estadio, ganaría estatus en la sociedad, poder, clase, categoría, y además económicamente no me faltaría de nada, disfrutaría de una vida de lujo. Desde ese momento me obsesioné con formar parte de esa clase privilegiada, me encapriché de ello. Ansiaba el poder de una manera enfermiza. Quería ese puesto y tenía claro que lo iba a tener, costase lo que costase. Ese título me hacía sentir verdaderamente importante, más que tener dinero en el banco y ser la directora de una revista. Cuando bajé del coche esa mañana, pisé las oficinas teniendo claro cuál iba a ser mi nuevo objetivo.

En aquella reunión, cuando decidiste echarme, me sentí acorralada. Me pilló totalmente desprevenida y la supervivencia me llevó a tener que improvisar mostrándote el vídeo de tu padre sin consentimiento de Simón, saltándome el plan que teníamos previsto y decidiendo por mi propia cuenta.

Tras lo sucedido en el despacho, tenía que hablar con Simón urgentemente y contarle el nuevo giro de guion. Una situación un tanto peculiar ya que tenía que convencerlo para conseguir su apoyo. Hablamos por la noche y le conté la brillante idea que había tenido. Como era obvio no le gustó. No entendía nada y con razón se cabreó conmigo. No era lo que habíamos acordado, que era chantajearte a cambio de la venta. Pero en este punto te repito que la venta de la empresa a mí ya me daba igual, lo mismo que ser la nueva directora de una revista, estos objetivos habían pasado a otro plano. Ya no me motivaban. Yo quería pertenecer a la nobleza. Me acusó de egoísta y de solo pensar en mí, y razón no le faltaba. Me preguntó qué ganaba él en todo esto. Y con gran astucia, le di la vuelta a la tortilla de una manera sibilina y fue cuando le dije que no estaba viendo que ser la nueva marquesa de Suarch nos iba a traer muchos beneficios a ambos, si a mí me iba bien, a él también. Y mirándole a los ojos le dije que no olvidase que éramos un equipo. No sonaba muy convincente, pero la realidad es que yo tenía la sartén por el mango y él lo sabía.

Si Simón hacía algo en mi contra y me delataba, yo le delataría a él y contaría que también estaba metido en el ajo. No le interesaba. Pero además sabía que no iba a hacer nada contra mí, porque estaba demasiado enamorado y era capaz de cualquier cosa con tal de no perderme. Y entre mis nuevas promesas le juré que lo que no cambiaría con independencia de mi condición social era que nosotros seguiríamos juntos y nuestra estrategia común continuaría en pie paralelamente. Intentamos devaluar tu imagen con las fotos que se publicaron tuyas borracho, fuimos nosotros quienes las filtramos. Te queríamos poner más nervioso. La estrategia al principio de Simón era apoyarte para que confiases en él para que luego le hicieses caso cuando te aconsejase que vendieses. Pero tú no te dabas por vencido y no parabas de buscar alternativas para resucitar la revista. Nos estaba costando destronarte.

Reconozco que la idea de formar los nuevos departamentos fue buena y todavía no sabemos cómo conseguiste ganar tiempo con los inversores. Llegó un momento en el que el tiempo jugaba en nuestra contra. Los chinos a medida que *Voces* iba mejorando se iban poniendo cada vez más nerviosos. Por eso, a pesar de que la revista estaba viendo la luz, teníamos que convencerte de que era algo puntual y que lo mejor era liquidarla. Simón intentó tener una relación más estrecha con tu madre, se la quería llevar a su terreno, coqueteaba con ella con el objetivo de convencerla también y así presionarte más todavía. Queríamos acorralarte en todos los sentidos. Entre nosotros llegamos a un nuevo acuerdo, si los chinos adquirían *Voces*, el dinero acordado nos lo repartiríamos y él sería el único director de la revista. Ya que como nueva marquesa de Suarch no podría. Yo le ayudaría en la sombra para cualquier cosa que necesitase. Aunque, como ya te he dicho antes, a mí la venta ya me daba igual.

Parecía que todo lo tenía controlado, las cosas estaban más que claras, pero con lo que no contaba era con empezar a sentir algo por ti. Y este nuevo giro cavó mi propia tumba. Llámame loca, pero me estaba enamorando de ti y de lo que representabas. Y lo confirmé cuando oí tu declaración de amor a Cata. Se me encogió el corazón. Al principio no entendía el porqué de mi reacción ni sabía lo que me estaba pasando hasta que descubrí que yo quería ocupar su lugar, deseaba que esas palabras me las dijeses a mí. Quería el cuento completo, ponerle la guinda al pastel y que todo fuese de verdad. Soñaba con una boda de amor verdadero y que me pudieses mirar a las ojos y me dijeses que me amabas con todas tus fuerzas. Quería lo de «fueron felices y comieron perdices». Pero, claro, el amor no entiende de caprichos. Y cuanto más me rechazabas, más me gustabas. Y a ella la odiaba más todavía, tenía algo que yo no tenía: a ti. Me puse muy celosa, Patrick.

¿El porqué de tanta inquina? Cata no solo es una chica muy atractiva, además es brillante, con mucho talento y encima es buena persona. Lo tenía todo. Y mirarla a ella era ver mis propias carencias, me hacía sentirme mal. Era la única persona capaz de hacerme sombra y, además, mi única rival en *Voces*, la que quizá podía hacer peligrar mi puesto. Y eso no lo podía consentir. Tenía que intentar quitármela de en medio.

Tu padre siempre la halagaba por el buen trabajo que hacía, por su iniciativa, su disposición, sus ideas brillantes, y a mí me molestaba en lo más profundo. Era como meter el dedo en la llaga todo el rato. Por eso intentaba apagar su luz ante los ojos de los demás, diciendo que estaba sobrevalorada, despreciándola. Además me martirizaba que su blog *A solas conmigo* funcionase tan bien. Me ponía nerviosa que se pasase todo el tiempo llevándome la contraria, poniendo en duda mi criterio. Razón no le faltaba. Pero para el objetivo que teníamos, que era devaluar la revista para su compra, ella era una mala hierba. Me lo ponía realmente difícil. Necesitaba acabar con Cata, incomodarla hasta que dijese basta. Pero otra que era tozuda y no se daba por vencida. Como ves todo era un cúmulo de circunstancias que no tenían que ver con ella, sino conmigo.

Por eso mismo, me dolió mucho descubrir que estabas enamorado de ella. El día de nuestra boda, te quise confesar en la habitación que sentía algo por ti. Fue lo que escuchó Simón cuando vino a buscarnos. Por eso cuando nos encontraste me estaba pidiendo explicaciones. Vestida de blanco, quise dar la cara... No le pude mentir y le confesé que deseaba terminar con lo que había entre nosotros. Ya estaba casada y no tenía sentido. Y lo dejé tirado. Le destrocé el corazón y me dio igual cómo se sintiese, en mi nueva vida él no tenía cabida.

No supe medirlo. Y eso fue lo que hizo que estallara todo por los aires. Simón podía tragar con todo, menos con que le dejase. Él fue quien mandó los vídeos a los medios de comunicación como venganza por mi falta de lealtad, y os ha salpicado. Su manera de destrozarme para que cayese como él. Una parte de mí le entiende, Patrick; él estaba realmente enamorado y yo sin piedad rompí nuestro pacto sin que me temblase el pulso.

Siento mucho todo lo que ha pasado. Pero por suerte para ti y tu familia me marcho de vuestras vidas para siempre, nunca me volveréis a ver. Necesitaba mandarte esta carta para explicarte y para que supieses toda la verdad y poder zanjar de una vez por todas este capítulo tan desagradable de mi vida para poder empezar uno nuevo. No sé de dónde sacaré fuerzas para ello, pero lo haré, ya que desde niña sé lo que es navegar sin rumbo. La envergadura que ha tomado todo y el escándalo que se ha formado me ha hecho ser consciente del dolor tan grande que he causado a mi alrededor. He hecho mucho daño con las alas de mi ambición. Y ya despojada de todo lo que había sido mi vida y en mi soledad más absoluta me he roto en mil pedazos. Lo sé, soy un ser deplorable. No tengo corazón ni empatía, soy mala persona, Patrick. Me está costando mucho escribir estas palabras y reconocer en ellas el ser oscuro que habita en mí. Soy un monstruo. Solo te pido que ojalá esta carta sirva para que algún día puedas perdonarme, aunque sea un poco. No sabes lo doloroso que es cargar con todo el daño que he hecho y convivir con el sufrimiento de estar a solas conmigo. Esta es mi penitencia junto con el amor que siento hacia ti. No sé cómo lo haré ni cómo saldré de esta. Si rezas, hazlo por mí, Patrick, para que pueda volver de la oscuridad y de este infierno que vive en mi interior. Ojalá estas palabras me sirvan para aliviar aunque sea un nanosegundo toda la culpa que siento. Lo siento mucho.

Hasta siempre.

Estaba en shock, pero por fin tenía una explicación para todo lo que había ocurrido hasta ese momento.

27

El plan B

CATA

Habían pasado dos meses desde que dejé las aguas cristalinas de Bali. A la semana de aterrizar en Madrid, eché mi currículo por todas partes. Venía cargada de energía, dispuesta a reinventarme y a empezar una nueva vida dejando todo atrás. Todo fue muy rápido, más de lo que yo hubiese imaginado. Enseguida me llamaron de varias revistas para hacerme entrevistas. A los pocos días, ya tenía varias ofertas encima de la mesa, podía elegir, y eso me hacía feliz. Se notaba que ya me consideraban en la profesión.

Al final me decanté por *For You.* Jesús, el director, me ofrecía el mejor puesto, que era ser la redactora jefa de este nuevo magazine. Y digo nuevo porque tan solo llevaba un mes en el mercado. Me gustaba la idea de empezar un proyecto desde cero, con equipos nuevos, con nuevas ideas y con ganas de crecer. Una de mis responsabilidades era elegir el equipo del que me iba a rodear. Personalmente me encargué de hacer las entrevistas y de contratar al personal, y entre ellos estaban Isa, Luis y Pablo. Tras el escándalo de *Voces*, la revista acabó en manos de un grupo muy potente italiano y cuando fue absorbida echaron a casi todo el personal, incluyendo a mis amigos.

Por lo visto la salida a venta no estuvo exenta de problemas. Tuvieron muchos compradores, entre ellos el grupo chino Yes Magazine, que era el que más dinero ofrecía, pero algo pasó en esa negociación, porque la familia no aceptó la oferta. Yo me enteraba por la información que salía en los periódicos. Era todo un misterio, como la desaparición de la familia Suarch. Nadie sabía dónde estaban. No se los veía por ningún lugar. Por lo visto vendieron varias propiedades y las malas lenguas decían que habían huido de nuestro país tras el escándalo para empezar una nueva vida en Estados Unidos.

Yo tampoco sabía nada de Patrick. Tras lo ocurrido le intenté llamar para ver qué tal estaba, pero había cambiado de teléfono, porque cuando llamé saltó una voz que decía que ese número ya no existía. Y no me extrañaba que lo hubiese hecho porque fue demasiado gordo todo lo que les había pasado. Se tuvo que enfrentar a la destrucción de la imagen de su familia, eso que él tanto temía y por lo que había sacrificado su vida y nuestro amor.

Yo en cambio me tuve que adaptar a mi vida sin él; tras lo sucedido me quise centrar en mi nuevo trabajo, tenía una gran oportunidad de crecer a nivel profesional y no la debía desaprovechar. Estaba feliz por poder hacer entrevistas, reportajes interesantes y sacar esa parte de mí que había sido totalmente anulada por culpa de Susana. Volví a sentir ese cosquilleo que aparecía cuando jugaba con mi abuela Carmen. Estaba ilusionada. Me levantaba cada mañana con ganas de hacer cosas, sentí que había vuelto a la vida y que estaba donde me merecía. En *For You* implanté el Departamento de Eventos y como mis amigos ya eran expertos en ello lo estaban manejando muy bien. Apenas habíamos arrancado y ya teníamos clientes. Jesús, mi nuevo jefe, era un tío estupendo, padre de familia, que confiaba plenamente en mí, siempre consideraba todo lo que le decía. Fue curioso porque el día que nos conocimos y leyó mis referencias me dijo:

—¡Eres la famosa Cata!

Me quedé atónita por su comentario, ¿la famosa Cata? Me acabó confesando que había sido amigo de Cristóbal y que él le hablaba muy bien de mí.

—Cata, eres la persona perfecta para manejar esta revista. Te quiero en mi equipo.

—Y yo quiero estar en él.

Le iba a demostrar que no se había equivocado en su elección. Tras muchas conversaciones y tras analizar el rumbo de la revista, nos marcamos el objetivo de que en un año teníamos que estar entre las diez revistas más leídas de España, y había que lograrlo. Yo estaba convencida de que sí era posible. Teníamos que trabajar duro y ponerle empeño tanto a los contenidos como a los reportajes, lo que subiésemos a la web teníamos que lograr que llamase la atención, artículos que enganchasen para ir posicionándonos poco a poco. Le aconsejé que la mejor manera de hacer ruido era preparar una fiesta de lanzamiento para que la prensa se hiciese eco de nuestra llegada. Y no pudo estar más de acuerdo conmigo.

Y en eso llevábamos semanas trabajando. Teníamos una lista de invitados muy interesantes desde vips, influencers, modelos, presentadores, actrices… Trabajar en *Voces* nos había dado una buena agenda de contactos y lo íbamos a aprovechar al máximo.

El día del evento fue un auténtico éxito, hubo mucha gente que nos quiso apoyar y lo mejor es que fue cubierto por una gran cantidad de medios de comunicación. Eso nos aseguraba tener cobertura y que así poco a poco el público nos fuera conociendo.

Aquella fiesta nos ayudó a crecer. A empezar a tener un sitio en el mercado. Solo necesitábamos algo que fuese el empuje definitivo. La realidad es que me movía como pez en el agua en estas lides. Tenía una dinámica de trabajo establecida, todas las mañanas teníamos una reunión a primera hora donde se planteaban los temas que tratar. Me gustaba escuchar las propuestas e involucraba a cada uno de los redactores. No quería parecerme lo más mínimo a Susana, alejarme de cómo llevaba ella el equipo de redacción era todo un acierto. La gente estaba a gusto y daban lo mejor de sí.

Las oficinas estaban en la calle Almagro de Madrid. Toda la tercera planta era la redacción, no tenía nada que ver con el palacio donde estaba *Voces*. Mi despacho estaba bien, lo que más me gustaba era que tenía luz natural. Lo había decorado con plantas y con un cuadro que había hecho especialmente para mí María Luisa, la novia de mi padre. No paraba de trabajar, llegaba a las oficinas a las nueve de la mañana y salía a las nueve de la noche, siempre era la última en abandonar la redacción. Pero no me importaba, porque sabía que todo lo que estábamos haciendo estaba dando buenos resultados. Día a día íbamos creciendo cada vez más.

Apenas tenía vida social, pero no me importaba porque estaba feliz. Y entre tanto trabajo a veces tenía que sacar un hueco para cosas importantes como la fiesta de cumpleaños de Isa.

—Prométeme que vas a venir, Cata, es viernes. No puedes faltar.

—Sí, te lo prometo.

—No paras en todo el día, amiga. Te echo de menos. Tengo ganas de pasar un rato contigo. Esta noche no me puedes fallar. Estaremos en el bar de al lado de mi casa. Van a venir todos. Bueno, sé que Pablo ha invitado a más gente, es sorpresa. A las nueve y media allí. Luego te veo.

—Hecho.

Y salió de mi despacho tan contenta. La verdad es que la quería mucho. Supo respetar el tiempo que decidí apartarme de todo y cuando regresé no me echó nada en cara, solo me dijo que me había echado mucho de menos, como el resto de mis amigos. Se merecía una gran fiesta de cumpleaños y estaba convencida de que Pablo lo estaba organizando superbién. Ambos llevaban oficialmente saliendo un mes. Encontró a su príncipe azul, pero de manera diferente a lo que ella tenía pensado. Estaba viviendo su particular cuento Disney. Había sido una sorpresa, nunca había pensado en ellos como pareja, pero lo eran y estaban felices. Luis se partía de risa y les tomaba el pelo cada dos por tres.

Yo estaba agotada, me moría de ganas por irme a casa, pero no podía fallar a Isa. Me pasaría un ratito, le daría un beso y a dormir. Continué trabajando, terminé de mandar un par de e-mails y cuando me quise dar cuenta ya eran las nueve de la noche. Ya no quedaba nadie en la redacción. Apagué el ordenador, cogí mi bolso… y sentí que alguien entraba al despacho.

—Cata…

Me quedé atónita. Era Patrick. Empecé a sentir que el pulso de mi corazón se aceleraba. Cuando lo miré a los ojos, supe que nuestro amor estaba ahí, que era imposible de olvidar.

—Patrick, ¿qué haces aquí? ¿Cómo estás?

—He venido a concederte la única entrevista que voy a dar. Quiero que seas tú quien me la haga. Ha llegado el momento de que todo el mundo sepa el infierno que he vivido.

Me eché a llorar. No podía creer que Patrick estuviese delante de mí. Nos abrazamos.

—No sabes lo mucho que te he echado de menos, Cata.

Nos recompusimos como pudimos y acto seguido empezamos con la entrevista en el silencio de aquella redacción vacía. Me concedió lo que cualquier periodista hubiese soñado en estos momentos. Era muy consciente de lo que tenía entre manos y lo que iba a suponer profesionalmente para mí. No me olvidé de poner toda mi alma en cada pregunta que le hacía, conectar con su corazón desde el más absoluto respeto y dejar mi sello, mi huella. Fue una auténtica bomba mediática. Y con ella conseguí cumplir la promesa que le hice a mi abuela Carmen cuando era pequeña y jugábamos juntas. Esta fue la entrevista que me catapultó profesionalmente y me puso en lo más alto. La que marcó un antes y un después en mi carrera profesional, y se lo debo a él. La que situó a *For You* como revista referente.

Y, aunque a veces se tarde en colocar las cosas, la verdad solo tiene un camino. Y, pese a que parecía un final, el tiempo nos demostró que cuando el amor es verdadero solo tiene que encontrar el momento para comenzar de nuevo. Y lo supimos en cuanto nuestras miradas se volvieron a cruzar, en ese instante, nuestras almas se fusionaron otra vez, volvimos a sentir dos latidos en uno. Nos cogimos de la mano para nunca más soltarnos, esta vez siendo libres y sin cadenas que arrastrar.

Agradecimientos

A solas conmigo ha representado un reto importante para mí. Cada página escrita es un reflejo de que la vida es un constante cambio y que abrazar lo inesperado es fundamental en la búsqueda de la autenticidad. Esta segunda novela quería que fuera diferente a la primera, no solo en forma, sino en las profundidades de los temas que exploro, como el poder, la ambición desmesurada, el lujo, los negocios familiares y el amor, y que plantease preguntas del tipo «¿Cuánto estamos dispuestos a sacrificar por los "debería..."?», «¿Qué es lo correcto?», «¿Dónde se establecen los límites?» o «¿En el amor todo vale?».

En este viaje a las profundidades tengo que agradecer a las personas que me han acompañado haciéndome el trayecto más fácil y dándome aliento cuando aparecían las dificultades. Gracias a mi querido Gonzalo Albert y a Ana Lozano, por creer en mí y por apostar por esta historia. Soy de las que opinan que para que las cosas salgan bien uno tiene que estar rodeado del mejor equipo, y yo lo tengo. Por otro lado, me gustaría agradecer también a esa gente que me acompañaron en mi día a día durante este proceso; a mi familia, por su amor incondicional; a mi madre, Paqui, y a mi padre, Amador, por escucharme, por esas llamadas interminables, por recordarme cada día lo orgullosos que están de mí; a mis hermanos; a mi amiga Isa; a Carol; a mi querido Félix, por estar pendiente de mí, al resto de mis amigos… y a mi querida Paloma Tejero, por estar a mi lado y ayudarme a seguir desplegando mis alas. Y, cómo no, a todos mis seguidores, por abrazar con tanto cariño las cosas que hago.

También me lo quiero dedicar a mí misma, por tener el valor de seguir adelante, por enfrentarme al desafío de explorar lo desconocido combatiendo mis propios miedos. Este viaje ha sido un reto tanto personal como profesional, y no puedo estar más que agradecida por cada paso que he dado en el camino.

Gracias a todos los que habéis formado parte de este proceso.

«Para viajar lejos no hay mejor nave que un libro».

EMILY DICKINSON

Gracias por tu lectura de este libro.

En **penguinlibros.club** encontrarás las mejores recomendaciones de lectura.

Únete a nuestra comunidad y viaja con nosotros.

penguinlibros.club

penguinlibros